T0280022

LAS HUELLAS DEL SOL

IMPEDIMENTA NARRATIVA, 278

WALTER TEVIS

LAS HUELLAS DEL SOL

Traducción del inglés de Rubén Martín Giráldez

IMPEDIMENTA

Título original: *The Steps of the Sun*

Primera edición en Impedimenta: febrero de 2024

Juan Álvarez Mendizábal, 27. 28008 Madrid

http://www.impedimenta.es

ISBN: 978-84-19581-33-4
Depósito Legal: M-591-2024
IBIC: FA

Impresión y encuadernación: Kadmos
P. I. El Tormes. Río Ubierna 12-14. 37003 Salamanca

Impreso en España

Impreso en papel 100 % procedente de bosques gestionados de acuerdo con criterios de sostenibilidad.

Para Eleanor Walker,
el doctor Herry Teltscher y Pat LoBrutto

Oh, girasol, hastiado del tiempo,
que sigues las huellas del sol
buscando ese dorado asiento
donde el periplo llega a su fin.

William Blake, *Cantos de experiencia*

CAPÍTULO 1

Cuando me sedaron regresé como un rayo a mi infancia en la Tierra y me quedé ahí, en una especie de duermevela, durante dos meses. A ratos notaba la trepidación del motor de la nave, de los tubos brillantes que me alimentaban, de las máquinas que mantenían en forma mi cuerpo y de la voz suave de mi instructor, pero la mayor parte del viaje la pasé en casa de mi padre en Ohio, con los olores del humo de su puro y sus libros, y con el respeto que me producían de niño los certificados y diplomas colgados en la pared empapelada detrás de su escritorio. El papel era de flores azules desteñidas; parecía que pudiera verlas con más claridad desde mi cabina de capitán en mi nave interestelar que en la infancia. Nomeolvides. Había una mancha amarronada cerca del techo por encima de un diploma enmarcado que decía DOCTEUR DE L'UNIVERSITÉ HONORAIRE. Yo me sentaba en el suelo enmoquetado de verde y clavaba la mirada en la mancha, callado. Mi padre, también callado, leía un libro viejo en alemán, francés o japonés, parándose de vez en cuando a tomar alguna nota en una ficha o a encenderse un puro. Nunca me miraba ni se daba por enterado de mi presencia. Mamá estaba fuera; a mi padre le había tocado cargar conmigo. Me sentía culpable: estaba ocupado, su trabajo era importante, yo era un incordio para él. Debí de quererlo muchísimo… Sus raras y tímidas sonrisas, su calma. Ni siquiera tenía esperanzas de que me llegase a explicar su trabajo un día. Cuando murió, yo seguía sin saber nada de aquella historia antigua sobre la que se pasó cavilando toda la vida. Jamás he leído sus libros. Hice que lo enterrasen en un cementerio excelente, contento de ser lo bastante mayor y contar con el dinero suficiente para organizarlo todo como es debido. Cuando murió, yo tenía veintitrés años y ya era rico. Mi padre era un erudito —famoso en el mundo entero, me contó mi madre— y le iba la pobreza refinada. Lo quise con toda mi alma, en silencio.

Casi me despierto una vez aquí en la nave cuando mi instructor se despistó y una de las máquinas de ejercicio físico me tensó en exceso los músculos del abdomen. Por un instante, me vi tumbado boca arriba en un sillón de cuero rojo, gruñendo al techo contra los resortes de acero del gimnasio de la nave mientras me resbalaban por toda la cara lágrimas calientes. Aquel dolor fugaz me había sacado de mi viaje onírico al despacho de mi padre. Los nervios tensaban el semblante del instructor. Como a través de un tabique, oí su voz alarmada diciendo «Disculpe, capitán Belson», y yo murmuré algo sobre el amor y volví a sumirme en mi sueño químico. Lo que me sorprendió fueron las lágrimas. No había llorado en el funeral de mi padre. No hice duelo. Apenas había pensado en él en treinta años. Y ahí estaba, con cincuenta y dos, en los negros confines de la Vía Láctea, llorando por él como una Magdalena. Al dormirme volví a su despacho y me quedé sentado en el suelo con las piernas cruzadas, en silencio. Observé su concentración en el escritorio. Desde algún punto externo a mí oí el zumbido de la nave y me regocijé, propulsado más allá de la velocidad de la luz hacia constelaciones totalmente fuera del alcance de la comprensión de mi padre.

Me despertaron dos semanas antes del aterrizaje. La tripulación la integraban diecisiete personas. La nave era mía; la había comprado un año antes. Nos dirigíamos hacia un planeta inexplorado de la estrella Fomalhaut, conocido como FBR 793. Era mi primer viaje fuera de la Tierra.

Nunca me ha costado despertarme. Tengo un punto asilvestrado que se activa cuando me despierto. Estaba tumbado en mi camarote y el médico y el copiloto de la nave esperaban de pie a mi lado. El médico me tendía una taza de café. La ignoré un instante mientras miraba alrededor. Habían pintado la habitación de azul claro como había dejado dicho; recordé vagamente el olor de la pintura fresca en mi nariz dormida. A mi derecha había un ojo de buey y, casi en el centro, una estrella cristalina de una luz cegadora contra el terciopelo negro. Estiré los brazos y las piernas, giré la cabeza a un lado y a otro. Noté la fuerza de mi cuerpo; la notaba en los pectorales, los bíceps, los músculos de los muslos; la sensación de poder me embargó como una euforia serena. Me palpé el estómago; la barriga había desaparecido.

Volví a mirar al médico, me incorporé sin pensármelo dos veces y cogí la taza. Había un jarrón blanco de porcelana con rosas rojas en el escritorio junto a mi cama.

—Gracias por las flores —dije.

—Me alegra haber podido cultivarlas —respondió el médico—. ¿Qué tal la cabeza? ¿Algo de resaca?

—Ni una pizca, Charlie —dije.

Era verdad. Me encontraba de maravilla. Le di un sorbo al café y noté cómo penetraba en la pura oquedad de mi estómago.

—No te lo bebas tan rápido —dijo Charlie—. Si ya es malo de por sí...

Le había pedido que me tuviese el café preparado.

—Me conozco bastante bien —le contesté, y seguí sorbiendo.

—Es un yo nuevo —me dijo el médico.

Lo miré por encima de la taza, por encima de la franjita roja que ribeteaba el borde de porcelana.

—Charlie, es un yo nuevo, pero le sigue gustando el café. —Me tomé la mitad y dejé la taza. Salí de la cama, un poco lento. Estaba desnudo y bronceado. Tenía buen aspecto. Las lámparas ultravioletas me habían decolorado el vello de brazos y piernas—. Vamos al puente de mando —dije.

—De acuerdo —dijo el copiloto, sorprendido.

—Y mientras me visto, a ver si me puede conseguir un sándwich.

Aún estábamos demasiado lejos como para ver el planeta. Podría haber dormido otra semana, porque tenía muy poco que hacer despierto. En general, nadie tenía mucho que hacer en la nave. Pero dos meses de sueño habían bastado para ponerme en forma y evitar un aburrimiento excesivo. Quería leer un poco. Quería comprobar lo que se sentía siendo el capitán-propietario de la nave espacial. Era el primer hombre de la historia en tener una y quería saborear la experiencia.

El puente de mando era un semicírculo de seis metros de diámetro, perpendicular al sentido de la aceleración de la nave. La aceleración era constante a 1/5 *g* incluso en nuestro pliegue espaciotemporal, y nos proporcionaba peso suficiente para caminar. Para ejercitarme usaba las máquinas de gravedad cero marca Nautilus, a base de resortes y levas. No había olimpiadas intergalácticas, pero, de haber existido, se habrían usado estas máquinas para preparar a los atletas. Me sentía capaz de ganar una medalla de oro.

El sándwich resultó ser de jamón de Virginia y gruyer. Con tanto frío y con el vacío que nos rodeaba, la conservación de alimentos era fácil y teníamos de sobra. Era un buen sándwich, pero con medio ya se me llenó el estómago encogido. Le di la otra mitad al copiloto.

—¿Cómo vamos de uranio? —pregunté.

—Perfecto. Exactamente como habíamos calculado. Podríamos repetir el viaje sin repostar.

El puente de mando era en su mayor parte una cubierta vacía enmoquetada de beis. Su corazón lo formaban un par de enormes ordenadores y un panel de interruptores. No mucho más complicado que una locomotora. Tenía seis escotillas rectangulares y las estrellas que se veían eran espléndidas, aunque al rato aburrían. Las había visto antes de dormir y me quedé impresionado, pero solo unos momentos. El primer vistazo es espectacular; no hay ningún cielo helado de montaña en la Tierra donde se vean brillar así las estrellas. Pero, en mi opinión, el interés del océano durante un viaje marítimo es más continuado. Tiene vida, a diferencia de este panorama interestelar, por mucho que encandile. Si al final resulta que es la manifestación visible de un dios, a mí no me impresiona. No necesito una deidad indescifrable; con la indescifrabilidad de mi padre ya tuve bastante. Tengo mucho que hacer con mi vida. No necesito dioses demasiado lejanos como para revelárseme ni ninguna presencia tras el resplandor de las estrellas.

No soy un Ahab chiflado. Soy un hombre de negocios en busca de uranio. La Tierra ha malgastado casi todo el que tenía. Acumulé todo lo que pude para alimentar esta vieja nave china y había apostado la mitad de mi fortuna (en una corazonada estilo Schliemann) a que habría uranio en un planeta de Fomalhaut. «La Burbuja de Belson», lo llamó el *Chicago Tribune.* Bueno, pues que le den al *Chicago Tribune.*

—Capitán —dijo el copiloto—, ha llegado un mensaje mientras usted dormía.

Asentí.

—Más tarde. ¿Qué tal el huerto?

—Mejor aún de lo planeado. Ya ha visto las rosas. Llegó a la tercera semana de viaje…

Me quedé mirando su cuerpo rollizo y su calva incipiente.

—Bill. He dicho que más tarde.

—Perdón.

—Vamos a ver el huerto.

Cruzamos una pasarela, bajamos una escalerilla pulida con peldaños antideslizantes. Entre la baja gravedad y mis espléndidos músculos nuevos me sentía como una araña en la flor de la vida descendiendo por un radio de su nueva tela. Llevaba unos vaqueros azules desgastados, una camiseta gris y unas zapatillas de deporte con suela de goma. En gravedad baja es fácil resbalar y, aunque pesas poco, puedes hacerte daño por tu masa.

Era una visión impresionante. Gradas y gradas de rosas exuberantes verdes, amarillas y rojas salpicadas entre plantas comestibles, muchísimo más fascinantes para mí que las estrellas del exterior. *Los jardines colgantes de Babilonia,* dijo mi mente casi en voz alta. Había aguacates macizos, naranjas, uvas y patatas en flor, guisantes con flores azules y enormes enredaderas de judías Kentucky Wonder. El aire era húmedo y acre, me calentaba las mejillas. Cuando cruzamos a zancadas flotantes una puerta hermética, un aire cálido nos acarició el cuerpo. Era como el crepúsculo húmedo de los trópicos. Follaje, flores y aire húmedo y cálido; se me henchía el corazón. Todo aquello era mío.

Arranqué una mandarina de un árbol cargado de fruta que crecía en un tiesto metálico, y la pelé. Estaba deliciosa.

—Vale, Bill —dije—. Ya podemos ver ese mensaje.

Se le ordena por la presente tenga a bien ponerse bajo arresto domiciliario y volver a la Tierra de inmediato. Su combustible de uranio queda confiscado por orden de este tribunal. Se le acusa de violación del código energético de los Estados Unidos. Se le informa por la presente de que el viaje espacial se considera un delito de alta traición, punible con una pena de cárcel de hasta veinte años, y de que el desperdicio de combustible constituye asimismo un delito de alta traición. Se le acusa de viajar sin un pasaporte válido y de conspirar con terceros para infringir las leyes de los Estados Unidos.

Si no se persona ante este tribunal el 30 de septiembre de 2063 se le revocará su ciudadanía y sus propiedades serán confiscadas.

Tribunal del Distrito
Miami

—¿A qué estamos? —le pregunté a Bill.

—Nueve de octubre de 2063.

Estaba sentado en la silla Eames de mi camarote. Bill se quedó de pie a mi lado, esperando por si había respuesta.

Solté el papel encima de mi mesa.

—Dígales que lo siento, pero que no podemos dar la vuelta. Diga que los retropropulsores están fallando. —Había una mesita china lacada junto a mi silla. Puse ahí la taza de café—. ¿Ningún mensaje de Isabel?

—¿Isabel?

—Isabel Crawford. De Nueva York.

Bill negó con la cabeza.

—No, capitán.

—Gracias, Bill. Me gustaría estar a solas un rato.

—Claro, capitán —contestó, y se marchó.

A mi derecha tenía una biblioteca que seguía la leve curva del casco de la nave, desde el suelo hasta el techo del camarote. Estaba repleta de libros: novelas, relatos, biografías, psicología, poemas. En la estantería más alta, encuadernados en cuero, los siete volúmenes de historia americana que escribió mi padre, William T. Belson, profesor de Historia de la Universidad de Ohio. Los tenía desde hacía treinta años y había abierto cada volumen una sola vez, durante un minuto o así. Entonces me quedé un buen rato observándolos, sentado en mi camarote de capitán en aquel absurdo viaje de descubrimiento, pero cuando me levanté para coger un libro fue *Los embajadores,* de Henry James.

*

FBR 793 se hizo visible el día antes del aterrizaje. Primero lo vi como una pequeña media luna a centenares de millones de kilómetros de Fomalhaut. No es que me emocionase mucho; simplemente estaba ahí, un objeto celestial deshabitado, un planeta que aparecía tipificado en los mapas como «de muerte inminente». Nadie había puesto el pie allí jamás; lo habían estudiado desde una nave en órbita hacía unos cuarenta años. La nave que lo fotografió no tenía suficiente combustible para aterrizar y despegar de nuevo, ni siquiera en aquella época rica en uranio.

FBR 793 era el vigesimotercer planeta extrasolar descubierto y, al igual que el resto, carecía de formas de vida avanzadas. Independientemente de los motivos oficiales que se dieran sobre las exploraciones llevadas a cabo por Estados Unidos, la República Popular China y los japoneses, solo había dos motivos reales para mandar naves a surcar la Vía Láctea. Una era el deseo descabellado de encontrar vida inteligente fuera de la Tierra, como si no hubiese ya suficiente en la Tierra, ¡y la mayor parte pasándolas canutas! La otra era la esperanza de encontrar combustible barato.

Pues bien, nadie encontró vida, ni inteligente ni de ningún otro tipo. Y no había muchos planetas. La mayoría de las estrellas no tenían planetas. Y nadie encontró uranio ni nada que no fuese granito, caliza, pedernal y desolación. El proyecto fue un fracaso y se abandonó. Yo lo había retomado en mi edad adulta, en eso que en la época sobre la que escribía mi padre llamaban «una crisis de la mediana edad». Un día, un geólogo me contó en un picnic playero, mientras escupía pipas de sandía sobre la arena coralina y acariciaba el brazo moreno de una mujer amodorrada, que había visto fotos de FBR 793 en algún sitio y que a él le olían a uranio inocuo.

—¿Qué es eso de «uranio inocuo»? —dije yo.

—Son elucubraciones de la gente del MIT. Si se forma uranio en un medio de una gravedad menor que la de la Tierra, sus características serán distintas. No sería radiactivo salvo dentro de un campo magnético. —Me miró—. Adiós a las fusiones nucleares.

—¡Hostia! —dije— Ahí habría pasta.

—Pasta a espuertas.

Me quedé allí tendido cavilando un rato. La marea se estaba retirando de la tranquila bahía donde estábamos apoltronados. Eran como las tres de la tarde y el sol refulgía sobre nosotros. Era Jamaica, creo. Aquella mañana había trabajado en mi escritorio del apartotel, había recibido una felación infructuosa a la hora del almuerzo, estaba aburrido del mundo de las fusiones empresariales, de las piñas y las papayas, de la música caribeña, de las mamadas insatisfactorias, del café Blue Mountain y de contar mi riqueza. Tenía cincuenta años y tres mil millones en el banco. *Qué coño* —pensé—, *los viajes espaciales tienen que ser más divertidos que esto. También serán mejor que suicidarse.* Me puse a telefonear a geólogos y a la gente que sabía de las pocas naves abandonadas que sus respectivos gobiernos no habían desguazado. Así es como empezó la Burbuja de Belson. Si aquella chica hubiese sido más eficaz a la hora del almuerzo a lo mejor no habría sucedido.

En algunos aspectos, supongo que mis ambiciones son estúpidas. Tengo más dinero del que puedo gastar, y eso desde los treinta y cinco años. Soy propietario de casas de campo, chalés, un yate, una mansión en Nueva York; sin embargo, no quiero llamar «hogar» a ningún sitio: lo último que quiero es un hogar. A menudo resido en hoteles o duermo en mi coche. No quiero un estudio como el de mi padre, un campo de batalla intelectual mudo, un reducto de autojustificación. Huiré de la vida a mi manera, me escabulliré de la realidad como me dicte mi temperamento. Me lo puedo permitir. Gano dinero con el carbón, la bolsa y el mercado inmobiliario, y sé cómo funcionan las cosas. El dinero no se mueve por fantasías salvo en el mundo del espectáculo, y yo no pertenezco al mundo del espectáculo.

Observé el planeta, mi planeta, el contorno medio dibujado por su sol, oscuro a medias, y dije:

—Lo llamaremos Belson.

¿Por qué no? Ya voy teniendo una edad.

Y Belson se llamó esa enorme y distinguida maravilla esférica. Cuando estuvimos más cerca advertí que tenía anillos. Eso no aparecía en los informes, y fue toda una sorpresa. El corazón me dio un vuelco al verlos a través de las ventanas del puente de mando, rojos y lavanda: los anillos de Belson. Cada vez estaba más interesado. Nos encontrábamos a unas cuantas horas luz, y Belson se veía gigantesco en la pantalla, una superficie verdigrís. Me encantaron los anillos.

La nave había comenzado a decelerar el día antes. Al principio nos quedamos sin gravedad, luego esta se invirtió y aumentó hasta alcanzar unos parámetros un poco por encima de los de la Tierra; aminorábamos rápidamente. Lo que antes estaba arriba ahora estaba abajo, dado que habíamos cambiado de polaridad. La nave había rotado ciento ochenta grados, y todos estábamos atados a los catres con correas. Durante unos instantes fue un delirio, y unos cuantos elementos pequeños que habíamos olvidado, como clips y el gato de la nave, flotaron frenéticamente mientras dábamos vueltas en medio de la gravedad cambiante. El gato rubio pasó a la deriva delante de mi cara arqueando el espinazo, alarmado. Cruzamos miradas. Sus ojos parecían culparme a mí por su situación.

—Lo siento —le dije.

Se suponía que el resto de la tripulación había estado usando el gimnasio, pero probablemente no fue así. Se notaba que el repentino incremento de peso les estaba pasando factura, pero mis músculos estaban preparados y fue agradable volver a pesar por un rato. Aquel último día de trayecto caminé muchísimo: por la sala de motores, el huerto, el puente de mando, las salas de almacenaje, de equipamiento y de investigación. Cada vez que pasaba por un puerto entre módulos miraba para ver mi planeta, Belson, que iba agrandándose. No hablé con nadie. El aterrizaje se llevaría a cabo en automático, con la supervisión de la piloto por si hiciese falta tomar los mandos. La piloto era una mujer pelirroja de mediana edad; la había contratado con la posibilidad de un encuentro sexual en mente (tenía una cualidad maternal, y a mí eso me atrae).

A esas alturas ya me había dado cuenta de que no albergaba verdaderas ambiciones con respecto a Belson. Si encontrábamos uranio sería una alegría, pero era lo de menos. A lo mejor me había pegado todo aquel viaje para ponerle nombre al sitio, para establecer mi propio hogar fuera del mundo. Belson contaba con una atmósfera respirable y una temperatura agradable; se podía vivir allí si tenías comida y agua suficientes. Pero la estampa de un Ben Belson como ermitaño extraterrestre no me atraía, así que desestimé la idea.

Al primero a quien le hablé de mi proyecto de buscar uranio en el espacio fue a mi contable, un judío amable y barrigudo llamado Aaron.

—¿Para qué? —me preguntó.

Estaba bebiéndose una Perrier en P. J. Clarke's, era noviembre y podíamos ver por las ventanas que empezaba a nevar copiosamente.

Lo miré a los ojos y apuré mi ron con cola.

—Por dinero.

—¿Necesitas más dinero? —dijo Aaron.

Me reí con sorna.

—Por la aventura.

—No me lo creo —dijo—. Hay maneras más fáciles de vivir aventuras.

—El mundo necesita energía. Nadie va a resolver el problema de la fusión nuclear. El petróleo se ha acabado, salvo el que tiene almacenado el ejército. Han cerrado las plantas de fisión porque el uranio es peligroso. Y tal vez vayamos camino de una glaciación. Alguien tiene que encontrar energía en algún sitio o nos congelaremos, Aaron.

—Cuatro inviernos malos no hacen glaciación —contestó Aaron—. Tenemos madera de sobra para calentarnos. La población va en descenso, Ben. Lo capearemos. —Rescató la lima de su Perrier y la lamió con aire conjetural—. Cuando éramos niños ya intentaron salir con naves al espacio y desistieron. Y eran expertos. Ahora lo han prohibido. En el espacio no hay más que desconsuelo.

Me caía bien Aaron. Era íntegro, serio y listo. Le gustaba hacer de abogado del diablo conmigo. Y me había dado en qué pensar.

—Vale, no es por aventura —dije.

—Entonces, ¿por qué es?

Le sonreí.

—Por la gamberrada.

Me miró y puso cara de circunstancias.

—Voy a pedirme una hamburguesa —dijo, y le hizo una seña a un camarero—. Lo de la gamberrada me lo creo. Lo vendemos como exploración en busca de recursos minerales, a ver si te consigo beneficios fiscales. Vamos a almorzar y a charlar de algo alegre.

Pedí un filete poco hecho, una *mousse* de chocolate y una jarra de cerveza. Aquella noche llamé a Isabel y la llevé a ver *Così fan tutte* en el Lincoln Center. En el intermedio le conté que estaba planeando intentar un viaje espacial. Lo asimiló, pero con asombro. Estábamos en mi palco de asientos rojos de terciopelo y yo iba medio borracho. La música era majestuosa. Durante el segundo acto me volví hacia Isabel con intención de meter suavemente una mano por debajo de su precioso vestido y vi que estaba furiosa.

—¿Qué pasa, cariño?

Me miró como quien mira a un niño indisciplinado.

—Creo que estás huyendo.

Salí de Nueva York al día siguiente para emprender mi búsqueda de una astronave. A veces la ciudad me deprime, ahora que hay tan pocos taxis y coches, no quedan árboles en Central Park y la mitad de los restaurantes que conocía con veintitantos años han cerrado. Lutèce y el Four Seasons ya no están, pero hay un chiringuito de madera en el sitio que ocupaba Le Madrigal. ¡Y las tiendas! Cerró Bergdorf-Goodman, lo mismo que Saks y Cartier; Bloomingdale's es una cochera de autobuses de la Greyhound. Todo el mundo viaja en autobús o en tren, porque los aviones no funcionan con carbón. Nunca había sentido que ningún lugar de este mundo fuese realmente mi hogar. ¿Por qué no probar con otro mundo?

El aterrizaje fue perfecto y solo hizo falta una mínima ayuda de la piloto. Descendimos ligeros como una pluma en un punto donde era por la mañana. Por los ojos de buey la superficie de Belson refulgía con un resplandeciente negror grisáceo. Obsidiana. A cierta distancia había un campo de algo parecido a hierba. El cielo era de un verde mohoso con nubes como las de la Tierra. Cirrostratos y cumulonimbos, altos y blancos. Tenía buena pinta.

La piloto apagó el motor. El silencio era abrumador. Nadie hablaba.

Miré a Bill, el copiloto, al otro lado del puente de mando. Estaba registrando el aterrizaje en el diario de a bordo. Como debía ser. Me sentí tradicional y me entraron ganas de tener una orquesta en la nave para que tocase el himno nacional.

Tras unos instantes, Bill dijo:

—Voy a ponerme un casco y salgo.

—Alto —dije—. El primer hombre en pisar este planeta voy a ser yo. Veo en los indicadores que está todo en orden; no voy a ponerme casco.

Me chocó la energía de mi voz tras la calma que había sentido durante el aterrizaje.

Aquella noche, después de la ópera, Isabel me dijo:

—Ben, ojalá supieras tomarte las cosas con calma. Ojalá no anduvieras siempre precipitándote.

Y yo le contesté:

—Si no anduviera siempre precipitándome no tendría tanto dinero y no te tendría aquí junto a esta chimenea de mármol quitándote la ropa.

Isabel llevaba una falda-pantalón azul y medias del mismo color. Sus pechos desnudos eran como de muchachita y me conmovieron mientras los grandes leños chisporroteaban y Mozart todavía hormigueaba en mis oídos. Ya no vivíamos juntos, pero seguía existiendo una conexión entre nosotros.

Lo que había dicho la cabreó.

—No estoy contigo por tu dinero, Ben.

—Perdona, cariño. Ya lo sé. Es solo que siempre voy con prisas, por así decirlo, y no sé cómo frenar. A lo mejor este viaje es lo que necesito.

Me miró mal un momento. La concentración embellecía su cara y su piel resplandecía a la luz de la chimenea. Isabel es escocesa, y aquella tez escocesa suya (además de su voz encantadora) fue lo que me atrajo años atrás.

—Te odio por empeñarte en arriesgar tu vida —dijo—. No necesitas arriesgarla, Ben. No hay nada que demostrar.

Ay, Dios, tenía razón. No había nada que demostrar entonces y no hay nada que demostrar ahora. Y yo lo sabía. Creo que es una adicción.

De modo que salí presuroso por la escotilla de aquella nave a la superficie de oscura obsidiana de un matutino planeta Belson, me resbalé y me rompí el brazo derecho. Mientras mis diecisiete subordinados me observaban desde los grandes ojos de buey del puente de mando, di un traspié, un resbalón y una vuelta de campana, caí con todo el peso de mi culo sobre el brazo derecho doblado como un alambrito y solté un berrido. Me hice un daño horroroso. El aire de Belson era seguro y tenía un aroma agradable, musgoso; paladeé el olor a pesar de lo mucho que me dolía el puñetero brazo.

—Su puta madre —dije.

Charlie llegó hasta mí con una jeringuilla de morfina. Me ayudó a volver a la nave, a mi camarote, y luego me hicieron una radiografía y me arreglaron el brazo. Estaba roto por dos sitios y asomaban los huesos. ¡Qué puto desastre! Pero la morfina me sentó de maravilla.

No se me había ocurrido que la obsidiana fuese resbaladiza. Los informes no habían dicho nada sobre el tema, pero vaya si resbalaba. Belson era un planeta de cristal. ¿Quién iba a querer algo así?

Al día siguiente, mientras mis seis geólogos y mis cuatro ingenieros comenzaban el examen sísmico en busca de una veta de uranio, yo tenía fiebre. Hacia la tarde, unas explosiones colosales comenzaron a mecer la nave mientras yo seguía en la cama, aturdido por la morfina, acurrucado con el estómago lleno de *vichyssoise* y *mousse* de limón. ¡Bum! Mi pequeño Corot se cayó de la pared. Al anochecer le propuse a Ruth, la piloto, que viésemos una película juntos. Aceptó amablemente y yo no intenté nada. Era la euforia química lo que me tenía prendado en ese momento.

Nunca había probado la morfina, así que en cuanto comenzó a manipular mi sistema nervioso, algo en mi interior fue consciente de que aquello era magia de la buena. Sentí la emoción del peligro. Tenía una cualidad de *suficiencia,* una forma de llenar los espacios vacíos del alma, que enganchó a mi espíritu apabullado al instante, allí en medio de la superficie oscura y resbaladiza de un planeta recién estrenado. Una sustancia química espléndida; cuando al día siguiente me desperté sin que me importase un comino el planeta que había venido a explorar, pero ávido por meterme otra dosis, me llevé un buen susto. Cuando Charlie entró en mi camarote con su jeringa aún me asusté más. Le dije que de eso nada, que me buscase una aspirina. Tardó media hora en encontrarla. Para que veáis: el mundo moderno. Aquí estábamos, en una nave espacial con el equipo geológico y exploratorio más avanzado y con unas instalaciones de la hostia que nada tenían que envidiar al Hospital Johns Hopkins. Disponíamos de un sintetizador de fármacos, disponíamos de un ordenador capaz de extirparte el apéndice, pero el médico tenía que pedirle una aspirina al responsable de la sala de motores. Presentí que el destino intentaba convertirme por la fuerza en un adicto a la morfina.

La aspirina me ayudó un poco con el dolor, pero estaba de los nervios. *Qué coño,* pensé, y le dije a Charlie que me pusiese media dosis de morfina. Uh, ahora sí.

Hay muy pocas cosas en este mundo que cumplan lo que prometen, y menos aún que den lo que uno espera. La morfina es una de ellas; solo prometía alivio y aportaba levedad al corazón. Era beatitud química para mi alma embarullada. Noté el enganche. Por qué no. Otros podrían acabar como De Quincey, Coleridge y todos aquellos pobres diablos, pero yo llevaba controlando un montón de cosas a lo largo de mi vida y concluí: *Pocas cosas hay tan buenas como esto. Voy a subirme a esta ola un rato.* No era tan ingenuo como para obviar que probablemente aquella ola me iba a llevar por delante, pero me convencí de que también podría controlarla. Todo tendría su precio. Pero eso sería llegado el momento.

Enseguida descubrí que podía rebajar la dosis sin dejar de conseguir el efecto deseado. Las mañanas de las tres semanas siguientes disfruté de una leve euforia morfínica y deambulé por Belson en un jeep nuclear con el brazo en cabestrillo y Ruth al lado poniendo música en una pequeña grabadora esférica. *Così fan tutte,* principalmente. La gente que graba actuaciones en directo me parece imbécil, pero yo a veces lo hago también, por darme el gusto. Así me entretengo en las partes aburridas, comprobando los niveles y los tonos. Había grabado *Così fan tutte* aquella noche con Isabel en el Met. Me ceñía a mi dosis de una inyección diaria de morfina; por las tardes, cuando se me pasaba el efecto, el premio era un dolor de cabeza, y entonces echaba mano de las aspirinas restantes hasta que se me acabaron. Visitaba las zonas de actividad sísmica, cruzaba en el vehículo la resbaladiza obsidiana escuchando arias compuestas a años luz de distancia en Austria y, aunque mi alma no cantara al unísono con la música por culpa de la sustancia alcaloide que invadía mi cerebro, seguía celebrando la extrañeza de un nuevo planeta con los nervios electrizados. No había gran cosa que ver en Belson, pero me había acabado enamorando del lugar.

La primera vez que encontré hierba y pasé por encima, la hierba chilló bajo los neumáticos del jeep como una mujer torturada. Y cuando frené y me bajé descubrí que la hierba que había machacado sangraba, sangraba bajo mis zapatos y bajo las ruedas del coche. Era del rojo de la sangre auténtica y bastaba para desconcertar al más eufórico de los hombres. Me afectó profundamente. Saqué de allí el jeep con tanta suavidad como pude.

Aquella noche después de la cena me enteré por el jefe de ingenieros, que también era biofísico, de que la hierba no tenía nada que ver con la de la Tierra y le resultaba incomprensible. Era marrón, como de treinta centímetros de largo y no crecía en la superficie. Aquellas briznas eran las puntas de unos largos y delgados filamentos que penetraban en la obsidiana durante kilómetros hasta donde no alcanzaba nuestra capacidad investigadora. Ninguna persona a bordo ni ningún aparato tenían potencia suficiente como para arrancar de cuajo una brizna. Tampoco se podía cortar. Chillaba y sangraba cuando la aplastabas, pero nadie tenía ni pajolera idea de por qué ni cómo. Y aplastarla no la mataba ni la rompía. Eso si es que estaba viva. El biofísico se llamaba Howard. Dijo que la hierba era algún tipo de polímero. No te jode. Y el nailon también.

Y entonces, un atardecer en el que estábamos todos a bordo comiendo juntos pierna de cordero, comenzamos a oír un sonido leve y musical del exterior. Nos quedamos inmóviles por un instante. Me levanté y abrí la puerta de la escotilla. Era una melodía cantada proveniente de un campo de hierba que empezaba a unos centenares de metros al oeste de la nave. Salí con el médico y caminamos con cuidado por la superficie resbaladiza bajo la luz de la puesta de sol de Belson, hacia la hierba. La hierba estaba cantando. Nos llegaba de todas partes.

Y lo más extraño de todo, lo que hizo que se me pusiera la piel de gallina, fue que la voz y la melodía eran *humanas:* tan humanas como cualquiera de nosotros. Era imposible descifrar las palabras, pero lo que cantaba sonaba como palabras. Cantaba fuerte y suavemente a la vez, y la melodía no dejaba de cambiar. Por un instante, sobresaltado, creí oír retazos de *Così fan tutte.* A veces la hierba se ondulaba al cantar, y otras permanecía quieta. Cuando se movía, sus sombras —alargadas a causa del sol bajo— se arrugaban al ritmo de la música. Era lo más hermoso que había visto en mi vida, lo más conmovedor que había escuchado. Por un momento temí que fuese el efecto de la morfina de aquella mañana, pero miré a los miembros de la tripulación a mi alrededor —los otros seis hombres y las once mujeres— y vi que también estaban fascinados. Estaban tan atónitos y emocionados como yo.

Howard se arrodilló junto a la hierba y acercó la cabeza al sonido. Vi que estaba llorando. A mi lado, Ruth miraba al frente. Nadie hablaba. Yo también estaba llorando.

Entonces el sol se puso y, al poco, la música cesó. Alguien encendió una linterna. Volvimos en silencio a la nave, y algunos nos emborrachamos al llegar. No había mucho que decir. Había sido la experiencia estética más potente de mi vida, y ya solo por eso merecía la pena el viaje. Llevaba la grabadora encima y había tenido la presencia de ánimo suficiente para grabar un fragmento, borrando así la mayor parte de la preciosa *Così fan tutte.* Pero la hierba era mejor que Mozart, y además ya estaba cansado de arias en italiano. Aquella noche no le conté a nadie lo de la grabación porque no estábamos demasiado habladores.

A la mañana siguiente, uno de los ingenieros encontró una planta enmarañada que salía de una fisura en la obsidiana cerca de la nave. Aquella zona había sido examinada a conciencia antes y no se había encontrado ningún tipo de brote. La planta no era como la hierba. No sangraba y se podía arrancar. Howard se la llevó a su laboratorio para analizarla. Me picó la curiosidad: ¿la habría hecho crecer la canción?

Reproduje la grabación en mi camarote mientras me comía el cruasán del desayuno, pero la música no sonaba igual. Estaba bien, pero había perdido la resonancia. Sonaba como un gran coro, sin más.

Al caer la tarde, Howard había analizado la muestra todo lo posible. Howard es un tipo flaco, cargado de hombros, con manchas de nicotina en los dedos. Lo encontré en su laboratorio leyendo una hoja impresa. Fumaba un cigarrillo y parecía cansado. Le pregunté qué había averiguado.

—Bueno —dijo—, es un salicílico, como los que se encuentran en la corteza del sauce y que llevamos siglos sintetizando en la Tierra. Pero la molécula tiene algo que no comprendo.

—¿Qué es un salicílico?

—La aspirina es un salicílico. Es lo que hay en la corteza del sauce. Distinto de este… —Sostuvo en alto un trozo de la planta—. Pero similar.

—¿Aspirina?

Me había traído aspirinas y música al viaje. La noche pasada, el planeta había producido ambas.

—Probablemente cura la cefalea.

—¿Es inofensiva?

—Supongo —contestó—. Tanto como la corteza de sauce.

—Voy a tomar un poco.

De todas formas, me dolía la cabeza porque se había pasado el efecto del pinchazo matutino.

Calculó una dosis a ojo y me la tomé. Sabía amarga, como la aspirina. Howard se quejó de que primero deberíamos probarlo en un ratón de laboratorio, pero me adelanté.

El dolor de cabeza se esfumó en tres minutos. Se esfumó por completo y no volvió. Fue entonces cuando empecé a creer que el planeta era inteligente y que era bondadoso. Belson hablaba mi idioma. La música le había hablado a mi corazón tan directamente como aquella planta le había hablado a mi sistema nervioso. Una coincidencia tan exacta no puede ser casualidad; las probabilidades son mínimas.

Desarrollé mi teoría de un planeta inteligente y se la planteé a Ruth. Me escuchó con cortesía, pero no estuvo de acuerdo. Dejé el tema. Ruth llevaba comiendo conmigo desde la primera semana en Belson, pero no nos acostábamos ni hablábamos mucho. Ella andaba ocupada con sus cavilaciones científicas y yo con mis cavilaciones místicas. Y mi morfina. Y tenía problemas sexuales.

Llamé a aquel arbustito endolina. Resultó que había un montón alrededor de la nave, creciendo en las grietas de la obsidiana. Había ido a Belson en busca de energía; en lugar de eso, había encontrado música, euforia y alivio del dolor. Empezaba a encantarme aquel planeta.

CAPÍTULO 2

¿Por qué me había comprado yo aquella nave, aquel pequeño universo portátil? Bueno, para empezar, me había quedado impotente. Mi miembro, entusiasta y católico en su día, se había vuelto tímido y huraño, y ya no me servía. Ni a mí ni a las señoritas a las que frecuentaba. Había disputas, reproches; intenté recurrir a la masturbación y, para gran consternación mía, descubrí que aquello también quedaba descartado. Mi miembro se había desvinculado de mis sentidos y mis sentidos se habían desvinculado de mi miembro. Y así siguió la cosa. Me sentía en la ignominia. Tenía ganas de matar a alguien. Mi psicólogo dijo que a mi madre; seguramente tenía razón, pero mi madre ya estaba muerta.

Finalmente, Isabel fue mi puerto en medio de aquella tormenta e impidió que perdiese la cabeza por completo. Se aplicó físicamente conmigo durante unos cuantos días —no empleo el término «aplicación» a la ligera— y luego desistió, diciendo con tacto: «Es mejor esperar un poco, Ben». Me mudé con ella a su pequeño estudio en la Calle 51 Este y dormí con ella y con sus dos gatazos en la pequeña litera que había construido con sus blancas y hermosas manos. Isabel era una buena carpintera; había trabajado durante años como atrecista de teatro hasta que reunió el valor necesario para intentar ser actriz. ¡Dios mío, qué diminuto era aquel sitio! Y no había manera de escapar de los ruidos de la calle por las ventanas: los gritos de los borrachos, de los bomberos furiosos y de toda clase de zumbados a las dos de la madrugada; los camiones a vapor de la basura a las cuatro y los estridentes vendedores de leña a las siete y media. La madera estaba a siete dólares el leño en el centro, e Isabel tenía una chimenea. Fue el peor invierno en cuarenta años; la mayoría de las mañanas el agua del lavabo era hielo puro. Intenté sobornar con sumas enormes al superintendente para que arreglara el calentador; me devolvió su tímida sonrisa yugoslava y se embolsó mis billetes, pero las tuberías siguieron en silencio. Una mañana gélida, asfixiado bajo el peso de tres mantas, traté de hacer entrar en razón a Isabel y de convencerla para que se viniese conmigo a Yucatán en barco a pasar el invierno. Pero fue inflexible. Se subió los edredones hasta la barbilla y dijo:

—Ya sabes que estoy en una obra, Ben.

Me notaba los pelitos de la nariz rígidos como estalactitas.

—Cariño —dije—, tienes seis putas frases en esa obra, y una de ellas es «Hola».

No veía la calle, porque en los cristales de las ventanas se había formado hielo. Y teníamos encendido el fuego; había echado unos leños a las cuatro de la madrugada, temblando tanto de frío que casi se me caen fuera. ¿Qué estarían haciendo todos los pobres del centro, los que no se podían permitir madera ni ventanas con aislamiento térmico y contra tormentas? La Cruz Roja repartía mantas, pero nunca eran suficientes. Me apunté mentalmente donar doscientos cincuenta mil dólares a la Cruz Roja. O igual un rancho de ovejas para que pudiesen producir su propia lana. Eran las siete de la mañana y oí el aullido del viento al doblar la esquina de la Tercera Avenida.

—Tesoro —dijo Isabel—. No pienso ser tu mantenida. Y yo no tengo tanto frío.

Isabel dormía con ropa interior larga de lana, escondiendo bajo tela rasposa toda aquella piel radiante suya y aquellos pechos de chiquilla. Yo dormía abrazado a su cuerpo caliente, con una bata de noche de franela y un pantalón corto de gimnasia.

Ya habíamos discutido sobre aquello bastantes veces, así que desistí. Isabel no iba a aprovecharse de mi fortuna. Aquella tarde merodeé por las inmediaciones hasta que encontré una enorme estufa de carbón vieja en una tienda clandestina de la Séptima Avenida y conseguí el nombre de uno que trapicheaba. Quemar antracita para tu calefacción privada era ilegal según la Ley de Fuentes No Renovables; hacían falta trenes de hulla para transportar comida y otros artículos básicos por el país, de modo que se vigilaba severamente el cumplimiento de la norma, pero yo tenía contactos y estaba dispuesto a probar suerte. A fin de cuentas, pertenecía al gremio: Belson Mines. Después de tres llamadas telefónicas conseguí veinticuatro pedazos de antracita como veinticuatro soles y la promesa de otra entrega en cinco días. A partir de entonces, Isabel y yo ya no volvimos a pasar frío. Mi trapichero, un tipo bajito y esmirriado enfundado en un abrigo marinero, intentó venderme un poco de cocaína con el lote de bultos negros, pero por entonces no me interesaban las drogas. Hizo falta un viaje a las estrellas para que me enganchase.

Una vez que tuvimos carbón en la chimenea, Isabel volvió a dormir desnuda, aunque eso no ayudó a mi impotencia. Recuerdo desvelarme de vez en cuando a las cinco de la madrugada con el ansia viva entre las piernas, pero si la despertaba (tarea nada fácil, porque dormía y roncaba como un oso hibernando) no servía de nada. Mi miembro se retraía, asustado; yo me frustraba y me sentía como un tonto de remate. E Isabel se cabreaba conmigo por despertarla para otro gatillazo.

—Ben —me decía—, si me quieres, aquí me tienes. Pero deja de despertarme para estos *experimentos.*

Yo me sonrojaba como un niño y era incapaz de volver a dormirme. Era horrible. Esto fue después de aquella conversación en Jamaica con el geólogo; empecé a fantasear con los viajes espaciales. Cuando yo sublimo, sublimo a lo grande.

Así que compré esta nave, la equipé, me aseguré de tener unas cuantas mujeres atractivas en la tripulación y puse rumbo a las estrellas con un pene fláccido.

—Doctor —le dije a Orbach, tendido en el sofá de cuero de su despacho, con mis enormes botas Lumberjack en el reposabrazos y la cabeza sobre un mullido cojín también de cuero—. Como no consiga tener un orgasmo pronto...

—No te conviene meterte tanta presión —dijo—. Hay otras maneras de darle salida a tu energía.

—Podría mentir, saquear y matar. Podría presentar mi candidatura a la presidencia. Podría viajar por el espacio.

Su voz sonó sarcástica.

—Esa última parece la menos destructiva.

Y con eso quedó decidido. Al día siguiente le dije a mis abogados que me encontrasen una nave espacial. La que terminé consiguiendo era china; se llamaba *Flor del Reposo Celestial.* Mandé al desguace la mayor parte de la vieja parafernalia científica que llevaba dentro, construí una plataforma de lanzamiento en los Cayos de la Florida, amueblé el camarote del capitán con antigüedades, contraté a una tripulación y despegamos hacia Fomalhaut. Me llevó un año. De no haber estado más tenso que un muelle de acero como consecuencia del celibato, me habría llevado cinco. Si no era capaz de penetrar el cuerpo de una mujer mediante un acto de voluntad, la voluntad me empujaría galaxia adentro. Detestaba esa especie de álgebra espiritual, pero comprendía bastante bien la ecuación; durante la mayor parte de mi vida había estado desnudando a un santo para vestir a otro. Así es como te haces rico en un mundo donde escasean los recursos, un mundo cuyas fuentes se agotan.

Años atrás, alguien me había hablado del culturismo *in somno:* podías evitar el aburrimiento de ponerte en forma haciendo ejercicio durante un largo sueño químico. Odiaba la gimnasia y la idea tenía su encanto, pero por entonces no me parecía posible desaparecer del mundo de la vigilia durante dos meses sin verme abocado a peligros económicos inimaginables. Cuando me enteré de que, pese a las triquiñuelas espaciotemporales de las que era capaz mi nave, tardaríamos tres monótonos meses en cruzar la Vía Láctea, decidí aprovechar la oportunidad e hice instalar las máquinas Nautilus. Los pectorales se me estaban quedando fofos y me estaba saliendo barriga. Tonificar mi cuerpo tal vez tonificara también su parte más blandita. A lo mejor en una siesta de dos meses tenía un aluvión de sueños húmedos y me quedaba a gusto. Pero resultó que no; me pasé la mayor parte del sueño con mi padre.

No había parado desde que me fui de casa a los dieciocho. Estudié Metalurgia en una facultad y Chino en otra mientras me mudaba de hotel en hotel. Cuando cumplí los catorce, mi tía Myra de Nueva York me dejó ochenta mil dólares. Los invertí en bosques en el momento idóneo, y para cuando me tocó ir a la universidad me podía permitir una suite en el hotel que me diese la gana y una secretaria para mecanografiar mis trabajos de curso. Nunca me había hospedado en una habitación de hotel normal; siempre escogía suites. Creo que temía quedarme atrapado en un solo cuarto como mi padre.

Me doy cuenta mientras escribo esto —mientras lo dicto— de que ahora vivo en un solo cuarto, igual que con Isabel. Soy el único inquilino de esta cabaña, de esta chabola de lúnice, la única obra arquitectónica del planeta Belson. No hay nomeolvides en las paredes, que son del mismo plateado mate del lúnice, ese hermoso mineral. Aun así, la idea de que me he convertido en el habitante de un solo cuarto y de que, por tanto, mi situación se asemeja a la de mi padre me incomoda. Igual que él, me paso las horas sentado en mi escritorio leyendo. Igual que él, fumo un puro detrás de otro. Igual que él, no hablo con nadie.

Necesito extraer más lúnice y construir otra habitación. Necesito una compañera. Necesito a Isabel.

Llevo ya cuatro meses aquí, con mi pequeña fábrica de morfina, mi ordenador rojo y mi huerto fuera. Difícilmente podría estar más solo si no fuese porque el planeta es mi amigo y mi amante. Cuando me deprimo, puedo regar el huerto, chutarme o hacer esto mismo: dictar mis reflexiones en la caja roja que las mecanografía sin cometer jamás un error ortográfico. Mi vida fracturada va saliendo de una ranura en flamante Bodoni Bold en un papel continuo marca Hammermill Bond; ahora hay tal cantidad que bastaría para empapelar esta cabaña de lúnice, para proporcionarme un vientre celestial forrado con mis reflexiones vitales impresas.

Desde que la nave se fue no he oído otro sonido que el de mi voz o el del canto de la hierba, poco frecuente. A veces el planeta me enseña sus anillos. Desde aquí abajo apenas son visibles, aunque no sé por qué. Una noche, el mes pasado, me despertaron los cantos de la hierba y, *mirabile dictu,* tuve mi primer orgasmo en años, allí tendido solo escuchando aquella poderosa canción sin palabras e imaginándome a Isabel y la calidez de su rostro escocés. Aquella eyaculación deshizo una maraña que tenía en lo más hondo del espíritu y trajo aire fresco a mi alma enmohecida; soporté los tres días siguientes sin morfina. Isabel, te mando mi amor. Quiero casarme contigo si alguna vez regreso a la Tierra.

Hace diez años que conozco a Isabel, viví con ella cinco meses agónicos y solo ahora empiezo a darme cuenta de lo mucho que significa para mí. Resulta que tenía que poner veintitrés años luz entre nosotros para darme cuenta. Quizá me hacía falta distancia para ver más allá de nuestras peleas. Durante nuestro último mes juntos mi impotencia me convirtió en una persona insoportable; no paraba de buscarle las cosquillas, le reprochaba lo primero que se me ocurría en cada momento, me fustigaba pensando en todos los amantes potentes que debía de haber tenido a lo largo de su vida. Me imaginaba tipos jóvenes de pinta estúpida montando el cuerpo esbelto de Isabel con el aplomo de un *jockey.* Me dolía el estómago solo de imaginármelo. Pero Isabel no hacía nada para motivar semejantes pensamientos. Fue fiel a mi celibato forzoso mientras viví con ella, y no guardaba recuerdos de otros hombres en su casa. Lo sé porque los busqué.

La incordiaba con su carrera. Le decía que debía aspirar a papeles más grandes en las obras o dejar el teatro. Me quejaba del tiempo que dedicaba a comprar ropa y de cómo atestaba aquel apartamentito de zapatos y vestidos hasta tal punto que no había sitio para mis pantalones de pana, mis vaqueros y mis camisas de cuadros. Y a la vez, sin embargo, era consciente de que en el fondo me parecía bien, porque a Isabel aquella ropa le quedaba espléndida.

No siempre me comportaba así. A ratos era bastante agradable, y a Isabel le gustaba mi sentido del humor y mi desdén general por la falsedad del mundo de los negocios. Además, los dos éramos unos enamorados de Nueva York y de la comida de Nueva York. E Isabel sabía, porque las mujeres saben estas cosas, que yo valoraba su aspecto. Algo de mí le debía de gustar, porque de lo contrario me habría dado la patada aunque solo fuera por los destrozos que le liaba en el suelo con la ceniza de mi puro. El suelo de Isabel estaba pintado de blanco; lo había hecho ella misma poco antes de que yo me mudase allí. Seis capas, cada una pulida con lija. Yo me las arreglaba para desperdigar montones de ceniza de mis Guevaras por aquel suelo y luego aplastarlas bajo mis pies. Hostilidad, supongo. Un frío lunes, después de que hubiese cerrado su función, Isabel se pasó el día de rodillas frotando el suelo y dándole otra capa de pintura. Lo hizo en bragas y calcetines negros, con los pechos al aire y un fuego abrasador en la chimenea. Traté de ignorarla parapetado tras mi *Wall Street Journal*, mis informes bursátiles y mis folletos, pero era incapaz de desviar la mirada de aquel culo bamboleante y de aquellos pechos preciosos que colgaban y oscilaban suavemente de lado a lado mientras ella frotaba y cepillaba para luego pulir y pintar. Pero me guardé mucho de tocarla, porque sabía perfectamente que la cosa no iba a llegar a buen puerto. Aquello era una agonía, y me sentía culpable por haberle destrozado el suelo. Había una enorme raja donde, en uno de mis ataques de ira por no empalmarme, había estrellado una taza de café. Isabel rellenó la grieta con pasta de madera, la lijó y luego pintó encima. Era un ángel. Y después, aquella misma tarde, se abrigó bien y se fue al Morosco Theatre a presentarse a una audición para una nueva producción de *Hamlet.* Volvió a nuestro apartamento de pintura ahumada y anunció que iba a ser Gertrude, la madre de Hamlet, que era una oportunidad increíble. Ahí estaba Isabel, con cuarenta y tres años, más alegre que una joven promesa con su primer papel. Debería haberme casado con ella ahí mismo para empezar a tener hijos. ¡Dios mío, menuda prole habríamos engendrado! Pero no: lo que hice fue desanimarme y comenzar a pensar en largarme. Llevábamos cinco meses viviendo juntos sin relaciones sexuales. Y no quería volver a ensuciar aquel suelo tan bonito. No quería ver a Isabel luchando por aprenderse aquellos versos libres. Recordaba *Hamlet* de la facultad; era un papel importante.

Al final cogí una suite en el Pierre. Tenía cuatro habitaciones y una cocina en la cuarta planta por tres mil al día más impuestos y servicio. Se estaba calentito, porque la dirección tenía buenos contactos. Me dediqué a aprender a cocinar.

Mi mayor éxito fue el estofado. Me resultaba realmente placentero —tal vez fuera mi único placer en aquella época de desolación sexual— pelar zanahorias, patatas y cebollas, montones de cebollas sin dejar de llorar, de pie frente a mi fregadero de acero inoxidable, contemplando entre lagrimones la carcasa vacía del edificio de la General Motors. Doraba la carne en aceite de cártamo, el único que tomaba Isabel, después de rebozarla en harina de durum y espolvorearla de pimienta de Java. La pimienta de Java era otro de sus fetiches. Tuve que admitir que era todo un acierto. Y no es que cocinara aquellos estofados para ella. Jamás subió a la suite, con sus sofás beis y sus alfombras orientales; nunca la invité.

¡Ay, Isabel! ¡Menudo pervertido resulté ser después de todo! Ahora lo veo clarísimo al decirlo en voz alta en Belson: no me fui de tu casa por el frío ni porque estuvieses memorizando versos blancos. Me mudé porque me había enamorado de ti. Me plantaba en aquella vieja cocina de techos altos, con sus paredes blancas y sus encimeras de madera, y toda la energía sexual que tu cuerpo había inspirado en mí —aquella cintura, aquellas caderas, aquellos pechos suaves— inundaba mis lúgubres tardes de pelar zanahorias, mis llantos sobre pilas de cebollas caramelizadas relucientes. Mi psicoanalista, el Gran Orbach, lo habría llamado sublimación; yo lo llamo fraude, trampa. Deberían haberme detenido por oralidad inadecuada e ilícita. (Agente, ¿ve a ese hombretón de ahí, el de las gafas y la camisa a cuadros, el de la pila de verduras junto al codo? Exijo que lo arresten por elusión criminal de la virilidad.)

Encargué una batería de cocina de acero completa de Henri Bendel, pero lo único que usé fue una cazuela grande. A veces, la pequeña para espesar el caldo. Mil doscientos dólares más el doce por ciento de impuestos de la ciudad de Nueva York y ochenta dólares por el envío y lo único que utilicé fueron dos ollas. La puñetera sartén ni siquiera venía con rejilla; tenía que colocar la carne en equilibrio sobre las zanahorias y las cebollas para que no quedase hervida. Pero mis estofados eran fenomenales. Los servía con mermelada de frambuesa y una ensalada de lechuga trocadero y rúcula de acompañamiento. De postre, *mousse* de chocolate. Si mi miembro alienado hubiese sido menos tímido me podría haber beneficiado a cualquier actriz de Broadway aquella temporada gracias a la calidad de mi estofado, que podían degustar a la luz de las hermosas chimeneas que tenía en el salón. Por no hablar de mi encanto, mi belleza y mi dinero. En fin, lo que sucedió en realidad es que cabreé a un montón de mujeres por no intentarlo siquiera. Lo que quería era cenar, mirarlas y charlar. De vez en cuando sí intentaba darme un revolcón con ellas en la cama, pero sabía de antemano que aquello acabaría como el rosario de la aurora. Y así era. Quedé muy satisfecho con las atenciones orales de mujeres por cuyas caricias cualquier colegial habría vendido su alma: una estrella de cine belga, dos protagonistas, una diva, una bailarina de ballet, la amante abandonada de un magnate del uranio más rico que yo, y un puñado de cortesanas a las que se les daba mejor el sexo que a las chinas montar radios. Las atenciones orales fueron agradables, pero me habría hecho más efecto una pieza de fruta. Por las mañanas, de aquel apartamento salían mujeres bastante exasperadas.

Tenía suficiente sentido común para darme cuenta de que se trataba de una crisis de la mediana edad. Había estado estudiando la historia de las expediciones en busca de uranio y había llegado a la conclusión —como tanta gente bien informada— de que el Gobierno había dejado de buscar uranio en el momento menos oportuno. Las repercusiones de todos aquellos viajes infructuosos y de todo el combustible nuclear malgastado fue lo que condujo finalmente al acuerdo de cese, a la prohibición del viaje espacial. «¡Usemos el combustible en casa!», había gritado la presidenta Garvey con su tono de maestra de escuela, y un tropel de políticos había suspirado con alivio.

Pero el caso era que había uranio inocuo a la vuelta de la esquina. Muchos expertos lo sospechaban, pero ya no había ningún gobierno dispuesto a arriesgarse. Un solo viaje espacial consumiría como un seis por ciento del suministro total de uranio de la Tierra. Suficiente para calentar Shanghái durante diez años. No se podía salir de la Vía Láctea sin curvar el espacio-tiempo, y eso no se podía hacer si no tenías unos cuantos billones de megavatios a tu disposición.

Yo llevaba dos o tres años tonteando con la idea, desde aquella conversación en Jamaica con el geólogo. Hice mis averiguaciones y descubrí que la cosa era como la percepción extrasensorial: muchísima gente sensata creía en ello, el asunto era que los gobiernos lo veían con malos ojos. Y a la industria privada le daba miedo meterse, sobre todo en aquellos tiempos tan poco rentables. Caray, el tipo de interés era del cuatro por ciento.

Los acuerdos SALT para la limitación de armamento estratégico llevaban cien años en proceso de negociación —íbamos por el SALT 17, de hecho—, pero solo hicieron falta seis meses exactos de martinis y tés en Ginebra para que todo el puñetero mundo decidiera dejar de buscar uranio en el espacio. Todavía podíamos bombardearnos entre nosotros y reducirnos a un montón de polvo radiactivo con solo colocar la punta de los dedos en el sitio correcto, pero ahora nos teníamos que quedar quietecitos porque jugar con las reservas de energía asustaba a los políticos más que jugar con el apocalipsis. Pues nada. *Plus ça change, plus c'est la même chose.*

Calculé que me costaría como unos ochocientos millones preparar una nave, contratar a una tripulación y poner rumbo a Fomalhaut. Si lograba encontrar uranio y traérmelo en grandes cantidades, mis beneficios serían inconmensurables. Ochocientos millones era la mitad de mi fortuna. Si lo perdía todo seguiría siendo rico, seguiría teniendo más dinero del que podría gastar en una vida larga. Qué coño. Me estaba cansando ya de estofados y de mujeres exasperadas. Era soltero. Llevaba seis años sin usar mis asientos en la bolsa de valores, las tasas de interés estaban por los suelos. Y yo soy un hombre inquieto. Inconscientemente, había estado buscando algo grande en lo que invertir. Total, qué me impedía capitanear una nave hasta las estrellas. Capitán Belson. ¿Por qué no?

Para mí fue una locura pasarme aquel frío invierno en Nueva York con temperaturas de -29 grados cuando podría haberme ido a Yucatán en mi barco. Conseguir carbón para un barco era bastante fácil; el transporte aparecía con un epígrafe especial en la Ley de Recursos Energéticos. Pero el *Acabose* permaneció amarrado al inicio del East River aquel invierno y se le abrió una grieta en el casco cuando el río se congeló en enero. Sin embargo, eso tampoco me quitó el sueño; para aquel momento ya tenía en mente otros métodos de transporte; había empezado el proceso de compra de la *Flor del Reposo Celestial* y del uranio que requeriría el viaje. Era tan complicado como preparar a una pequeña nación para la guerra, y me resultaba grato poner en ello mis energías. Hice instalar seis líneas telefónicas en mi apartamento en el Pierre y terminé alojando a una plantilla de cinco hombres y siete mujeres en las dos plantas inferiores. Cuando por fin llegó el primer día cálido, en junio, brindamos juntos por la primavera en mi salón y nos emborrachamos apaciblemente con Moët & Chandon. Una de mis agentes de compra era una señora gorda bastante simpática llamada Alice. Llevaba joyería de coral color rosa y sorbía su champán como un pajarillo. Alice me preguntó cómo se iba a llamar la nave. Pekín acababa de aceptar. Di un buen trago espumoso antes de responder.

—*Isabel* —dije—. La nave es la *Isabel.*

CAPÍTULO 3

El diámetro de Belson mide la mitad que el de la Tierra, como unos seis mil quinientos kilómetros. Aunque es bastante más denso; la gravedad es más de la mitad que la de la Tierra. Aquí peso cincuenta y nueve kilos; en Nueva York peso casi cien. Mido uno noventa. Como Belson no tiene océanos, en realidad su superficie terrestre es mayor.

No había manera de explorarlo por completo. Mis expertos en la Tierra habían escogido tres enclaves a partir de fotografías antiguas y visitamos los tres. Todos estaban más o menos en la misma zona del planeta, a pocos cientos de kilómetros unos de otros. Disponíamos de dos jeeps para ir de un sitio a otro. Sobre la obsidiana se conducía con bastante facilidad, aunque te dejaba los riñones molidos y había que tener cuidado con los resbalones. Ojalá hubiese podido llevarme un avión y el combustible para ponerlo en marcha; me gustaría haber explorado más, pero después de analizar las fotos mis geólogos me aseguraron que no valdría la pena. Si había uranio estaría dentro del perímetro de cuatrocientos ochenta kilómetros donde habíamos aterrizado, y el resto de la superficie del planeta sería idéntica a donde nos encontrábamos.

Belson apenas tenía rasgos geológicos (o, al menos, pocos que fuesen detectables). No había comida y el agua escaseaba.

Los reconocimientos no dejaban de producir informes negativos. La cosa empezaba a pintar mal. Habíamos descubierto el lúnice, un mineral fascinante de superficie plateada que podía serrarse y moldearse con el martillo, aunque exportarlo no sería rentable. A tanta distancia, ni siquiera el oro habría rentabilizado el envío. Solo el uranio podía justificar el viaje. Y empezaba a parecer que allí no había.

A los catorce años me atreví a pedirle consejo a mi padre para escoger una profesión. Por entonces era yo un chaval alto y larguirucho con el pelo rubio platino y unos músculos demasiado débiles como para sostenerme recto el cuerpo... O al menos así me sentía. Mi padre y sus silencios me imponían. Estuve plantado en el umbral de su estudio como unos diez minutos contemplando los nomeolvides de la pared y el despliegue de diplomas sobre él hasta que levantó la mirada y me hizo una seña con la cabeza.

—Padre —dije, sintiéndome incómodo e infantil—. Necesito tu opinión.

Asintió de nuevo, apenas parecía consciente de mi presencia. En su cara perfectamente rasurada noté una mínima contrariedad. Llevaba un jersey marrón y unos pantalones de franela marrones también; tenía las sienes canosas pero el resto del pelo negro. Yo era el único rubio de la familia.

—He estado pensando... —dije, tanteando el terreno— a qué voy a dedicarme.

Volvió a asentir sin decir palabra. Experimenté presiones cósmicas en el cráneo.

—O sea, debería estudiar algo en la universidad... —proseguí con una flojera que bordeaba la parálisis, repentinamente consciente de que faltaban dos años para la universidad. ¿Por qué le estaba haciendo preguntas tan memas a un hombre tan claramente ocupado con cuestiones universales?

Habló, y su voz surgió como del fondo de un pozo.

—¿Qué habilidades tienes? —preguntó.

No se me ocurría nada. Me sentía más inútil que un trozo de madera. En realidad, tocaba muy bien el piano, era un as en matemáticas y física, cantaba decentemente, había escrito una comedia musical en dos actos para la clase de teatro del instituto y leía poemas en chino. Me las arreglé para olvidar todo aquello en vista del claro desconocimiento de mis aptitudes por parte de mi padre.

—No lo sé —dije.

Cuando ahora recuerdo esas palabras todavía hago una mueca de bochorno.

—Bueno —dijo como si hablase desde el otro lado del ancho y gris Atlántico—, ¿qué quieres que te diga?

Y volvió a su libro.

Mi madre me sirvió de idéntica ayuda. Le planteé la misma pregunta cuando llegó de una partida de *bridge,* mientras se servía un destornillador en la cocina. El fregadero estaba repleto de platos sucios desportillados; un payaso de Picasso colgaba torcido sobre los fogones, con grasa en el marco.

—Benny —me dijo—, yo no tengo vocación de orientadora. Y péinate ese pelo.

En vista de aquella ayuda, decidí buscar mis instrucciones para la vida en el mundo exterior. Y el mundo exterior, que en aquella época triste y fría se encogía cada vez más sobre sí mismo, me dio el siguiente consejo: gana dinero. Parecía buena idea. Y lo era; en la bolsa de valores descubrí mi verdadero talento.

Y, sin embargo, aquí en Belson, cuando la *Isabel* aún era mi hogar, por algún motivo no me paré a pensar en la cantidad de dinero que podía ganar con la endolina. Es una sustancia tremenda: el analgésico definitivo. Pero por entonces andaba embotado en mis subidones de morfina, en mi teoría del planeta inteligente, en cavilaciones sobre Isabel y en la calma extraña que producía en mi espíritu conducir un jeep por las vastas llanuras de obsidiana al caer la tarde, bordeando los campos de hierba de Belson y empapándome del olor musgoso de su aire cálido.

La hierba no volvió a cantarnos. Los estudios sísmicos revelaron que no había uranio, pero sí un montón de plomo. Estaba perdiendo la buena forma de nuevo, aunque hacía ejercicio con las máquinas de vez en cuando. Era hora de volver a la Tierra, de volver a dormirme. Eso pensé. Recogimos unas cuantas cajas de endolina y unas ochenta láminas enormes de lúnice. El copiloto y yo diseñamos una ruta de regreso a casa, con idea de salir de nuestro pliegue espaciotemporal autogenerado en un conjunto de estrellas distinto a aquel del que extrajimos energía a la ida; di instrucciones de que me despertasen un día antes de la llegada a una tal Aminadab, una estrella nunca antes visitada que a los del MIT les había parecido apta. Le pedí al médico que se deshiciese del resto de la morfina. Pasaría el mono de la mejor manera: inconsciente. Podría haberme echado a llorar. No por la morfina, que sabía que tendría que dejar pronto si no quería destrozarme la vida, sino por Belson. Me encantaba Belson y no quería marcharme.

La noche antes de partir fue muy brillante, las dos lunas estaban llenas en lo alto. Me puse una inyección doble de morfina y salí a dar un último paseo descalzo. Caminé por el borde de la hierba durante kilómetros en pleno subidón eufórico. La hierba era plateada a la luz de la luna, y el vacío vasto, seco y sereno era como el desierto en un cuadro de Henri Rousseau. El tacto de la obsidiana bajo mis pies era cálido. A veces la hierba suspiraba suavemente y yo le respondía con otro suspiro. Sentía como nunca en mi vida la agradable presencia espiritual de aquel planeta solitario, el único de su sistema solar. La morfina y la sensación de pérdida inminente me habían dejado extático. Sentí un cosquilleo en el cuello. Empecé a hablarle a la hierba. Le conté cómo me sentía. Pareció responder con un suspiro. Le conté lo de Isabel, lo de mi impotencia, y suspiró conmigo. Le conté lo de mi hija Myra y su artritis, lo de la vida miserable de dolor que llevaba. Le conté que mi mundo se iba volviendo frío y vacío después de un milenio de vigor y vitalidad. Me subió más la morfina, me puse más místico, emocionado por lo que decía y por el espléndido aislamiento que experimentaba allí en mi extremo lejano de la Vía Láctea. Olvidé a la gente de la nave y me sentí a solas con Belson, mi Belson.

En aquel momento se me antojó que Belson era lo mejor y lo más grande que había visto. Los anillos surgieron en el cielo nocturno y refulgieron sobre mi cuerpo.

Al rato me tendí embriagado en la hierba bajo la luz de los anillos, con suavidad para que no se magullara ni sangrara. Pareció abrazarme con un millón de dedos diminutos. Empecé a oír mentalmente algo parecido a palabras. Al principio no tenían sentido, pero al poco se fueron volviendo más claras. Era la hierba, que me hablaba: lo distinguí por la cadencia, que era la misma que cuando cantaba. Las palabras estaban al mismo tiempo dentro y fuera de mi cabeza, murmuradas por la hierba. Lo que decían era: «Te quiero».

Tuvieron que salir a buscarme por la mañana y cargar conmigo de vuelta a la nave. El médico dijo que debía de haber sufrido una sobredosis. No les conté nada, pero les pregunté si alguien había oído hablar a la hierba la noche anterior. Nadie.

Retrasamos la partida un día más mientras Charlie me hacía unas pruebas psicomotoras. Las pasé sin problema. Sabía que no había sido una sobredosis y que Belson había dicho que me quería, pero también sabía callarme la boca. Al día siguiente llevamos las bobinas que rodeaban la nave a medio grado del cero absoluto, y cuando la superconducción fue efectiva generamos el campo y nos deslizamos al pliegue. Salimos cincuenta horas más tarde, a dos años luz de distancia, y absorbimos energía de un sol cercano. Así te ahorras la mitad del uranio. Era un sol rojizo sin planetas y carecía por completo de la chispa de Fomalhaut. Yo ya tenía nostalgia de Belson. Podría haberme echado a llorar de nuevo. Le dije al médico que me durmiese. Me pasé todo el trayecto hasta Aminadab soñando con Nueva York, con Isabel y con la voz de la hierba diciendo «Te quiero».

Lo que sentía por la inteligencia de Belson era similar a lo que sentía por la bolsa de valores. Como entidad, el mercado es más tonto; va de aquí para allá al son de rachas de emoción irreflexivas. La manera de dominarlo es aprender todo lo que puedas sobre él y luego fiarte de tu intuición. La intuición puede antojársenos mística, pero no lo es, al menos en mi caso. Sé lo que hago con el mercado y mis cuentas corrientes lo atestiguan. No llegué a decidir una profesión después de aquellas consultas con mis padres, pero no soy tonto. Confío en mis sentimientos místicos. Confío en que Belson me quiere.

Cuando tenía unos doce años jugaba con otro niño a un juego antiguo que se llamaba Monopoly. Mi padre me lo había regalado por Navidad; pertenecía a su colección de antigüedades del siglo XX. Y quizá fuera un empujón subliminal hacia el capitalismo típico de los magnates explotadores que iba a terminar abrazando llegado el momento. El niño se llamaba Toby. Jugábamos en el salón de su casa a un dólar la partida. Toby era rico, según mi criterio de la época. Mi familia vivía en un bungaló permaplástico cerca del campus; la de Toby tenía una mansión de piedra con catorce habitaciones. El padre de Toby era juez y propietario de un coche con motor de alcohol. Toby era muy competitivo, incluso más que yo; pero yo siempre ganaba. Pillé todos los principios del juego a la primera. La filosofía básica era ir a por todas, correr todos los riesgos posibles dentro del sentido común. Para mí fue una lección trascendental. Fue esa filosofía la que me ayudó a llegar a Belson, y fue esa filosofía la que me llevó a desoír los consejos del copiloto y escoger una parada en Aminadab que podría haber supuesto un despilfarro. De Aminadab solo sabía que era una estrella del mismo tipo espectral que nuestro Sol. Nadie se había acercado lo suficiente como para ver si tenía planetas, pero a los astrónomos del MIT les había parecido una buena apuesta. A fin de cuentas, pese a todas las exploraciones llevadas a cabo a lo largo del siglo XXI, las estrellas que habían sido observadas con la atención suficiente como para encontrar planetas no llegaban a una entre un millón, y todas se encontraban en la Vía Láctea. Los ordenadores habían decidido qué planetas convenía estudiar. Ahí fuera hay un montón de estrellas. Aún no las han contado. Es gratificante pensar que nunca las contarán.

El caso. Cuando me despertaron, se palpaba la emoción. Llevaban avistados diecinueve planetas y aún nos encontrábamos a mucha distancia. No se puede salir del pliegue espaciotemporal cerca de una estrella; apareces a unos cuantos miles de millones de kilómetros y te vas acercando con cautela. Aún nos estábamos acercando con cautela.

Me sentía genial y vi que estaba de nuevo en forma. Me tomé mi café y me dirigí hacia el puente de mando. Ahí estaba Aminadab, y ahí estaban, como partículas de luz, sus planetas. Parecían motas de polvo alrededor de una bombilla.

Resultó que Aminadab tenía treinta y cuatro en total. Yo estaba exultante y di la orden de calcular una travesía para hacer un circuito fotográfico de cada uno.

—Eso va a llevar tiempo —dijo Ruth—. Y combustible.

—Lo sé, pero Ruth: habrá uranio en alguno, o en más de uno. Venga. Vamos a por ello.

Por el momento me había olvidado de la Tierra y de Isabel. Olía el triunfo, y eso me ponía cachondo. Quería uranio. Claro que lo quería por el dinero que podía reportarme, por el mero éxito de mi viaje y para dejar perplejos a mis enemigos de la Tierra, pero por encima de todo quería abastecer de nuevo al mundo de una fuente de energía simple y segura; los días que precedieron a mi marcha fantaseé con encontrar billones de toneladas de uranio en algún planeta remoto. Era posible. No tenía por qué ser tan escaso como en la Tierra, a pesar de su semivida. Había planetas más jóvenes. Tenía que haber enormes montañas de uranio en alguna parte; cordilleras de uranio, incluso. Aun así, era consciente de que se trataba de la fantasía de un hombre impotente: la potencia infinita.

El tercer planeta que fotografiamos nos dio tan buena espina a mí y a los geólogos que ordené aterrizar allí mismo. Era un mundo pequeño y denso, medio sumergido en agua y con un cielo color lavanda. Sobrevolamos parte de su superficie en órbita baja, boquiabiertos. Había vida vegetal por todos lados. Los océanos eran de color rosa. Me gustaba. No me inspiraba el mismo afecto profundo que Belson, pero me daba buena espina aquel planeta. Parecía joven. Tenía energía.

Encontramos una especie de llanura musgosa y aterrizamos. En esta ocasión, Ruth realizó la maniobra ella sola con una soltura y una pericia dignas de su oficio. Se redobló el respeto que me inspiraba. Ruth era buena persona, solo que no decía gran cosa. Le había crecido mucho la melena pelirroja durante el viaje y me gustaba cómo caía sobre sus competentes hombros, pero cuando le elogié el aterrizaje me dio las gracias con frialdad. Algo le pasaba, y debía de haber empeorado durante mi largo sueño.

Antes de abrir, verificamos la atmósfera. Había muchísimo oxígeno, el doble que en la Tierra. El resto era nitrógeno y trazas de gases inertes como argón y xenón. Mejor andarse con cuidado a la hora de encender fuegos, dijo el médico, y nada de inhalar muy hondo. Podríais estropearos el cerebro por exceso de oxígeno.

La llanura en la que nos encontrábamos se situaba a unos quince kilómetros de una zona que las fotografías señalaban como levemente radioactiva. En aquel mundo abundaba el agua, de modo que, si al final había uranio, podríamos quedarnos allí indefinidamente. Me gustaba la idea de explorar. Total, si hasta se parecía a Jamaica, solo que con los colores cambiados. Había troncos de árbol naranjas, por ejemplo. La gravedad era ocho décimas partes de la terráquea, y en el cielo se veían densas nubes rosadas. Aterrizamos en medio de una tormenta de cálida lluvia tropical. No cesó en dos días. No sé cómo no se inundaba todo.

El aguacero, furioso y despiadado, percutía en el casco de la nave como granizo sobre un tejado de plástico, con un ruido casi ensordecedor. Era frustrante. No nos atrevíamos a salir por miedo a ahogarnos. Allí estábamos, en un planeta vivo, listos para montarnos en nuestros jeeps y lanzarnos al sueño de cualquier explorador, una aventura que superaba todas nuestras fantasías infantiles, y nos veíamos obligados a quedarnos dentro por culpa de la lluvia.

Me acabé *Los embajadores,* cené despacio y en silencio en mi camarote con Ruth, que se excusó justo después de la *mousse,* me tendí en mi catre a escuchar la lluvia y pensé en mis años mozos en Athens, Ohio.

Cuando era niño, en Athens había caballos por todas partes. Las leyes de recursos energéticos de la época clasificaban los burros y los caballos como medios de transporte impulsados por energía solar —dado que comían vegetación—, así que podías tener tantos como te pudieras permitir. Athens es un territorio muy montañoso, con su pequeña universidad construida doscientos años atrás a los pies de los Apalaches; y, aunque la gente tenía bicicletas, los caballos eran más adecuados para moverse por allí. Supongo que sigue siendo un pueblo bonito, aunque hace veinte años que no voy. Teníamos una yegua castaña y campechana que se llamaba Juno y algunas noches, cuando padre estaba leyendo en su estudio y madre dormía en el sofá del salón, yo salía a la cochera y dormía con Juno, tendido sobre su paja húmeda que me picaba por todo el cuerpo; me empapaba de su calidez y de los olores de su cuerpo, a veces escuchaba los ruidos sibilantes y raucos que producía en sueños. Juno murió cuando yo tenía quince años y la lloré más que a mis padres.

Mi padre redondeaba sus ingresos de profesor haciendo preñar a Juno y vendiendo los potros. Nunca dejó de producir, la pobre. Dio a luz a una serie de potrillos marrones o negros, de tonos oscuros, ricos y brillantes; y los crio con amor y paciencia, vigilándolos y animándolos a salir adelante. Para mí era palpable su aflicción cuando padre los vendía. Percibía su luto. Procuraba dormir con ella las noches después de que se hubieran llevado a algún potro suyo, independientemente del frío que hiciese en la cochera, y a veces me daba hocicadas en sueños y la cochera se llenaba por un instante con el resonar de su relincho triste y maternal. Sabía cómo se sentía. De haber sabido relinchar, habría relinchado con ella.

Cuando Juno murió, no la sustituyeron. Mi padre se había prejubilado para dedicarse a la investigación, de modo que nuestros ingresos se vieron reducidos y no podíamos permitirnos un caballo. De todas formas, padre rara vez iba a ningún sitio, y madre había sufrido dos malas caídas de la grupa de Juno. Vendieron su cuerpo a la planta de reciclaje de las afueras del pueblo y yo me replegué aún más en mis sueños de riqueza. En aquella casa lúgubre no quedaba nadie a quien amar.

Recuerdo a mi madre saliendo de la cochera una noche cuando Juno aún vivía y yo estaba tendido contra su flanco, medio dormido, soñando ya con cotizaciones del mercado de valores y con mis futuras proezas. Madre llevaba una bata rosa y una vela en la mano. Tenía la cara hinchada como masa de pan y el pelo revuelto.

—¡Dios mío! —dijo al verme—. Tú eres tonto. Ese caballo podría girarse y aplastarte. O cocearte y matarte.

Abrí los ojos y me quedé mirando a madre. Podría haberme puesto en pie sin pensarlo dos veces y haberla golpeado hasta dejarla inconsciente. Juno no me haría daño. Me quedé mirando a madre y no dije nada.

De pronto pareció debilitada y confusa. Se llevó una mano a la frente e incluso a la luz de la vela pude ver las venas azules y el temblor. Miró a Juno y habló como para sí misma.

—¿Qué va a ser de mí? —dijo.

Juno guardó silencio. Yo también. Madre dio media vuelta y volvió a la casa. Como media hora después, me levanté de la paja, atravesé el huerto hasta la ventana del salón y miré. Allí estaba madre, sentada en el sofá con la bata abierta y una copa en la mano, la mirada clavada en el suelo gris de la salita. Las velas del estudio estaban apagadas; mi padre se había ido a la cama. Eran más o menos las tres de la madrugada; lo calculé por las estrellas. En aquella época aún se nos permitía la luz eléctrica hasta las diez de la noche, pero era mucho más tarde. Madre había encendido seis velas y estaba allí como hipnotizada, con la carne de los carrillos caída; los pechos al aire, caídos; los brazos caídos a los lados. Cada vez que oigo la fórmula «bancarrota espiritual» pienso en madre allí sentada, una mujer vacía.

Murió unos cuantos años después, y al poco murió mi padre. Hasta que no cumplí los treinta no descubrí que mi padre no era un famoso erudito, sino un chupatintas universitario del montón, y que el valor de toda su existencia se reducía como mucho a un par de notas al pie en la obra de un historiador de verdad. ¡Menudos estúpidos, con aquellas vidas no vividas! ¡Menudos cobardes! He tratado de borrarlos de mi memoria, pero no lo he conseguido del todo; en la oscuridad de la noche, algo en mi interior aún anhela el tacto paterno que ni siquiera puedo recordar, anhela sus abrazos. En esos momentos me obligo a remontarme a Juno, y Juno, como siempre, reconforta mi espíritu hambriento.

Fue Ruth quien me preguntó, de una manera en cierto modo tímida y distante, si no deberíamos ponerle un nombre al planeta. No vacilé.

—Lo llamaremos Juno —dije.

La idea me alegró el corazón. Miré por la ventana la lluvia torrencial y las sombras de los extraños árboles que emergían de la tierra mojada. ¡Qué lugar tan fecundo, cuánta vida!

Cuando dejó de llover fui el primero en salir por la escotilla, caminando esta vez con más sobriedad, pero con el corazón exultante. El aire olía a hojas de parra mojadas y la humedad era la de un invernadero. Había algo de brisa; oí el susurro papelino del bosque a lo lejos. La hierba tenía un tono verde intenso y el tacto bajo los pies era esponjoso. ¡Qué sitio, qué lugar más espléndido! Me encandilaba la idea de que aquello pudiese durar para siempre, con otros treinta y tres planetas solo en aquel sistema solar. En realidad era un sistema de dos soles; Aminadab tenía un pequeño hermano gemelo llamado Casca que se veía justo por encima del lejano horizonte.

Me giré hacia la nave. Ruth estaba de pie en el umbral con semblante taciturno.

—¡Vamos, Ruth, sal! —le grité, y ella me sonrió levemente, salió y se quedó allí un momento. Me acerqué con una carrerita, la rodeé con los brazos y la apreté contra mí. Luego aflojé un poco y le hice una señal con la mano al resto de la tripulación en el interior—. ¡Salid! —grité—. ¡Traed vino y hacemos un pícnic!

Volví a mirar a Ruth. Sacudió la cabeza con ese amago de alarma tan propio de las madres. Se le había avivado considerablemente la cara. De repente se me ocurrió que nunca le había contado que era impotente, y de inmediato caí en la cuenta de que debía de estar disgustada conmigo por no haber intentado siquiera propasarme con ella. Dios, a veces me olvido de las obligaciones sociales más simples cuando me ensimismo como me pasó en Belson.

Pues bien, celebramos el pícnic allí durante nuestras primeras horas en el exterior de Juno y nos lo pasamos en grande los dieciocho. Unos días antes, cuando desperté de mi larga siesta, había notado cierta frialdad entre la tripulación y la había interpretado como un resquemor ante el hecho de que yo pudiera dormir durante la mayor parte del trayecto mientras ellos se veían obligados a soportar el tedio. Probablemente discutiendo unos con otros y metiéndose en complicaciones sexuales, como suele hacer la gente. La idea de un pícnic fue una manera estupenda de dejar atrás resentimientos y de inaugurar una nueva camaradería en aquel nuevo mundo nuestro. Funcionó a las mil maravillas.

Mimi, una de las ingenieras sísmicas, una mujer generalmente callada, sacó una guitarra y empezó a cantar viejas canciones del siglo xx. «Downtown» y «Let It Be». Howard y otra ingeniera trajeron botellas de vino tinto, un queso, unas latas de atún y seis hogazas de pan de centeno; encontramos un lugar seco sobre el terreno esponjoso, nos sentamos en corro y cantamos juntos con las bocas llenas de comida. Íbamos pasándonos las botellas de vino. Fue un gustazo. Nadie estaba preocupado por formas de vida peligrosas y lo cierto es que no hacía falta. Si rondaba algún animal —cosa poco probable— era imposible que su dieta incluyera al *Homo sapiens.* Nos bebimos el vino y contemplamos los soles desplazarse alegremente por el cielo —dado que la rotación de Juno se completaba en poco menos de ocho horas terrestres— y luego disfrutamos de una noche con cinco lunas y el destellar de una docena de nuestros queridos planetas convecinos. A pesar del fulgor del cielo pude identificar el Sol cuando se elevó, sin rasgos distintivos, una estrella más de tipo espectral G de la secuencia principal. Aquella centellita titilante en el cielo morado de Juno era el sol de mi vieja Tierra, el dios ardiente de sus religiones antiguas; desde aquí la veía como un diamante falso más de entre los mil puñados esparcidos por el cielo nocturno. A ciento cuarenta millones de kilómetros del Sol estaría la Tierra, demasiado pequeña para ser visible, y allí vivía Isabel. Saludé un poco triste con la mano a Isabel y me dormí un rato en la hierba.

Algo más tarde aquella misma noche, me quedé a solas con Ruth un momento y estuve a punto de contarle lo de mi problema sexual. No tenía claro si seguía siendo impotente; en ese momento no era más que una falta de interés que muy bien podía deberse al desuso..., una especie de «morriña del confinamiento solitario», como la llamaban algunos amigos míos de la cárcel. Pasé dos años en prisión en Nueva Jersey, cuando era joven y tenía demasiadas prisas por reunir mis primeros diez millones. Un tema de manipulación de precios. Presunta. Me las ingenié para recibir informes bursátiles en el móvil y despachar órdenes de compra y venta. Cuando salí había acumulado doce millones, así que la experiencia me compensó con creces, aunque en la cárcel me subía por las paredes. Cuando me marché, me las había arreglado para acaparar el mercado de la marihuana en prisión; lo hice principalmente por entretenerme. Esa fue la única vez que manipulé precios: llegué a dejar una jamaicana mediocre a trescientos la onza y le pasé el testigo a un amigo —un asesino con perpetua— que aceptó encantado las riendas del negocio. Me envía postales navideñas y alguna carta sombría de vez en cuando. Eduardo había matado a dos esposas; yo sabía cómo se sentía.

Aquella breve noche, la primera al raso en mucho tiempo, la mayoría no dormimos. El primer sol, el pequeño, volvía a salir tres horas después de que se hubiera puesto el grande, y eso producía una tenue luz bastante agradable para entregarse a la exploración.

El bosque lo formaban aquellos esbeltos troncos naranjas. Tenían la corteza caliente y de tacto correoso; las hojas eran membranosas y traslúcidas, y una especie de musgo blanco marfil rezumaba de cada una como un encaje viejo; susurraban de un modo agradable en la brisa con aroma de uva. Buscamos fruta, pero no encontramos. El bosque era enorme y todos los árboles se parecían. Caminamos y caminamos. No había mucho peligro de perderse, pero por si acaso marqué el camino soltando aquí y allá páginas de *Los embajadores,* que de alguna manera había terminado en el bolsillo de mi chaqueta. Al rato salió el segundo sol, el color pasó de rojo a amarillo y empezó a subir la temperatura. La hierba esponjosa se volvió más dura bajo nuestros pies a medida que se le iba evaporando la humedad. Empecé a sentirme acalorado y pegajoso y estaba pensando en volver a la nave a por el jeep nuclear cuando nos topamos con una suave elevación y Ruth, que fue la primera en llegar arriba, gritó «¡Guau!»; el resto subimos con ella y nos quedamos boquiabiertos. A nuestros pies se extendía, hasta donde alcanzaba la vista, un amplio valle lleno de árboles, arbustos y plantas: marrones, moradas, malvas y amarillas. Se me puso la piel de gallina.

Aún conservábamos algo de la emoción del picnic y de no haber dormido en esa breve noche; nos precipitamos colina abajo y empezamos a observar las diversas plantas, primero con infantil deleite y luego tratando de encontrar algo que pareciese comestible. Yo di con unas vainas largas que brotaban de un arbusto amarillo y las arranqué; eran resbaladizas al tacto y el olor era herbáceo. Ruth encontró un fruto que se asemejaba a un aguacate y Howard encontró unos tallos que parecían de apio. Comenzamos a recoger de todo, nos pegábamos voces cuando alguno veía algo que tuviera buena pinta. Con aquella gravedad te podías mover rápido y fácilmente, así que miramos por todas partes. Nadie se atrevía aún a hincarle el diente a nada; primero había que estudiar posibles venenos y la digestibilidad. Cargamos con aquella asombrosa cosecha entre risas y bromas. Supuso una distensión tremenda después del largo viaje desde Belson y de los días de espera bajo la lluvia.

Encontramos un montón de cosas con aspecto de comida. Howard y Sato, nuestro biofísico y nuestro fisiólogo, lo estudiaron todo con matraces, ordenadores y ratas de laboratorio, y descubrieron que la mitad era comestible. Proteínas, carbohidratos, grasas. Como en la Tierra. Mis vainas amarillas tenían unos guisantitos naranjas que sabían a almendra. El tallo de Howard era crujiente como el apio pero sabía a pescado. Y alguien había recogido unas setas que se parecían sospechosamente a las setas de la Tierra y que, de hecho, sabían a seta. Sato murmuró no sé qué de «esporas interestelares» y yo me encogí de hombros. En realidad no me importaba si eran primos fungoides de los que brotaban en la Tierra transportados por vientos astrales o por la mano de Dios; estaban casi tan buenos como las múrgulas y quedarían de fábula con filetes o en una tortilla. Las grandes hojas orbiculares de los árboles de tronco naranja eran comestibles, pero sabían a queroseno. Había una planta que se parecía al trigo; cogí el grano, lo molí e hice unas cuantas hogazas de pan pasables. Había aprendido a hacer pan en aquella época desgraciada en el Pierre. Sabía levemente ácido, pero combinaba bien con las setas fritas en un bocadillo.

Empezaba a sentirme a gusto con la tripulación. El pícnic fue el comienzo, y encontrar nuevos alimentos y compartirlos acabó de cimentar la cosa: nos habíamos convertido en una familia. Cuando vi a Sato y a Mimi de la mano me invadió una calidez que no había sentido en la vida, ni siquiera por mi hija Myra con su desafortunado cuerpo y sus ojos tristes.

Aquella noche me fui a la cama temprano y soñé un rato con Myra.

A la mañana siguiente todos nos sentamos a desayunar un poco cansados, pero para cuando nos terminamos el segundo café ya estábamos de nuevo a pleno rendimiento. A la media hora, Annie, nuestra ingeniera jefe, estaba fuera con su mono de trabajo supervisando la descarga de dos jeeps nucleares y ordenando instalar acto seguido un deflector de maleza en la parte delantera del más grande. Mimi y Sato dejaron el desayuno a medias y se dirigieron a los armarios de equipo para sacar los aparatos de detección y muestreo de uranio. Los geólogos comenzaron a barajar tres enclaves posibles donde excavar que nuestros ordenadores habían escogido a partir de las fotografías infrarrojas tomadas mientras la nave orbitaba el planeta. El lugar más cercano estaba a veintisiete kilómetros, pero la más susceptible de dar frutos estaba a diez más. El problema principal era el transporte terrestre. La *Isabel* no servía para desplazamientos cortos.

Me terminé las tortitas con beicon y me mantuve al margen un rato. Pero cuando me hube tomado el segundo café dije:

—Vamos primero a por el grande. Que vaya Annie delante con el deflector de maleza y el resto detrás con el equipo.

Arturo levantó la mirada de sus mapas.

—¿Y los análisis sísmicos qué?

Arturo era el arqueólogo jefe y parecía malhumorado.

—No vamos a hacerlos. Tengo la corazonada de que aquí no los vamos a necesitar. Esta vez voy a confiar directamente en la pala.

Arturo me observó consternado un momento. Luego dijo:

—Capitán, con todo el respeto, en un caso como este hay que ir a lo seguro. No podemos ponernos a cavar sin ton ni son...

Lo tenía sentado enfrente. Me levanté de la mesa con un puro en una mano, alargué la otra hacia su mapa y señalé un punto donde convergían un grupo de líneas dibujadas por ordenador.

—Estamos buscando un mineral con un peso atómico de doscientos treinta y cinco. Y hay algo muy pesado justo ahí: a treinta y siete kilómetros de aquí.

—Capitán, nuestros dispositivos fotográficos no alcanzan semejante nivel de discernimiento. Podría ser torio o actinio. Podría ser plomo.

—Ya veremos lo que es —dije.

En una hora tuvimos listo nuestro convoy de dos jeeps. Me subí con mi pala marca Sears, Roebuck & Company en el asiento del conductor del jeep de Annie y el otro nos siguió con tres geólogos y su equipo. Annie llevaba instalado un cilindro deflector en cada guardabarros frontal e iba desbrozando mientras yo conducía a una velocidad constante de ocho kilómetros por hora. Al principio ella manejaba aquellos enormes tubos plateados de manera cuidadosa y metódica, pero pasado un rato empezó a dejarse llevar y a accionar los controles como si disparase un revólver. *¡Fiup!* Árboles y matorrales se evaporaban en medio de una nube rosa. *¡Fap!* Se esfumaban grandes flores color lavanda según avanzábamos corcovando por el terreno pelado, y caían al suelo hojas grandes como barcas.

Había introducido el mapa de Arturo en la máquina de lectura del jeep; mi pilotaje tras toda aquella devastación molecular consistía en mantener superpuestas dos lucecitas verdes en el tablero. O, mejor dicho, en lograr que volviesen a juntarse cada vez que me comía un bache enorme y se separaban.

Se tardaba cuatro horas y media en llegar allí, y sospeché que los tres que venían detrás desearían hacer un descanso, pero yo no quería parar, así que continuamos hasta que los pitidos del dispositivo de localización del tablero alcanzaron un volumen que significaba que estábamos muy cerca de nuestro destino. Me detuve, apagué el motor y me bajé del vehículo. Estaba temblando por el accidentado trayecto, pero entusiasmado. Ya olía el uranio. Mejor dicho: el dinero.

Los otros tres llegaron rezagados poco después, polvorientos y agotados, y yo les tendí unas cervezas del asiento trasero. Luego cogí mi pala y señalé una loma justo delante. Era una especie de elevación cubierta de hierba de la altura de una mansión neoyorquina. Dimos largos tragos a nuestras cervezas y dije:

—Yo creo que ese saliente es lo que estamos buscando. —Miré a Arturo, que venía en el segundo jeep—. ¿Qué piensas tú?

Asintió con cierta frialdad.

—Ahí es donde convergen las líneas del mapa, pero no hay nada radiactivo por aquí. Seguramente es plomo.

Llevaba un contador Geiger en la mano.

—Si es uranio inocuo no afectará a las lecturas —dije yo.

—No estés tan seguro —contestó Arturo—. Nadie ha visto jamás uranio inocuo. Eso no es más que una conjetura fundamentada. —Dirigió con escepticismo la mirada hacia mi colina—. Una conjetura optimista, tal vez.

—Ahora no es el momento de ponerse derrotista —dije—. Voy a subir.

Antes de que nadie pudiese abrir la boca ya estaba subiendo la colina. Estaba cubierta de una vegetación apelmazada y rosácea, y no había dónde agarrarse; pero con aquella gravedad ligera y gracias a mi buena forma me las arreglé para escalarla. Miré atrás y vi que los demás emprendían la ascensión. Volví la vista a la cima donde me encontraba. Era plana, un poco más grande que una mesa de billar. Agarré bien la pala y empecé a cavar. Para cuando llegaron los demás, que se quedaron mirándome allí plantados, sudorosos y un poco molestos, yo ya había excavado la capa superior. Levanté una palada de una masa color mostaza y la sostuve ante sus ojos. Fuese lo que fuese, aquello pesaba mucho.

—No soy geólogo —dije—. ¿Alguien puede decirme qué es esto?

Annie fue la primera en acercarse. Cogió una pizca entre los dedos y la husmeó. Luego se sacó del hombro un estuche y del estuche unas maquinitas electrónicas. Arturo la imitó. Cuando palpó la sustancia, percibió su peso y se frotó un poco contra la palma de una mano, su semblante reveló sorpresa, pero no dijo nada. Los cuatro se pasaron unos minutos estudiando las muestras en medio de una agitación silenciosa cada vez mayor. Yo cada vez estaba más nervioso. Me sentía como cuando una acción empieza a subir e intuyes que va a dispararse.

Annie fue la primera en hablar.

—¡Dios mío! Mis lecturas son de nitrato de uranilo al ochenta y seis por ciento.

—Inestable pero no radiactivo —musitó Arturo.

—No me lo puedo creer —dijo Mimi con voz emocionada.

De pronto se puso en pie. El corazón había empezado a palpitarme como un martinete. Se arrojó a mis brazos y me apretó con una fuerza asombrosa.

Correspondí a su abrazo, y los demás se apiñaron a nuestro alrededor en una maraña de brazos y cuerpos.

—Yo sí me lo creo —dije.

Resultó que la colina entera y varias hectáreas a la redonda estaban constituidas en un ochenta y seis por ciento de nitrato de uranilo, un compuesto de U236, aunque inofensivo como una florecilla. El otro catorce por ciento no sería un problema para el equipo de refinado de la *Isabel.* El único problema era transportarlo hasta la nave; nuestra capacidad de almacenaje era de sesenta toneladas. Cargar con esa cantidad de mineral durante treinta y siete kilómetros sería un problemón. La mejor opción era poner a la *Isabel* en órbita y hacerla aterrizar de nuevo tan cerca de la colina como fuese posible.

Pero cuando le dije a Ruth lo que quería hacer, me respondió:

—Escucha, Ben. Igual puedo traerme la nave hasta aquí sin tanto lío.

Y eso hizo. Lo subimos todo a bordo de nuevo, nos apretamos las correas de nuestros catres y Ruth hizo que la *Isabel* se elevara temblando unos pocos centenares de metros, la ladeó un instante y descendió de nuevo renqueando sobre el chorro blanco del propulsor de cola. Fue una maniobra preciosa; me dejó atónito que aquello fuese posible siquiera.

Cuando media hora después salimos al terreno ahumado estábamos a treinta metros de mi colina de uranio. Ruth se quedó a mi lado con aire modesto, pero claramente satisfecha consigo misma. Me giré y le estreché la mano efusivamente.

A la mañana siguiente abrimos las escotillas grandes y bajamos la maquinaria de procesamiento a la superficie. Los dos jotaenes —los jeeps nucleares— estaban equipados con retroexcavadoras, así que Mimi y Sato operaban una cada uno mientras Annie sacaba el equipo de roturación y lo montaba en su sitio. Llegada la tarde, había catorce personas trabajando juntas y una hilera continua de nitrato de uranilo avanzaba por una cinta transportadora.

La *Isabel,* apoyada como estaba en sus retropropulsores, es casi tan alta como el Monumento a Washington, y muchísimo más gruesa. Me paseé a su alrededor varias veces mientras se llevaba a cabo la preparación del cargamento, el almacenaje de nuestra bonanza, y luego me detuve para echarle un vistazo en silencio a las pesadas cajas que ahora subían hasta las bodegas vacías. La emoción del descubrimiento había desaparecido. Contemplé esa acumulación de potencial riqueza con algo de cansancio. Quedaba fuera de toda duda que aquello suponía el cenit de mi carrera económica y un hallazgo mineral que superaba las fantasías de Cortés en México, y sin embargo no sentía ningún entusiasmo. *A lo mejor es solo que estoy cansado,* pensé. Subí de nuevo a bordo y volví a mi camarote, saqué una botella del armarito y me serví una copa fuerte. La *Isabel* temblaba a medida que sus bodegas comenzaban a llenarse. Pegué un buen trago de Bourbon y me senté agotado en mi silla Eames. Lo que todo aquello significaba entonces para mí era más dinero, simplemente. Había ganado mi apuesta inicial y estaba llevando a cabo un golpe que dejaría patidifusas a las comunidades financieras del mundo entero. El uranio de Juno podría revertir el declive de Nueva York, de todos los Estados Unidos. Si realmente se avecinaba una nueva edad de hielo, aquel uranio evitaría que la población mundial se congelase, abriría nuevas posibilidades incluso a los más pobres. Sobre todo a los más pobres. Y yo podría ser, en pocos años, el hombre más rico de la Tierra.

Me terminé el whisky y me puse otro. Estaba agotado. Me sentía como si no hubiese logrado nada ni resuelto nada.

CAPÍTULO 4

Creo que en el siglo XX una persona podía hacerse billonaria en cuatro o cinco golpes de suerte y estando tres veces en el sitio adecuado en el momento adecuado. La economía de Estados Unidos experimentó una expansión constante durante ese siglo. Un idiota tozudo pero con suerte podía cuadruplicar su herencia con menos habilidades de las que se requerían para ganar al Monopoly. Eso es lo que hicieron un puñado de idiotas tozudos con suerte, y luego se lanzaron a propagar el caos con sus emisoras de radio, sus cruzadas por Cristo —¡el Cristo no judío de clase media del billonario texano!—, sus sociedades John Birch y su zafia arrogancia general.

Aún quedan hombres y mujeres así, y a algunos los conozco bastante bien. No asisto a sus desayunos de oración ni los visito en sus mansiones de estilo campestre con revestimiento de Permastone, pero les vendo propiedades de vez en cuando. En el siglo XXI no abundan tanto como en los dos anteriores. Nuestra economía se va al garete. Los recursos energéticos y la población llevan setenta años disminuyendo. Si en 1940 una persona compraba casi cualquier cosa, desde una fábrica de sopa enlatada hasta un rancho australiano, y no la soltaba en dos décadas, se hacía enormemente rica y de paso ganaba fama de perspicaz. Se escribía en los periódicos sobre sus hijos e hijas, como si sus amantes, sus compras de arte y sus drogadicciones fueran de interés nacional.

Bueno, pues ya no funciona así. Si te aferras a lo que tienes, pierde valor. Los mercados cada vez son más pequeños; cada vez queda menos gente a quien vender sopa enlatada. Incluso contando con los chinos, que ahora usan desodorante en espray, rímel y papel higiénico perfumado, el mercado mundial es cada vez más pequeño.

Conozco varios métodos eficaces para ganar dinero; el principal es saber cuándo vender y qué vender. En el mundo hay muchas cosas para vender y, como siempre, algunas pueden ser chollos, pero la mayoría no lo son. Yo compro los chollos y sé cómo y cuándo venderlos. No creo riqueza ni produzco nada que la sociedad quiera o necesite; la mayor parte de la gente como yo es igual y siempre lo ha sido; en realidad, somos personas lo bastante inteligentes, lo bastante poderosas o lo bastante ricas desde el principio como para sacar provecho. Marx nos llamó chacales y, como siempre, Marx tenía razón. Mi fortuna asciende a dos mil millones y a veces me odio por ello.

Cuando tenía treinta y tantos largos y estaba ganando dinero en pleno declive del mercado inmobiliario, pasé unos años acumulando edificios imponentes en la bancarrota y buscando puntos débiles en las redes de hipotecas tan comunes por aquellos tiempos. Era fácil una vez pillabas que las cosas se estaban yendo a pique más rápido de lo que la gente creía. Eso fue a finales de los 2040, la época de la crisis del uranio. Ya nadie tenía hijos; el petróleo crudo estaba en manos de crudos militares; industrias enteras se tambaleaban; había bastado con quitarles las limusinas Mercedes a los estafadores de sienes plateadas que las dirigían para que la mayoría de compañías estadounidenses entraran en barrena. Yo estaba vendiendo en corto como un árabe loco en un bazar:

rescataba propiedades inmobiliarias de los juzgados, adecentaba el papeleo, encontraba formas de deshacerme de ellas y luego maneras de deducírmelas. Buenos tiempos, si tenías estómago. Y, mientras tanto, pasaban por mis manos montones de edificios y yo me quedaba con unos pocos que me hacían gracia. Acabé siendo dueño de lo que fue en su día un museo de Bellas Artes de San Francisco, en el que viví seis meses por un tema de deducciones fiscales. También tuve una casa en Georgia, cuatro bancos en Dallas, el Japan Camera Center de Chicago, dos manzanas enteras en Park Avenue y una mansión barroca de cinco plantas en la sesenta y tres con Madison. Un jueves lluvioso decidí convertirla en mi casa familiar; me pasé tres meses tirando paredes y redecorando, y en cualquier momento del día había allí más de cincuenta albañiles en plena faena.

Creo que aquel sitio reflejaba mi época de la cárcel más que otra cosa. En prisión había aprendido a jugar al billar pasablemente, así que mandé construir una sala de billar en mi mansión, con una mesa de elegante caoba del siglo XIX. Ya casi nunca jugaba, pero me encantaba observar el brillo del tapete verde bajo las lámparas Tiffany. En mi celda a veces había experimentado una claustrofobia que me impedía dormir, así que convertí una planta entera de aquel sitio en mi dormitorio, con un cuarto de baño enorme para Anna y para mí y con un suelo de pino sin acabado tan grande como para jugar al baloncesto. Amueblé el salón principal al estilo del siglo XVIII, del que me había enamorado por culpa de un libro de fotografías que había en la biblioteca de la cárcel: *Casas inglesas del siglo XVIII.* Puse butacas doradas con asientos de brocado blanco, cajitas de rapé de *cloisonné,* relojes con querubines en la esfera. Compré dos Fragonards y una lámpara de araña de un palacio francés. Pero para lo único que recuerdo haber usado aquella sala es para jugar al póker de tres cartas con mis contables. No solíamos tener invitados. Anna se pasaba la mayor parte del tiempo en el dormitorio, leyendo o tejiendo tapices.

Durante la redecoración, Anna vivió en casa de sus padres en la zona norte del estado, en la rectoría de Watertown, y la noche antes de que nuestra hija Myra y ella hiciesen el esfuerzo monumental de venirse a vivir conmigo, fui a la mansión, me serví un vaso de tubo de Campari japonés en aquella cocina de techos catedralicios y me paseé por el lugar envuelto en una nube de euforia que me duró horas. Me permití imaginar que me convertía en un paterfamilias a gran escala. Como Anna y yo solo teníamos una hija, habría que empezar a procrear a toda prisa, pero por entonces me pareció bien. En el último piso había un enorme cuarto para niños. Qué coño, podíamos tener seis o siete hijos e ir contra la moda. No conocía a nadie más con niños. Allí solo en aquel sitio espeluznante y caro visualicé el ajetreo y me resultó apetecible. La luz de la luna entraba por las ventanas abatibles hasta el suelo de mi cavernoso salón y relucía en la madera de cerezo del piano. Me senté en la banqueta y toqué «Stardust» y «Bridge over Troubled Waters» con sentimiento y bebí más Campari. Me levanté, fui hacia la sala de billar y jugué una partida. Aún la recuerdo: metí a la primera las siete y luego la pifié con la ocho. Bajé a la bodega y conté los vinos blancos, cogí el ascensor de metal y madera de nogal hasta la cuarta planta y contemplé la suite de invitados, acabada al estilo de principios del XX, todo en tonos pastel y esponjados, incluso la cocina y la alacena. Me fumé un puro japonés, me bebí un vaso de whisky japonés, encendí mi equipo de música japonés un rato, eché un ojo a la sección japonesa del *Wall Street Journal* y me planteé por un instante la posibilidad de comprar un complejo turístico cerca de Osaka. Pero no tenía verdadero interés, y las inversiones japonesas me daban mala espina; sabía que su depresión empeoraría por comprar carbón norteamericano, como de hecho ha ocurrido. Me sentía desasosegado en mi mansión, y no sabía por qué. Bueno, sí lo sabía. Aquello no iba a funcionar, y entonces lo supe.

Por entonces seguía teniendo mi Bentley a metano y lo usé para recoger a Anna en Grand Central a la mañana siguiente.

Había hecho el trayecto en segunda clase en un horno con ruedas, con la espalda tiesa en uno de esos asientos de plástico pegada a unas ventanillas sucias, y no traía más que una maletita. Samsonite. Así era Anna. No es que lo suyo fuese exactamente religioso ni que hubiera hecho voto de pobreza, pero, joder, me sacaba de quicio. Aunque no era racanería, más bien simple cerrazón. A menudo yo estaba de su parte en espíritu y maldecía mi obscena riqueza. La mitad de su maleta eran libros.

Anna, Myra y yo vivimos ocho meses en aquella mansión. Hacia el final comenzaron las revueltas estudiantiles. Las cosas iban mal en general y los estudiantes habían decidido culpar al capitalismo. A mí eso no me parecía mal, aunque consideraba que habría que darle a la escasez de combustibles igual importancia. Durante unos cuantos días, muchos de los hijos y las hijas de la clase media-alta decidieron que yo era el enemigo, y me empecé a poner nervioso cuando les dio por corear cosas como «Belson, vete a casa». Joder, si estaba en casa.

Ahorcaron una efigie con mi nombre, y la efigie era clavadita a mí. Estudiantes de Bellas Artes. Nunca olvidaré aquel maniquí relleno, con mis gafas de montura metálica, mi característica camisa a cuadros y un puro. Era muy triste que te colgaran a la luz de las farolas en la 66 con Madison, con la cabeza a un lado como papando moscas y los pies rebotando a medida que un grupo de estudiantes borrachos tironeaba de la soga. Lo observé un buen rato desde el ventanal de mi sala de billar. Luego lo quemaron y ahogué un grito al ver cómo se ennegrecía. ¡Qué sensación! ¡Qué mortífero adelanto a los acontecimientos! Aun así, me gustó ser el centro de atención.

Seguro que Anna también vio aquel monigote desde la ventana de su dormitorio. Estaba mucho más alegre a la mañana siguiente. A primera hora se sentó conmigo a desayunar sus Rice Krispies y hasta tarareó una melodía por un momento. Pero cuando le propuse que nos diésemos un revolcón en nuestra cama Louis Quinze se cerró en banda. Quería terminar Proust.

Debería haberme divorciado en el acto, alegando regocijo ante la quema de mi efigie, negación de los derechos conyugales y erudición presuntuosa.

Nunca le había prestado mucha atención a la tele, pero cuando me mudé a aquella mansión decidí instalar el mejor televisor. La gente me aseguraba que la tecnología había mejorado muchísimo y que apoyarla era un gesto patriótico. Desde la muerte de Hollywood durante el primer tramo de siglo y el hundimiento de la General Motors casi al mismo tiempo, Estados Unidos solo estaba a la cabeza de dos tecnologías en el mundo: la comida rápida y la televisión. Durante la depresión de los cincuenta del siglo XXI el televisor holográfico había mejorado una barbaridad. Así que me instalé una RCA en lo que en su día fue un saloncito de la tercera planta. Consistía en seis postes de proyección empotrados en la pared más larga de la habitación, y nunca olvidaré el brinco que pegué cuando la encendí al marcharse los instaladores. De repente apareció en la sala un grupo de personas de verdad, a tamaño real, bailando y cantando como locos, ligeros de ropa y sonriéndome todos como idiotas. También el sonido era auténtico, alto, sexy y terrible; era música sintética de Broadway de lo peorcito. Resultó ser un anuncio de seguros de vida. No tenía ni idea. Y el aparato aquel solo usaba ciento cincuenta vatios. Lo dejé encendido, fui al bar de la habitación de al lado, me puse un whisky, volví y me sumé a mis invitados ilusorios, que ahora eran una ajetreada familia de clase media. Un culebrón. Fue toda una experiencia pasearme entre ellos con una copa en la mano escuchándolos hablar de sus histerectomías electrónicas y de sus múltiples infidelidades. Estaban entregadísimos. Yo me encontraba en un momento muy bajo de mi vida. Apenas veía a Anna, y Myra se pasaba el tiempo entre médicos y amantes. Yo gestionaba mis negocios prácticamente por intuición, y con unos cuantos telefonazos solventaba mis labores. Estaba en barbecho económico y emocional; durante un tiempo me enganché a la televisión. Que las cosas se viniesen abajo fue una señal: mi plan de asentarme en Nueva York era irreal. En mi fuero interno me alegré cuando empezaron las revueltas. No he vuelto a ver la televisión desde entonces. Creo que es mejor para el alma pincharse morfina.

Anna era la hija de un matrimonio improbable entre un ministro presbiteriano con alma de dandy y una elegante dama episcopaliana de alta alcurnia. Su madre, que jamás había entrado en la iglesia de su marido, era demasiado elegante como para levantarse de la cama antes del mediodía; se quedaba tumbada sobre las sábanas de raso con su albornoz mullido y su antifaz para dormir mientras Anna se ocupaba de sus dos hermanos pequeños.

Los visité durante unas vacaciones de verano cuando Anna había vuelto del Elmira College, donde estudiaba Literatura Francesa. Su familia le daba tanto trabajo —que si arregla esto, que si ocúpate de aquello— que apenas pasamos un rato juntos. Dedicó toda una mañana a preparar un pícnic para celebrar el 4 de julio todos juntos, y cuando llegó el día 4 su madre decidió sustituir los pollos que Anna había asado el día antes por cerdo.

—Madre —dijo Anna desesperada—, tengo que tender la ropa. ¿Y dónde voy a encontrar un cerdo el 4 de julio?

Se quedó allí plantada mirando a su madre, temblando.

—Seguro que lo consigues, cariño —le respondió la madre.

La mujer dio media vuelta y subió las escaleras a su dormitorio.

Y Anna lo consiguió, efectivamente. Dejó la ropa secándose, compró un cerdo, lo cocinó y preparó un pícnic para seis personas. Aquella tarde limpió la cocina, reparó el regulador de la estufa y reorganizó los libros de la biblioteca de su padre.

—Esta chica es una joya —decía en voz baja su padre dándole caladas a su pipa.

Por entonces, yo también lo creía así.

*

Después de que me colgasen y quemasen *in effigie* me pasé dos días buscando protección y haciendo instalar persianas de acero en las ventanas de las dos plantas inferiores de casa. Era una empresa de seguridad privada, una subsidiaria de Cosa Nostra. El edificio ya contaba con un muro alrededor y una alambrada en lo alto. Durante todo aquel trance no había visto a Anna ni a Myra, pero cuando acabó y yo estaba en la sala de billar una tarde haciendo saltar la bola tres por la mesa para pasar el rato mientras pensaba en mis cosas, ¿quién decide aparecer sino Anna? Llevaba una bata de estar por casa de un verde descolorido y la vi cansada.

—Ey —le dije—. ¿Dónde te habías metido?

Frunció el ceño un poco.

—Por la casa. Intentando no molestarte.

—No me habrías molestado. Solo estaba diciéndole a esta gente dónde poner cada cosa.

—Deberías haberme pedido ayuda. —Su voz sonó agotada—. Ponme una cerveza, Ben, por favor.

Parecía tan relajada, cansada y familiar que me distendí por completo.

—Claro, cariño.

Fui a la pequeña barra al fondo de la habitación y saqué dos botellas de cerveza peruana y dos vasos. Anna se sentó en un enorme y cómodo sillón de terciopelo. Dejé los vasos en la mesilla de al lado y los llené hasta arriba, con mucha espuma. Puse una silla más pequeña enfrente de la suya, cogí uno de los vasos y me senté. Anna apenas bebía, así que me tomé su buena disposición como una señal. Fui dando lentos sorbos a mi cerveza y esperé a que iniciase una conversación. Estaba claro que algo le rondaba la cabeza.

Por fin se decidió a hablar.

—Ben, creo que me voy a volver loca en esta casa. Aquí no tengo nada que hacer.

Me la quedé mirando fijamente, cabizbajo, supongo. Me había esperado algo positivo.

—Deberías salir más —le dije—. Conocer gente. Podríamos ir al teatro o al ballet.

Me sentí estúpido en cuanto lo dije. Había revueltas y manifestaciones en las calles de Nueva York y yo era uno de los objetivos principales. No era muy recomendable que mi esposa asistiese a veladas vespertinas ni que se dejase ver aplaudiendo educadamente en el ballet. Siempre acababa diciendo estupideces cuando hablaba con Anna.

Se limitó a mirarme con cansancio.

—Es como cuando vivíamos en el Pierre, Ben —dijo.

—No bebo tanto como entonces. Y estoy mucho más en casa.

Me miró furiosa un instante.

—Te pasabas todo el día borracho —me replicó—. O por lo menos cada vez que yo te veía, que era con frecuencia. Ahora solo estás borracho parte del día.

Aquella era la primera vez que reconocía que yo había rebajado lo mío, y me alegró oírlo.

—Mira —le dije—, podemos leer libros juntos, como hacíamos al poco de casarnos. Deberíamos irnos de viaje por Europa y volver a alguno de aquellos lugares de Florencia. O a aquella casa en Bruselas.

Me miró sin contestar y le dio un sorbo a su cerveza, pensativa.

—Joder —dije—. Puedo finiquitar estas puñeteras fusiones y el contrato de carbón que tengo en marcha en una semana. Tendré tiempo. Podemos… reconectar. —Levanté la mirada hacia las ventanas abatibles que daban a Madison Avenue, donde mis nuevos focos hacían que las copas de los dos grandes arces brillaran teatralmente, como si del decorado de un escenario se tratase. Luego volví a mirar a Anna y vi que estaba llorando—. ¿Qué te pasa, cariño?

Sorbió por la nariz un momento, se sacó del bolsillo de la bata un pañuelo que parecía ya cargado y se sonó ruidosamente.

—Ben, en Europa lo pasé fatal. Detestaba aquella casa de Bruselas. Me pasaba los días tejiendo tapices e intentando calentar aquella horterada de sitio mientras tú andabas de los nervios de acá para allá hablando por teléfono tres horas seguidas. Fue horrible. —Se sonó la nariz de nuevo, esta vez más flojo, y me miró amenazante—. ¿Qué te hace pensar que sería distinto si lo repitiésemos?

—No lo sabía... Yo pensaba que te había gustado Europa esa vez.

En sus ojos y en su voz había ahora furia.

—Te dije un montón de veces allí que quería volverme a casa. Te dije que odiaba Bélgica. Me sentía incómoda en los restaurantes y las películas eran insulsas.

—¡Cariño! —dije—. Lo recuerdo. —En realidad no, hasta que no lo había dicho. Me sentí culpable de inmediato, pero, joder, hacía diez años de aquello—. ¿Y no mandé que nos trajesen películas francesas y las pusimos en el salón? Y contraté a un buen cocinero para comer en casa.

Se puso en pie de repente con el vaso de cerveza a medias en la mano, me clavó la mirada y dijo sin perder la compostura:

—La madre que te parió, Ben. No cambias. Que si tú hiciste esto y lo otro por mí. Venga a contarme que ibas a enderezar las cosas y que ibas a cambiar. Bueno, pues no has cambiado, no vas a cambiar y yo estoy harta ya. No puedo estar más harta de oír hablar de ti, de lo que vas a hacer y de que todo va a ser distinto. Tú solo sabes hacer dos cosas, Ben: ganar dinero y hablar de ti mismo. Y estoy harta de las dos.

Se calló y se terminó la cerveza.

Algo se encogía en mi interior. Era consciente de que lo que decía Anna era cierto. Estaba obsesionado conmigo mismo y con ganar dinero. Pero, joder, sí que le prestaba atención cuando hablaba lo suficientemente alto como para competir con la alarma de incendios que a veces sonaba en mi cabeza. Me sentí fatal.

—Anna —dije con total sinceridad—, ¿qué quieres?

Y entonces hizo algo que nunca le había visto hacer. Agarró el vaso de cerveza y lo lanzó con todas sus fuerzas como una pelota de béisbol contra la pared del fondo. Como un cohete. Reventó, cayó y tintineó por el suelo.

—¡Hostia! —solté impresionado.

—Lo que quiero —dijo Anna— es que esos alborotadores de ahí fuera vengan a por ti y te cuelguen de verdad. Y que luego te quemen. No te soporto, narcisista de los cojones.

Me la quedé mirando, sin más. Había notado que llevaba furiosa mucho tiempo… Años, diría. Y ahí lo teníamos. Pareció que la atmósfera de la sala se aligeraba.

—Me cago en tu alma de ególatra —dijo, y entonces dio media vuelta y se largó.

Me quedé allí sentado veinte minutos. Luego me levanté, fui a la mesa de billar, alineé las bolas en su triángulo, rompí y eché una partida de continuo. Colé las quince una detrás de otra. Pero tenía el estómago en un puño. Era un hijo de puta. Un narcisista obsesionado con el dinero.

Cuando la mafia salió del armario por primera vez, se fusionó con el sindicato de transportistas Teamster y se registró en la Bolsa de Nueva York, yo me mantuve al margen. Cosa Nostra Industries. No me fiaba, pese a las predicciones de una mejora en los envíos de artículos por todo el país. Pues, como de costumbre, tenía razón: la escasez aumentó en Nueva York y la llegada de alimentos y mercancías se volvió incluso más caprichosa. Durante aquella temporada, en mi mansión no hubo otras patatas que las del mercado negro, aunque abundaban las peras. Muy buenas, por cierto. Después de meter todas aquellas bolas bajé en ascensor al salón, donde había un enorme cuenco de Sèvres lleno de peras Bartlett amarillas y rojas. Empecé a comérmelas mientras me paseaba, chorreando jugo por el suelo un rato hasta que cogí un platillo y lo sostuve bajo la fruta. Estaban tremendas, no podían estar más suculentas, y debí de comerme una docena. «Privación oral», me había dicho el Gran Orbach. «Falto de una nutrición interior profunda y vital.» Dio en el clavo. Los pechos de mi madre siempre me parecieron nabos podridos. Cuando bebía, bebía a conciencia. Mientras planeaba una venta mobiliaria o una fusión era capaz de mordisquearme los pulgares hasta despellejármelos. Estaría gordo de no ser por mi metabolismo de hormiga roja de fuego, pero solo duermo tres o cuatro horas por las noches y normalmente estoy bastante flaco.

Así que engullí aquellas peras invadido por la sensación de culpa, ira, indefensión y remordimientos provocada por Anna. Llevábamos quince años casados y por lo visto no habíamos tenido más que desdicha. Me comí otra pera dejando que el jugo me chorrease barbilla abajo mientras recorría a zancadas el salón con mis botas de leñador. *Joder, ¿pero qué quiere?*, pensé.

Lo repetí varias veces en voz alta —*¿Qué quiere?*— y luego me di cuenta de que estaba reprimiendo la respuesta. Era obvio: quería que me importara. Y la verdad es que no me importaba. Ya no. Anna me aburría. Tenía una cualidad dulce, como de niña perdida, que me atraía intensamente. Y aquella inteligencia que me había seducido en un principio, pero que a esas alturas no era más que polvo y cenizas. No me bastaba. Me comí otra pera, esta vez más despacio. Me habría sabido mejor con un poco de queso curado, pero lo teníamos en la segunda planta, en la cocina. Me imaginé la cara de Anna con el aspecto que había tenido en aquella rectoría, rodeada de su distinguida y cultivada familia. Me había parecido tan lista, franca y fresca. Tan distinta a cualquier otra persona que hubiera conocido en mi vida. Por entonces tenía un culazo redondo y grandes ojos risueños. Hablar con ella era como hablar con una vieja amiga. No coqueteaba. No tenía dobleces. Sentí que debía llevármela y casarme con ella en aquel mismo instante.

Le pedí matrimonio a los tres meses de conocernos y aceptó. Me dijo la verdad: quería salir de aquel sitio cerca de Canadá, ver mundo. No quería terminar la universidad y hacerse maestra. Quería algo «distinto», dijo. Bueno, nunca supe qué era exactamente ese algo «distinto», aunque lo intenté por todos los medios. Y ella tampoco llegó a descubrirlo. Anna no sabía lo que quería, ¿cómo iba a saberlo yo?

Me la llevé de luna de miel a una posada en Jamaica; nos alojamos en una suite con piscina, muelle y campo de croquet privados. El dormitorio era enorme, con muebles, camas y paredes blancos. En las paredes había pinturas británicas del siglo XIX de flores, caballos y paisajes, y tres jarrones con ramos en la habitación. Teníamos dos baños alicatados enormes, con un inmenso cuenco de hibisco en cada uno, rosa para ella y azul para mí. Había un balcón de piedra de doce metros de largo sobre las rocas donde el Caribe rompía en salpicones de azul claro y espuma.

Era nuestra noche de bodas. Me había desnudado rápidamente en mi cuarto de baño y estaba tendido en bóxers negros en una de las dos camas *king size* con las manos detrás de la cabeza. Yo tenía muy poca experiencia sexual y Anna era virgen.

Olvidaos de la píldora Fergusson y de la «liberación del cuerpo»; el sexo me daba tanto miedo como a la gente de la Edad Media. Y a Anna igual. Lo habíamos hablado.

Pero ella no me había dicho nada que me preparase para lo que sucedió a continuación. Habíamos bajado del avión aún vestidos de boda. Ahora salió de golpe de su cuarto de baño con la blusa blanca todavía puesta y con una especie de faja de goma horrenda y antierótica en el culo. Se acercó a la cama con aquel aire pragmático suyo, se plantó como un lanzador de béisbol, me dio la espalda y dijo:

—No consigo quitarme esto.

Aquello me había dejado como hechizado. Era su estilo, sin duda, pero yo me esperaba otra cosa en la noche de bodas. Me incorporé en la cama, estiré los brazos y desabroché un ganchito de acero en la parte superior de aquel cachivache. Al tacto parecía de goma de *tupperware*.

—Así mejor —dijo.

Procedió a meter los pulgares por el borde de aquella engorrosa prenda blanca y elástica, la bajó un centímetro y luego, de golpe, la soltó con un fuerte restallido. Soltó un suspiro audible de alivio. Se la fue bajando así centímetro a centímetro. Restallido, restallido, restallido, aún lo sigo oyendo.

Tampoco es que esperara que Anna actuase como una cortesana, pero, caray, parecía que estuviera tratando de decirme algo terrible.

—Madre mía —dije—, ¿pero qué pasa?

Me respondió con tirantez.

—Es solo que no podía quitármelo.

—Pero ¿para qué te lo has puesto?

No necesitaba faja. Tenía un culo excelente.

Entonces se echó a llorar.

—Lo siento, cariño —le dije.

Esa debió de ser la primera de un millón de veces que terminé diciendo eso. *Lo siento, cariño.* ¡Joder! Debería haber descifrado los malos augurios en aquel momento, largarme a Nueva York cagando leches y dejar que mis abogados se ocupasen de la anulación, pero, como de costumbre, cavilé y llegué a la conclusión de que era yo el que lo había hecho mal. ¡Si pudiese confiar en mi olfato con las mujeres como lo hago con el dinero! Estaría más satisfecho que un Buda japonés gordo flotando en una hoja de loto.

—La dependienta me dijo que necesitaba ponerme algo debajo del traje, así que lo compré. Quería estar perfecta para ti.

Sacudí la cabeza. Ella se giró para mirarme, allí de pie con su blusa blanca de Synlon y aquel enorme cacharro ridículo de goma tirado por el suelo como un cinturón de castidad desechado. Cinturón de castidad: digo bien. Desde entonces he descubierto que hay monjas por todas partes.

—Pues debería haberte vendido unas tijeras para sacártelo.

Pretendía quitarle hierro, pero no le hizo gracia. Qué va, fue terrible. Me sentí como un hijo de puta por enfadarme. ¿Acaso no me había enamorado su sencillez? ¿Qué esperaba? Pobre chica, ¿cómo iba a saber conjurar cierta elegancia en su noche de bodas?

Anna parecía devastada.

—Lo siento, Ben. Supongo que no sé cómo ser una novia.

—No pasa nada, cariño. Tú tira ese trasto, desnúdate y vuelve. Si te da vergüenza estar desnuda, ponte algo. Pero que no sea de goma.

Ella sonrió.

—De acuerdo —dijo, y regresó a su baño.

Volvió al rato con un vestido blanco. Se había puesto perfume. Se tendió en la cama a mi lado, charlamos y ambos nos sentimos mejor, pero yo no pude librarme de cierta aprensión. No hicimos el amor hasta la mañana siguiente, después del desayuno. Manchó un poco de sangre las sábanas. Cuando salí de la ducha, vi que las había quitado y estaba en su baño enjuagando la sangre con determinación. Me dio un vuelco el estómago, pero no dije nada. *Qué coño, ya cambiará,* pensé. Pero no.

Después de un par de horas comiendo peras en el salón fui al baño y vomité. Luego me dirigí al teléfono y llamé a Arthur Freed, uno de mis abogados, lo desperté y le dije que quería divorciarme y que estaba dispuesto a pagar una pensión sustanciosa.

Todavía tenía náuseas y un sabor agridulce en la boca de tanta pera, pero algo en mi corazón se aligeró. Llevaba quince años posponiendo aquel divorcio.

Había quedado con Isabel de vez en cuando, desde que puse dinero para el reestreno de una obra en la que ella tenía un papelito. Esperé hasta el amanecer y la llamé para invitarla a desayunar conmigo. Aceptó, adormilada. A las nueve de esa misma mañana ya estaba en su apartamento y nos metimos en la cama altillo mientras sus dos grandes y torpes gatos observaban mis titubeos, mis gemidos y mi fracaso. Me había vuelto impotente. ¡Manda huevos!

En un artículo de portada hace unos años, *Newsweek* se refirió a mí como «un luchador, un hombre de su época» y a continuación calificó esa «época» como la «hija huérfana del siglo XX».

A su manera insípida, *Newsweek* tenía razón. Mi padre enterró su vida en el pasado; yo vivo muy arraigado en mi propio siglo. Nací en 2012, cuando la población de las sociedades industriales caía en picado. Ya es un milagro que naciese siquiera. La última gasolinera de Estados Unidos cerró cuando yo tenía cuatro años. El viaje a más de la velocidad de la luz se perfeccionó cuando tenía siete, y cuando estaba en el instituto dio comienzo la frenética búsqueda de uranio a través de las estrellas; cientos de naves como la *Isabel* escudriñaron la Vía Láctea en busca de lo que el *Tribune* llamaba «el Klondike galáctico». El combustible requerido para tal empresa redujo a la mitad la provisión mundial de uranio enriquecido. A saber cuánto se arrojó a la estratosfera durante las Guerras Árabes para volar por los aires aquellos pozos de petróleo medio vacíos y las flamantes universidades de hormigón que salpicaban las arenas del Golfo Pérsico.

Si mi siglo es el «huérfano» del siglo XX, los años 90 concibieron mi época. Más en concreto: el año de la concepción fue 1997, cuando Fergusson inventó su píldora.

Fergusson era un anciano gruñón y célibe, y su anticonceptivo contaba con todas las cualidades necesarias: era barato, sencillo y seguro, y solo tenías que recordar tomártelo una vez. Además, no era sexista: con la misma píldora podían volverse estériles tanto un hombre como una mujer. Los primeros kits de Fergusson salieron varios años antes de mi nacimiento, y nunca dejará de asombrarme que ni mi madre ni mi padre tomasen una de esas píldoras rojas e impidieran que cobráramos vida tanto yo como este relato sobre ellos. El kit consistía en un frasquito de plástico con dos píldoras, una roja y otra verde. Si te tomabas la roja quedabas estéril y así permanecías hasta tomarte el antídoto, la píldora verde. Podías ser estéril por un fin de semana en la Ciudad de México o de por vida, según escogieras. No costaba casi nada producir un kit de Fergusson; se vendían por dos dólares, el precio de una Pepsi-Cola. La Organización Mundial de la Salud las distribuyó gratuitamente en Latinoamérica e India. La Iglesia católica romana casi fenece de un ataque de apoplejía; el Papa cerró apesadumbrado sus sabios ojos japoneses. La prensa y el púlpito se inundaron de discursos sobre la procreación (aquel don de Dios) y el calor de las familias. La gente asentía muy seria y luego se tomaba la píldora. Algunos grupos minoritarios clamaban contra el «genocidio químico», las salas de maternidad cerraban. Los hombres de las tribus bantúes distribuían píldoras rojas entre sus jóvenes como parte de los ritos de pubertad tradicionales. No faltaron en ningún iglú del Ártico. Y en todas partes sobraban píldoras verdes. Rara vez se tomaban. El *Osservatore Romano* lo tildó de «suicidio colectivo». Unos pocos irlandeses obedientes criaron camadas de bebés enfurruñados; el resto de la humanidad respiró aliviado. Por fin se había eliminado el precio de la cópula. La siguiente generación se redujo a la mitad del tamaño de la anterior.

Myra nació debido a mi decisión consciente de tomar una píldora verde una noche de viernes. Al primer indicio del embarazo de Anna me tomé una roja.

Durante los nueve meses que viví en aquella mansión e intenté ser un hombre de familia, a veces me sentí culpable por mi estilo de vida y por toda mi fortuna. Siempre he sido un comunista frustrado, incluso más que Isabel, diría yo. Y eso que Isabel nació en un país comunista y estudió en colegios maoístas. Mis padres rara vez hablaban en la mesa durante la cena si no era a base de gruñidos, y cuando lo hacían, generalmente era para recordarme que una familia de seis en la India podría haberse alimentado con las verduras que yo me negaba a comer. Por entonces, me decía para mis adentros que ojalá tuviese un sobre franqueado junto a mi plato en el que pudiera depositar mi *spam* y enviarlo de inmediato a alguna dirección de Nueva Delhi. Mi opulencia me sigue pasando factura en forma de culpa.

A veces, mientras deambulaba por los largos pasillos y salones de mi caserón, me descubría pensando «¡Qué despilfarro!» y, presa del pesimismo, decidía convertir el lugar en un refugio para vagabundos borrachos o en un hospital; al fin y al cabo, yo no necesitaba más que una habitación. Pero entonces me consolaba, como suele suceder en momentos así, pensando en casos peores. Si miraba al otro lado de la calle desde la ventana de mi gran comedor veía la fachada de una mansión aún más grande que la mía con una placa de bronce que decía REFUGIO PENNY NEWTON. Penny, fallecida muchos años atrás, fue la última de esa familia de magnates del petróleo y magos de la electrónica; había invertido sus cientos de millones en donar una mansión de cinco plantas como hogar para gatos callejeros. Tenía alrededor de seis mil gatos viviendo enfrente de mi casa, y unas brigadas de hombres uniformados recorrían la ciudad en busca de más, mientras un equipo de veterinarios y nutricionistas mantenía a sus inquilinos con el pelaje brillante y los ojos vivaces. En Harlem muchas familias seguían padeciendo raquitismo e hipotermia. Y mordeduras de rata. Qué coño, al menos yo mi dinero me lo había ganado. Penny no había hecho nada en toda su vida salvo asistir al ballet, jugar al whist y acumular dividendos de la fortuna que su padre estafó a otras personas. Me daba la impresión de que la riqueza de la mayoría de mis vecinos era igual de inmerecida y de que la gastaban con idéntica frivolidad; lo del refugio gatuno de Penny era más flagrante, nada más. La propiedad es un robo.

Después de varios días cargando, el proceso se volvió rutinario, aunque algunos miembros de la tripulación seguían mostrando una especie de emoción prolongada. Yo no estaba ni emocionado ni abatido, pero observé que mi indiferencia con respecto a la veta que seguía acumulándose me había separado a su vez de la tripulación, anulando el efecto del pícnic, por así decirlo. Sobre el papel, supervisaba el trabajo, pero no daba órdenes ni instrucciones. Era Annie, con su rostro grave y bronceado y su carácter expeditivo, quien llevaba la voz cantante. Bajo su supervisión, el subsuelo crudo de Juno iba alimentando la maquinaria que refinaba, compactaba y procesaba el uranio puro en pequeños gránulos amarillentos del tamaño de una moneda de veinte dólares pero de un centímetro de grosor. La *Isabel* iba abastecida de moderadores de boro por si fuese necesario controlar la radiactividad, así que se colocaron entre los gránulos según órdenes de Annie. Las capas de veinte gránulos alternadas con veinte moderadores se cubrían luego con forros transparentes de alta densidad. El resultado era una especie de gigantesco regaliz enrollado o *parfait,* que se depositaba cuidadosamente en un estuche de plástico junto con otros diecinueve. Los estuches se numeraban y una grúa los cargaba en la bodega de la *Isabel.*

No fue una operación ordenada y fluida, como las de las fábricas japonesas de holovisión. Nadie llevaba batas blancas de laboratorio y había mucho polvo, ruido, confusión y sudor, pero las cajas, robustas y sólidas, se apilaban en los compartimentos a un ritmo emocionante (emocionante para los demás, no para mí).

Durante esos días entrené en el gimnasio todas las mañanas. Saqué del equipo de trabajo a Artaud, mi entrenador, el tiempo suficiente para que me ayudase a quitar los resortes de gravedad cero de las máquinas y reemplazarlos por pesos, pero no necesitaba de su presencia para los ejercicios. La tripulación también era bienvenida en el gimnasio, pero por lo general iba solo, poco después de un desayuno ligero, y me sometía a unas series bastante rigurosas. A veces las repeticiones con aquellos pesos eran dolorosas, pero obtenía algo muy necesario para mi espíritu.

Después del ejercicio me daba una ducha generosa, me secaba con una de las gruesas toallas de la *Isabel,* me ponía unos vaqueros y una camisa de cuadros y salía a fingir que era el capitán de aquella tripulación laboriosa y animada. De vez en cuando echaba una mano si alguna de las cintas transportadoras se atascaba o surgía algún retraso en la línea. Por las tardes iba a mi camarote y pasaba un rato tratando de planificar la estrategia a seguir una vez que regresáramos a la Tierra con el cargamento de la *Isabel.* Intentaba concentrarme en algunas decisiones básicas:

¿debía construir mis propias plantas energéticas o intentar fusionarme con empresas como Con Ed? ¿Debía limitarme a vender uranio, centrándome en el mercado de combustible tal y como empecé, transportando carbón en una vagoneta? ¿Debía comprar más naves y formar una flota de repartidores de combustible a la Tierra? ¿Debía entrar en el negocio de los coches eléctricos, o incluso en el de la iluminación y los pequeños electrodomésticos, que estaría en auge a medida que la electricidad volviera a abundar? Por algún motivo no era capaz de concentrarme en aquellas preguntas. Les faltaba sustancia. Todo parecía decidido de antemano.

Por las noches cenaba sentado a mi escritorio y luego jugaba al ajedrez solo o leía. Por lo general bebía, a solas.

Una mañana, durante la segunda semana de carga, entró alguien en el gimnasio justo después de que yo empezase a entrenar. Era Howard, en pantalones cortos amarillos, flaco y abochornado. Howard es un intelectual, había sido profesor de bioquímica durante años no sé dónde, y allí plantado en la puerta tenía una pinta cómica.

—Entra —dije alzando las piernas para levantar sesenta y ocho kilos.

Aquello pareció infundirle ánimos. Se acercó y se abrochó el cinturón de la máquina de cadera y espalda, junto a la mía.

—¿Has calentado ya? —dije.

Asintió.

—He corrido en el sitio, en la cantina.

Gruñí y seguí a lo mío. Durante un rato nos afanamos en silencio. Desabrochamos las correas y cambiamos de máquinas; Howard pasó a la máquina de elevación de piernas que acababa de dejar y yo fui a la de *curl* de piernas. Howard bajó el peso a veinticinco y empezamos a darle al unísono.

—Capitán —dijo Howard de repente, jadeando—, ¿tiene usted problemas para dormir aquí con lo de los días cortos y los dos soles?

—No —respondí.

No dije que, por lo general, me iba a la cama borracho.

Asintió.

—Uno de esos soles siempre está saliendo justo cuando me acuesto.

—Cierra la escotilla de tu litera —le dije—. Ponte una almohada encima de la cabeza.

—Ya. Puedo probar eso —dijo sin demasiada convicción.

Por un rato se hizo un silencio solo interrumpido por el chirriar de las levas y el golpeteo de los pesos en sus rieles. Cuando nos levantamos para cambiar a las siguientes máquinas, habló de nuevo.

—Cuando me voy a la cama me pongo a pensar en mis esposas.

—¿Esposas? —pregunté.

—Seis, sí.

Seis no era moco de pavo. Pero en ese momento no me apetecía hablar de mujeres.

—¿Tú de dónde eres, Howard?

Se tumbó en el banco de *curl* de piernas y colocó con torpeza los talones en su sitio.

—De Columbus, Ohio.

—¿Ruth no es de allí también?

—Sí. Somos hermanos.

Hizo esfuerzos por levantar los pesos, pero no hubo manera.

—Yo me encargo —dije. Howard estaba tratando de levantar cuarenta y cinco kilos, el peso que yo tenía puesto. Lo ajusté de nuevo a dieciocho. Me pilló un poco por sorpresa que aquel tipo flacucho fuera hermano de Ruth, tan robusta—. No lo sabía. Desde luego, no os parecéis.

—Yo he salido a nuestra madre.

Me senté en la máquina de *press* de hombros y empecé a darle.

—Ruth es de las listas —dijo.

No respondí. Howard me irritaba, su tono de voz y todo en general. Sabía que si me hubiese rendido cuando era un mocoso con las rodillas sucias podría haber acabado siendo como él. Empujé con fuerza los pesos en rápidas repeticiones hasta que sentí brotar el sudor y me oí resoplar por el esfuerzo. Si mi padre me hubiera convencido de seguir sus pasos de ermitaño o si mi madre hubiera disimulado mejor su caos y su autodesprecio en lugar de dejarlo todo manga por hombro en la cocina, donde las botellas de ginebra superaban en número a los tarros de especias...

Terminé, me desabroché la correa y me sequé el sudor con una toalla. La escotilla estaba abierta, y llegaban del exterior los gritos amortiguados y los sonidos de trituración de la carga. Esperé a que Howard terminase y luego comenté:

—Últimamente también he tenido problemas con las mujeres. ¿Qué piensas del matrimonio después de seis intentos?

Jadeó intensamente un rato. Luego respondió:

—No estoy seguro. Siempre empiezo con grandes esperanzas. Pero luego vienen las peleas.

Cogí una toalla de un gancho en el mamparo y se la tendí, para el sudor.

—¿Sobre qué discutís?

—Dinero. Sexo. Su forma de vestir. Lo que comemos. —Se secó el pecho y las axilas—. Ya sabe.

—Ya sé, sí. —Me eché la toalla al cuello e hice algunas flexiones de rodilla. Por el ojo de buey oí a Annie dando órdenes a alguien—. ¿Estás casado ahora?

—No. Pero estoy pensando en intentarlo de nuevo.

—Igual por eso no puedes dormir.

—Podría ser.

Terminé mi entrenamiento en silencio y me duché antes de que Howard acabara el suyo.

Durante la ducha se me ocurrió que a lo mejor no regresaba a la Tierra con la *Isabel*.

Al día siguiente decidí regresar al valle que había cerca de nuestra zona de aterrizaje original y recolectar algo de comida. Quería alejarme de todo aquel bullicio alrededor de la nave. Para entonces, Annie había ideado un sistema mejorado que no requería del jeep pequeño. Hice que le desmontaran el dispositivo de excavación y le pregunté a Ruth si le apetecía acompañarme. Aceptó y emprendimos el largo trayecto. No hablamos mucho durante el viaje. Iba conduciendo a veinticuatro kilómetros por hora y tenía que prestar atención al camino.

Estacioné en un sitio cerca de donde pasaba el camino de Annie, a un centenar de metros del valle. Bajamos del coche con cubos para recoger la comida, nos internamos en el bosque y comenzamos a caminar por uno de los senderos entre palmeras de tronco anaranjado.

—Ruth —dije—, ¿cómo llegaste a ser piloto espacial? ¿Es algo con lo que soñabas de niña?

Me miró.

—Lo escogí como asignatura optativa en la universidad.

—¿Una asignatura optativa? Pero ¿qué clase de universidad ofrece optativas así?

—La de Ohio. Estudiaba para ingeniera de ferrocarriles. Ese era mi sueño cuando niña. Quería tirar del cordón que hace sonar el silbato.

La entendía.

—¿Y llegaste a hacerlo?

—No. —En su voz, un punto de melancolía—. Nunca.

Ya estaba yo a punto de decir algo cuando continuó. Ahora parecía más relajada y ansiosa por hablar.

—Había un curso de Astronavegación los martes y jueves por la tarde, y me cuadraba en el horario. Tenía Termodinámica y Sistemas de Energía a Vapor por las mañanas y quería algo sencillo después del almuerzo. Pensé que Astronavegación sería fácil, porque ya nadie pilotaba naves espaciales.

—¿Y por qué lo enseñaban, entonces?

—Bueno, porque conservaban el equipo. El Sony Trainer y videosferas de la época de la Fiebre del Uranio. Su simulador de aterrizaje era fabuloso. Saqué un sobresaliente en la asignatura y cursé otra. Aún estaba de moda.

—¿En serio? Habrían pasado como veinte años desde que alguien pilotó una nave espacial…

—Te olvidas de los programas de televisión —dijo Ruth—. ¿Recuerdas aquellas series de aventuras espaciales? —Se detuvo un momento y me miró con los ojos un poco más abiertos. Estaba muy atractiva así—. ¿Te das cuenta de que hemos logrado de verdad lo que salía en aquellas series? ¡Hemos encontrado uranio!

Tenía a Ruth por una persona poco emocional; aquella fue la primera vez que oí ese entusiasmo en su voz. Era un placer verla así.

—Exacto —convine.

—¿Cuánto dinero crees que vale?

—Miles de millones. Es un puto tesoro con todas las letras.

—Entonces, ¿por qué no estás más emocionado? —me preguntó—. Se supone que eres un… Un *magnate.*

El término sonaba cómico en boca de ella y se me escapó la risa.

—La verdad es que no lo sé, Ruth. Pienso en llevar ese cargamento de vuelta a Chicago y Nueva York, en las cosas que tengo que comprar y vender y en todo el trajín que me espera y sencillamente me aburre.

Ella seguía mirándome. Se detuvo y se agachó, cogió una brizna de hierba y se puso a masticarla. Todos lo hacíamos de vez en cuando; la hierba en Juno tenía un agradable sabor a regaliz. De hecho, creo que es adictiva. Pensé con tristeza en la hierba de Belson. Y entonces Ruth dijo algo que me sorprendió. Fue como si me leyese la mente.

—En Belson te pasó algo, ¿verdad?

—Sí.

—¿Fue la morfina?

Me lo pensé un momento.

—No.

Ruth asintió.

—Pero fue algo… Algo místico —dijo.

Me sorprendió aquel grado de complicidad, pero no solté prenda.

—Vamos, Ben. Lo llevas escrito en la cara desde aquella mañana en la que tuvimos que llevarte de regreso a la nave.

—¿Incluso durante el pícnic?

Del pícnic hacía aproximadamente un mes.

—Incluso durante el pícnic. —Sonrió—. Fuiste muy amable y todos te queríamos, pero una parte de ti estaba en otro sitio.

—Pensaba en Isabel. Una amiga.

Ella frunció el ceño.

—Fue otra cosa, Ben.

—Sí. Fue otra cosa —reconocí.

Pero no quería hablarle de lo que sentí al oír a la hierba de Belson decirme «Te quiero» mientras me sostenía con sus miles de suaves dedos.

—Venga, Ben —dijo Ruth—. ¿Qué pasa?

La miré detenidamente. Desde luego, era muy atractiva.

—Bueno —dije—, para empezar, el sexo. —Me agaché y arranqué un trozo de hierba de regaliz—. Soy impotente desde hace dos años.

—Ah —dijo ella.

Solté una risa irónica.

—Sí —dije, muy aliviado de repente.

Habíamos llegado a la cuesta y comenzamos a bajar la colina en silencio. Cuando estábamos a medio camino, me detuve y dejé que Ruth se adelantara. Me quedé de pie y miré a mi alrededor y luego al frente, hacia el enorme valle que se extendía ante mí hasta el horizonte. Era la vista más espléndida que se pudiera desear. Respiré hondo el delicioso aire y, con una profunda emoción histórica, tan profunda como mis genes, pensé que, si en algún momento la humanidad abandona una Tierra hecha añicos para vivir en otro lugar del universo, ese lugar debería ser

Juno. Aquella era una segunda oportunidad tan vasta e impresionante como la que se presentó ante los ojos de Colón y sus marineros, esos hombres eufóricos de los callejones de Barcelona y Sevilla. Se me puso la piel de gallina. La llegada al planeta me había dejado confuso; entre la lluvia torrencial y la frustración, no había sentido esa emoción en su momento, me había concentrado únicamente en explorar e investigar. Ahora, después de la conversación con Ruth, sí la sentía. Me quedé atónito ante aquel planeta, ante su amplitud y su diversidad, ante su belleza y su vida. Una parte de mí había buscado durante toda mi existencia un hogar; siempre tuve las maletas hechas. Y aquí estaba.

Miré hacia arriba. Dos soles emitían un brillo agradable sobre mi cuerpo. Por la noche habría media docena de lunas. Todo en aquel lugar era generoso, completo, gratificante. Respiré tan hondo como me permitieron mis pulmones, exhalé y descendí despacio el resto de la colina rumbo al valle.

Ruth estaba un poco a mi derecha y empecé a caminar hacia ella, pero luego decidí quedarme a solas un rato. Caminé hacia la izquierda, hacia un pequeño campo de setas que crecían bajo los soles directos de Juno. Ruth me saludó con una mano, yo le devolví el saludo, me agaché para recogerlas y, al poco, mi exaltación comenzó a desvanecerse. Empecé a sudar. Hacía calor. Miré a Ruth; estaba recogiendo las pequeñas bayas rojas que habíamos descubierto unos días antes. Mientras la miraba, se puso de pie, arqueó la espalda y se estiró. Ella también estaba sudando y la tela de la blusa se adhería húmeda a sus pechos generosos. ¡Qué visión más agradable!

Me quité la camisa y me empleé a fondo: arrancaba las pequeñas setas grises, las sacudía e iba llenando el cubo.

Al rato me detuve para recuperar el aliento y miré hacia arriba. Ruth estaba cerca, descalza, descansando de pie. Tenía el pelo húmedo de sudor.

—Recuerda lo que dijo Charlie sobre los rayos uva —me dijo—. Puedes quemarte con esos soles.

Eso me molestó un poco.

—No me voy a quemar —dije.

—Tú mandas —dijo ella. Y luego [illegible] Ben. Ojalá no fueras impotente.

Me alivió que lo dijera.

—Gracias —contesté.

—¿Te gustaría hacer el amor, de todos modos? —propuso ella.

Debí de mirarla fijamente.

—Se pueden hacer muchas cosas, ¿sabes? —dijo.

—Sí, lo sé —dije, saliendo de mi ensimismamiento.

Ella se acercó y posó una mano con suavidad en mi antebrazo.

Me sentí avergonzado.

—Ruth, eres una mujer estupenda, pero no creo que esté listo todavía…

Por un momento pareció herida. Me soltó el brazo y se ruborizó.

—Claro, lo entiendo.

No sabía qué decir. Me sentía como un tonto. A una parte de mí le hubiese gustado ponerse a prueba con ella en la hierba esponjosa de Juno bajo las palmas. A veces podía ser un amante eficaz sin recurrir a lo esencial. Desde luego, había pasado mucho tiempo. Pero no quería.

—Lo siento mucho, Ruth —dije.

—No pasa nada.

Su voz la contradecía.

Cuando volvimos a la nave con el primer atardecer descubrí que me había quemado pero bien.

Aquella noche cené con la tripulación, eufórica por la emoción del cargamento, pero yo me sentía desgraciadísimo. Tenía la piel roja y dolorida y me sentía estúpido por haberme quemado de esa forma. Me sentía incómodo por lo que había sucedido con Ruth.

Iba por la mitad de la comida cuando pensé en la endolina y le pregunté a Charlie dónde la guardaba. Se apartó de su rosbif y fue a la enfermería a buscar algo. Era un vasito de plástico con hojas secas. Tomé un pellizco y esperé varios minutos a que el molesto dolor de hombros y espalda desapareciera, pero no sucedió nada. Charlie había seguido con su comida y con un chiste que le había estado contando al copiloto. Cuando llegamos al postre, se levantó y se acercó a mi asiento en la cabecera de la mesa.

—¿Cómo te sientes, capitán? —dijo.

Lo miré.

—¿Cuánto tiempo ha pasado desde que la tomé?

Él consultó su reloj.

—Unos doce minutos.

—Pues no está funcionando —contesté.

—Dale unos minutos más —me pidió.

Lo miré.

—No va a funcionar, Charlie.

—Te traigo más —me dijo.

Lo miré.

—No te molestes. Tráeme un poco de morfina.

Me miró un momento.

—Ben, la habías dejado...

En mi fuero interno estaba tan asombrado como él. Que yo supiera, apenas había echado de menos mi euforia química desde el viaje de Belson a Juno, y sin embargo ahí estaba, empeñado de pronto en eliminar la molestia de una maldita quemadura con *morphia,* como la llaman. No era únicamente asombro; en algún nivel de percepción y sentimiento serenos, estaba aterrado. Pero mi voz no lo acusaba y por fuera me sentía tan tranquilo como una madona.

—Tráeme cincuenta miligramos, Charlie. Sé lo que me hago.

—Ben —me dijo—, tiramos lo que me quedaba, ¿te acuerdas?

—Me acuerdo. Pero puedes hacerla. Ve y prepárame un poco.

La nave contaba con un sintetizador de medicamentos. Por alguna razón no servía para hacer aspirina, pero sí atropina, propranolol, prednisona y doscientos miligramos de sulfato de morfina al día: suficiente para mantener a flote por tiempo indefinido a un espíritu apesadumbrado.

Charlie negó con la cabeza.

—Ben, como médico he de negarme.

Me puse en pie. Soy bastante alto, al contrario que Charlie.

—Charlie —dije—, soy el capitán de esta nave. No estás de consulta médica a domicilio. Tráeme la morfina.

Se fue a buscarla sin rechistar. Tomé la jeringa que me tendió allí mismo delante de todos en la mesa del comedor y me la inyecté en la garganta, como hacen en las películas. Por fuera parecía calmado, y adopté un gesto ligeramente teatral. Por dentro, no daba crédito. Me senté de nuevo y esperé. El miedo desapareció. La euforia se posó sobre mi espíritu inquieto como un polvo luminoso.

Así que al final me enganché. Una parte de mí pensaba asombrada: si iba a terminar haciendo esto, ¿por qué no lo hice con el alcohol a los cuarenta en Nueva York? Allí tienen hospitales elegantes para los borrachos adinerados y uno puede ir tirando con un alcoholismo galopante durante años sin apenas sufrir las consecuencias. Estuve a punto de ir por ese camino, me acerqué lo suficiente como para que Anna pensase que era alcohólico. Sin embargo, su opinión era sesgada; yo bebía más de lo habitual en su presencia. De todos modos, ahí estaba, a veinte años luz de los centros de metadona, de los programas de rehabilitación y de las salas de emergencia, convirtiendo mi torrente sanguíneo en un baño químico para mi cerebro. En el fondo me va la marcha, me gusta rozar los límites. Ahora estaba rozando un límite que no había pensado alcanzar hasta que me rompí el brazo en mi precipitada carrerilla sobre la superficie negra y resbaladiza de Belson, mi planeta homónimo.

Fue entonces cuando tomé la decisión de quedarme llegado el momento de que la *Isabel* regresase con su carga de uranio. Redactaría instrucciones para Aaron, para Met Luk San y para Arnie; empezarían a comprar servicios públicos para mí, venderían mis doscientas cincuenta mil hectáreas de bosques, me introducirían en el negocio de los coches eléctricos y, sobre todo, en la venta del uranio inocuo. Las instrucciones se enviarían en cuanto la nave entrara en el pliegue espaciotemporal; podrían ponerlo todo en marcha y cuando yo regresase a Nueva York haría los ajustes necesarios. Mi uranio hablaba por sí solo; cualquier buen estudiante de la Harvard Business School —ese semillero de estafadores alevines— podría idear un plan razonable para ganar diez mil millones de dólares con el primer cargamento de la *Isabel*. Aquello no era más que una excusa; yo sabía perfectamente que tenía que plantarme cuanto antes en la Tierra si quería que todo saliera bien, sabía que no se envía a chavales a hacer el trabajo de hombres, pero en el fondo no me importaba. No estaba listo para tomar las riendas. A lo mejor perdía unos cuantos miles de millones por no estar allí para decidir si empezar a comprar fábricas de relojes eléctricos o meterme en el negocio de la construcción de carreteras, pero joder, cualquier cosa iba a generar más beneficios que el sueño de un ludópata cuando aquella energía llegase al mundo hambriento. No había forma de perder si vendía mis bosques, mi carbón, mis plantas solares y mis convertidores de petróleo de esquisto y compraba un poco de todo lo demás. De todas formas, ya tenía dinero de sobra. Y la *Isabel* ahora contaba con suficiente uranio para surcar el cosmos a perpetuidad. Mientras tanto, yo me pondría fino de euforia. No podía darme una sobredosis; el sintetizador no producía tan rápido. Además, qué coño, ya había planeado suicidarme una vez en México. La gente hace eso cada dos por tres; lo hicieron cuando lo del índice Dow Jones el siglo pasado, lanzándose por las ventanas de Wall Street como bolsas de basura por culpa de inversiones fallidas. Lo lógico es que, si un hombre está dispuesto a matarse, antes intente al menos algo extravagante.

Les dije que no iba a marcharme con la nave y creo que la tripulación se habría quedado menos impactada si me hubiese suicidado.

—Mirad, no es nada personal. Voy a quedarme hasta que volváis y voy a drogarme con morfina mientras tanto. Superaré la adicción durmiendo en el camino de regreso. Sé lo que me hago.

Pero me miraron como si hubiera perdido la chaveta.

La noche antes de que la nave regresase a la Tierra entré solo en mi camarote y, meditabundo, cené ternera con setas de Juno y media botella de clarete. El ojo de buey estaba a oscuras; no se veía ninguna de las lunas. Encendí la bola grabadora, puse la canción de la hierba de Belson y dejé que una agradable melancolía me impregnase el espíritu. Tenía una pequeña jeringa automática llena de sulfato de morfina cerca de la cama. Era de vidrio y cromo, como una buena cámara. Verla me reconfortaba profundamente. El alcohol del clarete circulaba agradablemente por mis venas, una rociada de euforia tímida y casta; pero la morfina iba al grano.

Levanté la jeringa sopesándola y la sostuve a la luz de mi escritorio. El adicto se enamora de los utensilios: me resultaba placentero el mero hecho de tener la ligera jeringa en la mano. Fálica. Pronto me inocularía la droga en el cuello, no muy lejos de la yugular, en lo que yo llamaba «la zona Drácula», a medio camino entre el cerebro y el corazón.

La dejé un momento. Oí un golpe en la puerta cerrada con llave. Me sobresaltó, me irritó. Me levanté de la silla y abrí. Era Ruth. Llevaba su sencillo uniforme de piloto color caqui, pero tenía el pelo y la piel frescos y brillantes.

—¿Qué pasa? —pregunté.

—Siento interrumpir, Ben. Quiero hablar contigo.

—Está bien —dije, y la dejé entrar.

Se sentó en el borde de mi cama y yo volví a mi silla Eames.

—Ben —dijo, incómoda—. Es posible que no nos volvamos a ver.

Eso fue toda una sorpresa.

—Vas a regresar con la nave, ¿no?

—No lo creo —dijo—. Solo firmé para un viaje. Creo que no debo estar más tiempo lejos de mi hijo de ocho años.

Aquello me contrarió.

—Lamento perderte como piloto —respondí—. Aunque supongo que Mel encontrará a otra persona.

—Ben, quiero darte mi dirección y mi número de teléfono en Columbus, Ohio. Me gustaría que siguiésemos en contacto.

—Claro. Claro, Ruth.

Me tendió un trozo de papel escrito y me lo metí en la billetera, donde guardo papeles con cosas como los nombres de los gatos de Isabel y el precio del trigo del pasado septiembre en Chicago. Hay una montaña de información aleatoria a la espera de que la transmita a mi ordenador central en Atlanta.

Noté que se esperaba algo más de mí.

—Ruth —comencé—, es una lástima que no hayamos podido ser amantes.

Ella negó con la cabeza.

—Ya no tiene importancia —dijo—. Pero no creo que debas quedarte en Juno. ¿Qué pasa si caes enfermo o te rompes una pierna?

—No me pondré enfermo. Por aquí no existen los microorganismos necesarios para eso. Y no me voy a romper una pierna con esta gravedad. Me irá bien.

—Ben. Me parece tan rematadamente absurdo. Tú tienes que estar en la Tierra, vendiendo el uranio. Haciendo negocios.

Me estaba empezando a cabrear. No necesitaba aquella preocupación maternal.

—Maldita sea, Ruth, sé lo que me hago. Voy a enviar instrucciones de sobra para mantener ocupada a mi gente en Nueva York durante un año. Necesito tiempo para mí. También necesito mantener mi adicción a la morfina…

Señalé con la cabeza la jeringa sobre la mesa.

Su semblante se distendió un poco ante mi franqueza.

—¿De verdad estás enganchado, Ben?

—No lo sé —dije—. Me gusta mucho.

—¿Qué te pasa? —me preguntó—. ¿Por qué un hombre tan vivaracho, fuerte y rico...? Joder, Ben, tienes tanto que ofrecer. No necesitas drogas.

Eso me enfadó, a saber por qué. Me entraron ganas de darle una bofetada.

—¿Tú qué sabes lo que necesito? —dije—. ¿Tú qué coño sabes lo que llevo dentro?

Ella me miró fijamente.

—Disculpa, pero creo que es una estupidez pasarse meses en Juno solo. Puedes vencer la adicción con un sueño largo. No sería la primera vez.

—Quiero hacerlo así, Ruth. Tengo cincuenta y dos años y sé lo que quiero. No estoy listo para regresar a Nueva York y ponerme a ganar dinero. Tengo un montón de gente en quien confío para llevar mis negocios. Estoy de vacaciones.

Me acomodé de nuevo en mi silla.

Ella se quedó un buen rato sentada observándome.

—Vale, Ben —dijo, y se levantó—. He dicho lo que tenía que decir.

Me daba cuenta de que era realmente guapa y bondadosa, y algo en mi interior tendió los brazos hacia ella, pero me reprimí. No quería hacer el amor con Ruth, quería estar a solas con mi jeringa. Le ofrecí la mano. Me sorprendió ver que me temblaba.

Ella la estrechó y se fue. Se me había congelado el estómago. Hielo antiguo, glacial.

Cerré la puerta de la cabina tras ella, cogí mi jeringa y me recosté en la cama. Sostuve el extremo de la inyección contra mi cuello, justo debajo del mastoides, y apreté suavemente el émbolo. Oh, sí. Me inundó el consuelo.

Y mientras se instalaba mi colocón nocturno, un relé en algún lugar de mi cabeza hizo clic y mi decisión se dirigió hacia su auténtico destino. No me quedaría en Juno. No era Juno lo que mi corazón anhelaba, pese a su abundancia de vida y energía. No, no era Juno.

CAPÍTULO 5

Los contemplé a todos sentados alrededor de la mesa, respiré hondo y dije:

—Mañana por la mañana, a las nueve, activaremos las bobinas de la nave. La *Isabel* debería estar en órbita para el mediodía y en un pliegue espaciotemporal una hora después.

Me dolía la cabeza, pero podía pensar con claridad.

—¡Fantástico, capitán! —exclamó Charlie.

Ruth me sonrió. Todos parecían alegres. Sabían que nos marchábamos al día siguiente, pero aquella era la primera declaración oficial al respecto.

—Antes de que comencéis a planear vuestro regreso a casa, tengo noticias que no os van a gustar —añadí. Hice una pausa de un segundo—. Vamos a desviarnos hacia Belson. Yo me quedo allí.

Quedaron consternados y hubo quejas. Por un momento pensé que incluso se iban a amotinar, pero finalmente lo aceptaron. Tal y como ordené, estábamos en nuestro pliegue espaciotemporal poco después del mediodía de la jornada siguiente. Para la hora de la cena yo estaba sumido en mi sueño químico. Doce días. Eso duraba el trayecto desde Aminadab hasta Fomalhaut. Eso sumaba veinticuatro días al regreso a casa, de modo que no les reproché que se enfadasen, pero había suficiente combustible para ello y les prometí a todos un bonus por el tiempo extra.

Cuando salí de mi sueño, subí al puente y miré por la ventana; Belson era del tamaño de la Luna vista desde la Tierra. Y se antojaba igual de vacío. Me desperté con frío en las entrañas y no recordaba haber soñado; la estampa de aquel planeta de cristal negro hizo que un profundo escalofrío recorriese mi alma; tuve que hacer un esfuerzo para no echarme atrás y decirle a Ruth que no aterrizase. Pero ¿de dónde venía aquella sensación espeluznante? Nunca había sentido más que amor por Belson, incluso cuando me rompió el brazo.

Me armé de valor, espanté aquella mala sensación como pude y le pedí a Ruth que eligiera un lugar en el lado opuesto del planeta a donde aterrizamos la última vez. Se sorprendió al oír mi voz. Cuando entré estaba encorvada sobre los controles y no levantó la vista. Se había cortado el pelo, no sé cómo. Corto le quedaba bien. Me miró perpleja y luego frunció ligeramente el ceño.

—Buenos días, capitán.

—Buenos días, Ruth. Busca una gran llanura de obsidiana y aterriza ahí. No quiero hacerle daño a la hierba.

—Entendido, capitán —respondió.

Y lo hizo. A las dos horas nos había posado en el lado diurno del planeta sin un solo golpe. Por los ojos de buey veíamos Belson, idéntico a la zona de su otra cara. Y mi mala sensación se había evaporado. No veía la hora de salir de allí y empezar a construir mi finca.

Nos llevó una semana. El primer día exploramos la nueva región solo para asegurarnos. Aquí había una mayor proporción de obsidiana con respecto a hierba, pero esa era la única diferencia. Entre el segundo y el tercer día levanté esta cabaña de lúnice, con la ayuda de cinco miembros de la tripulación.

La equipamos con aparatos de la nave. Sacamos el pequeño ordenador rojo que utilizo para escribir este diario, cuatro de las máquinas Nautilus, dieciocho cajas de vino y, del huerto de la nave, una serie de cultivos hidropónicos. Tengo mi silla Eames, un colchón, mis libros y una grabadora muy profesional activada por voz para registrar los cantos de la hierba de Belson. Mucha comida, mucho whisky, el sintetizador de drogas, semillas e hidroponía. Ahora soy relativamente feliz.

Mi camarote a bordo de la *Isabel* no era mucho más grande que mi baño en el Pierre; apenas cabía mi estrecha cama, mi silla Eames y un pequeño escritorio. Sobre el escritorio había una estrecha estantería, y a su derecha una escotilla que conducía a mi aseo privado. El chino que diseñó el aseo había dispuesto las cosas de manera que cuando me sentaba en el váter me quedaba delante un ojo de buey que ofrecía una vista de la Vía Láctea; poco después de levantarme por las mañanas, la claridad de la vista era impresionante. Daba igual que estuviéramos en pleno pliegue espaciotemporal, en un viaje análogo equivalente a doscientas veces la velocidad de la luz. Me sentaba en la taza por las mañanas y contemplaba el universo estrellado.

Había una especie de antesala al camarote que era mucho más grande. Los chinos la habían usado como comedor del capitán y sala de reuniones para el personal. Como yo comía o bien con la tripulación o con algún invitado en mi camarote, y dado que no se celebraban reuniones de personal, aquella habitación se convirtió en el gimnasio de la nave. Durante mi largo sueño, me habían llevado a diario de la cama allí para hacer ejercicio y luego de vuelta; instalé el gimnasio al lado para simplificar esa maniobra. Contaba con cinco máquinas Nautilus; cuando me despertaron empecé a hacer ejercicio durante una hora cada mañana y luego me duchaba en mi cuarto de baño. Era una buena rutina. Me resultaba agradable estar lejos de la Tierra y sin teléfono, desayunar solo, hacer de vientre y después sudar en los aparatos. Me gustaba sobre todo trabajar los pectorales y los cuádriceps hasta que se abultaban y endurecían. Aquí en Belson sigo haciendo ejercicio, y las máquinas son mejores (ahora tienen pesas normales en lugar de resortes), pero a veces echo de menos aquel pequeño gimnasio de la *Isabel;* haciendo flexiones de piernas, por ejemplo, mi mente retrocede hasta esos días: al desayuno de huevos revueltos en mi escritorio, a las satisfacciones de ese viaje interior del que aún no he regresado. Si echo la vista atrás, siento que hice bien en venir a Fomalhaut. La hierba de Belson y todo lo que sucedió en Juno, incluso los sueños del estudio de mi padre, fueron cruciales a la hora de provocar un cambio; y, sin embargo, a veces tengo la sensación de que mis mañanas a solas en la *Isabel,* mi desayuno, mi cagada, las estrellas, las máquinas Nautilus, el sudor por todo el cuerpo endurecido y la ducha fría después fueron lo que de verdad me cambió, lo que empezó a descongelar el glaciar que aplastaba mi alma.

Se ve que muchos hombres de mediana edad son incapaces de cambiar sus vidas en lo más mínimo. Cuanto más ruinoso y complicado se va poniendo todo, menos gratificantes se vuelven los placeres compensatorios, más tendemos a aferrarnos a lo conocido y más tememos intentar hacer un nuevo trato con la vida. Así me sentía antes de comprar la *Isabel.* El caso es que era muy consciente de que mi vida empeoraba. No iba a ninguna parte, y quedarme en el sitio cada día me salía más caro. Todo esto me pasaba prácticamente desapercibido, pero la misma voz que me dictaba que vendiese una empresa sin importar el precio de las acciones me instaba a que me retirase. Obtenía buenas ratios sin cesar. También contaba con un buen historial de rendimiento, pero era hora de deshacerse de ello de todos modos. Hora de vender, mudarse, irse.

Vi morir a mi padre. Tenía la misma edad que yo ahora, cincuenta y dos años. Alguien le había sacado la dentadura postiza, y la boca se le había cerrado como un puño; de algún lugar en su interior salía un sonido, mitad arcada y mitad tableteo. Era como si su alma se hubiese encogido como un puñado de guisantes secos en una vaina nunca abierta y ahora resonara por dentro. *Demasiado tarde,* pensé. *¡Demasiado tarde!* No estaba afeitado. Fue la única ocasión en que lo vi sin afeitar. En cierto modo y por una vez, en aquel último espasmo sombrío, parecía un hombre. El muy hijo de puta. Ese fue el precio que pagó por quedarse donde estaba. Un largo y estremecedor tembleque recorriéndole las cañerías internas. En fin. Si hay vida después de la muerte, seguro que mi padre la está evitando en este preciso instante.

Igual que yo evito mi propia vida, la verdad sea dicha.

Bah, que le den a mi vida por ahora. Ese desastre que me aguarda en la Tierra. Isabel y dinero; dinero e Isabel. ¡Anna! Una voz insidiosa en mi interior me dice que me sienta culpable porque estoy mano sobre mano en un planeta estéril chutándome morfina. Porque no estoy *engagé.* Porque evito las relaciones. Porque me he vuelto asexual y distante. Bueno, pues que le den a esa voz. Es la voz que ignoro cuando quiero ganar pasta. Voy a quedarme tumbado en mi colchón de gomaespuma escuchando a la hierba cuando decida hablar conmigo o cantarme. Llevo una época convaleciente; necesito un respiro. Para ponerme bien necesito hacer lo que tengo que hacer. Mi padre decidió morir cuando tenía mi edad; yo decidí venir a Belson. Mejor que la muerte es. Y puedo regresar.

Y así es como llegué donde ahora me veo: cuidando las plántulas de mi huerto hidropónico, a veintitrés años luz de Nueva York y más solo que el prisionero de Chillon. La *Isabel* partió hacia la Tierra hace tres meses, y yo entré en mi rutina aquí en Belson como si hubiese nacido para esto. Ha sido la temporada sobria y casi vacía que mi alma necesitaba. No sé por qué, a lo largo de la última semana (me rijo según el horario terrestre de mi reloj chino), cada día de Belson al atardecer, los anillos han salido durante aproximadamente media hora y han brillado como un arcoíris gigante y perfecto en el cielo verde. Ese es el clímax de mi jornada en Belson; siento que los anillos brillan así porque estoy aquí. El primer habitante de Belson. No me chuto morfina después de la hora de los anillos; me acuesto en el duro colchón de espuma en mi porche de lúnice y miro el cielo. A veces miro mi vieja estrella, el Sol. Desde aquí es una manchita imprecisa, y a esta distancia lo veo como hace veintitrés años, como lo veía con treinta cuando le tenía miedo al amor.

A veces me quedo dormido mientras contemplo el cielo. A veces leo a la luz de una pequeña lámpara nuclear o dicto en mi ordenador rojo como estoy haciendo ahora, escribiendo esto. Aquí nunca estoy solo. A veces la hierba me canta. A menudo me recuesto en ella, pero nunca ha vuelto a decirme «Te quiero».

Mientras la nave abandonaba Belson, primero temblando y luego rugiendo y aullando a medida que ascendía hacia las nubes, aparecieron grandes fisuras en la llanura de obsidiana que me rodeaba; la *Isabel* desapareció en lo alto con una celeridad sorprendente. Nunca antes había presenciado el despegue de una nave espacial, y fue espectacular ver toda esa potencia desatada. El aire olía a electricidad, una mezcla de ozono y del residuo sin quemar del combustible sólido de la *Isabel,* solo empleado en despegues y aterrizajes. La *Isabel* había desaparecido del cielo con Ruth, Howard, Mimi y el resto a bordo, pero el olor permaneció. Se pondría en órbita, luego entraría en modo nuclear y, a la media hora más o menos, una vez cargados los condensadores, penetraría en un pliegue espaciotemporal, un lugar dentro y fuera del universo conocido, reluciente, y tomaría esa carretera no dimensional de regreso al Sol, a la Tierra y a su plataforma de aterrizaje en las Islas Caimán. Y aquí estaba yo solo, lo más lejos de casa que haya intentado vivir ningún ser humano. Por unos instantes me temblaron los brazos y las rodillas. Me cagué de miedo.

Me quedé allí plantado y luego contemplé el planeta de vidrio donde me hallaba y donde había elegido vivir durante seis meses completamente solo. Solo, incluso sin las cucarachas, famosas amigas de los prisioneros de la Isla del Diablo, que se dejaban crecer las barbas de cavernícola en solitario; solo, sin el consuelo de un ave, una serpiente, un lejano susurro de ramas de árboles. ¿Qué coño estaba haciendo? ¿Qué me estaba haciendo? Y la palabra surgió en mi mente tan viva como Atenea cuando surgió de la frente del Recolector de Nubes: masoquista. Ben Belson, masoquista.

Ya lo creo. Las cosas como son, las cartas sobre la mesa en el sucio tapete verde y el lobo sin su piel de cordero. Podría haber dejado a Anna en un abrir y cerrar de ojos, con su faja de goma por los tobillos. Divorciarse es fácil. Soy rico. No dejé a Anna y me pasé todos aquellos años reprochándome a mí mismo no ser el esposo indicado para ella. Qué horror de tango cruento nos marcamos. En fin. Uno se casa con una mujer como Anna cuando tiene miedo.

Miedo al amor. Para qué negarlo. Es lo que era. Tenía miedo de Isabel y por eso me mudé de su apartamento a aquella suite en el Pierre. Por eso vine dando tumbos, cruzando medio cosmos en esta nave espacial china, *Flor del Reposo Celestial.* Ya lo creo. Atento, agente: me llamo Ben Belson, soy el célebre multimillonario, amigo de mujeres guapas y famosas, amante del teatro, trotamundos de la galaxia y criptomarxista. Tengo las manos grandes, los pies grandes, el pene grande y una voz tonante. Y un enorme agujero palpitante y vacío en el corazón.

El día después de que Isabel consiguiera el papel en *Hamlet* lo celebramos con filetes en un restaurante del barrio. Estaba radiante. Su tez resplandecía en contraste con su suéter gris y sus joyas de plata, el pelo rizado y gris. Yo me mostraba agradable por fuera, pero por dentro se me llevaban los demonios. Ella se bebió tres copas de vino; yo agua con gas. Había dejado de beber casi del todo unos años antes, cuando me pareció atisbar un augurio de lo que les sucedía a las personas que desayunan ginebra y huevos revueltos. Por aquel entonces estaba libre de malos hábitos, sobre todo del de follar. Sonreí mientras Isabel bebía su vino y hablaba de lo mucho que significaba el papel para ella, pero por dentro estaba enfurruñado como un niño.

Aquella noche, Isabel se sentó junto al fuego con un gato en el regazo y un ejemplar desgastado de *Hamlet* apoyado sobre el gato. Estaba subrayando los discursos de Gertrudis en rojo. Yo lavaba los platos del desayuno haciendo ruido con las sartenes de vez en cuando para que se notara mi presencia. Tenía cincuenta años y aparecía a menudo en la portada de *Time* o *Pekín;* una «fuerza básica» para la economía mundial, como una vez me llamó *Forbes,* el terror de las salas de juntas, un agitador, una figura influyente en Wall Street; y allí estaba, en la cocinita de Isabel en Nueva York golpeando la sartén contra el fregadero de acero porque estaba enfadado y celoso de que ella estuviera más interesada en una obra de teatro que en mí. Porque no era capaz de tener una erección con ella y no la había tenido en los meses que llevábamos viviendo juntos. Clanc, sonó la sartén al colocarla de nuevo, recién fregada, en la estufa de leña. Y ahora, desde mi exilio autoimpuesto en Belson, veo que estaba cabreado con Isabel por ser una mujer hermosa, inteligente y erótica que deseaba que me la follase. *¿A quién se le ocurre?,* decía para mis adentros mientras rascaba la grasa del beicon de los platos del desayuno de aquella mañana. *¿Quién coño se cree que es?,* decía aquel niño asustado en mi vieja caja torácica enmohecida. Sequé los cubiertos con un paño y oí al gato ronroneando en el regazo de Isabel. Me entraron ganas de estrangularlo. Dentro de mí ardía una virginidad rabiosa, sombríamente leal a un par de desgraciados fantasmas. Empecé a arrojar los cubiertos en el hondo cajón. *¡Chupaos eso, tenedores y cucharas de mierda! ¡Putas cucharas de los cojones!* Isabel murmuraba complacida su texto, subrayaba sus parlamentos y acariciaba de vez en cuando a Amagansett, el enorme gato. Cerré de golpe el cajón de los cubiertos y declaré, haciendo gala de un gran control de mi voz:

—*Hamlet* es una obra sobrevalorada.

Ben Belson, crítico literario.

—¿Eh? —dijo Isabel. Un deje áspero en su voz; había oído caer el guante que yo había lanzado—. ¿Cómo dices, cariño?

—Que *Hamlet* está sobrevalorada, coño —repetí—. Es demasiado larga, demasiado verbosa y le sobran cadáveres por el suelo. —Me sequé las manos con el paño, me acerqué y me puse junto al fuego. El otro gato, William, me vio venir y se retiró sigilosamente. Esos putos bichos captan las vibraciones—. Y además nadie sabe de qué va en realidad. Mala señal para una obra.

Isabel marcó por dónde iba con un marcapáginas de marfil y me miró con calma.

—T. S. Eliot dijo que trata de la repulsión que siente un chico por su madre.

Eso me frenó un segundo, pero me sacudí la idea de encima. No estaba de humor para explorar mi propia psique. Lo que quería era trabajarme la de Isabel. Allí la tenía, contenta junto al fuego, feliz con su carrera y con sus gatos, bondadosa y serena. Y aquí estaba yo, con un corazón rabioso y por lo demás vacío, con manazas callosas y temblorosas. Los callos me salieron de cortar leña en mi casa de campo en Georgia cada vez que el Dow iba por mal camino. Allí, en Nueva York, yo era un completo desastre por dentro, una mano de cartas sin un solo triunfo, una montaña colosal de impotencia furibunda, un hijoputa retorcido y furioso, y le dije a Isabel:

—¿Estás molesta por algo?

Debería haberme partido la cabeza con un cacho de carbón.

Levantó la mirada y me la sostuvo antes de hablar.

—Ben —dijo—. Tienes cara de querer matar a alguien, o algo peor. No quiero hablar de Shakespeare contigo ahora mismo.

Una parte de mí reconoció que tenía toda la razón. De modo que me lancé al contraataque. Intenté relajar el semblante para aparentar más afabilidad. Una afabilidad plausible, por lo menos. Volví a la cocina (en realidad no era más que un espacio a lo largo de una pared con un fogoncito y un armario para los platos) y me puse a calentar agua para el té. Miré el reloj. Las once de la noche pasadas.

—Isabel —dije—, te pones muy altanera cuando hablas de teatro. ¿Qué crees, que Shakespeare es sagrado? ¿Demasiado sagrado como para que un hombre de negocios pueda hablar sobre el tema?

El gato negro saltó de su regazo al escuchar eso.

—Ben —dijo Isabel—, por el amor de Dios, déjalo ya. No soy una esnob y lo sabes.

Tuve una iluminación. La tenía donde quería.

—¿Y aquella vez que vimos *Enrique V*? El sermón que me soltaste sobre que el público no percibe las cadencias. —Me había colocado de nuevo junto a la chimenea, adoptando una postura de serena sensatez—. Las putas cadencias.

La miré a la cara. Vi que había dado en el clavo. Me embargó la emoción.

—Joder, Ben. Si no tuvieses tan poco oído sabrías de qué estaba hablando. Shakespeare era poeta.

—¡Chorradas!

Lo cierto es que no sabía nada sobre Shakespeare, pero notaba que a Isabel tanto el autor como participar en una de sus obras le producía sentimientos encontrados. Notaba que había algo ahí.

—¡Chorradas! —repetí, tirándome a la piscina—. Shakespeare era un inglés de clase media que le chupaba el culo a los aristócratas, y solo atribuye sentimientos elegantes a príncipes, generales y emperadores. El resto de sus personajes son borrachos y payasos.

Isabel ni siquiera levantó la mirada.

—Y mujeres —dijo. Y añadió—: El agua del té está hirviendo.

—Gracias —dije.

Y volví a la pared de la cocina con lo que imaginaba que debía de ser una actitud de dignidad controlada. En realidad, tenía la cabeza y el corazón hechos un lío. Un apunte sobre la impotencia:

echas de menos la claridad que sigue a un orgasmo. A veces sentía como si tuviese acumulado en el cerebro el semen no derramado y eso me hubiera cortocircuitado la mitad de las conexiones neuronales. ¿Y qué otra cosa podía hacer con semejante batiburrillo sino gritarle a Isabel?

—¡Odio el esnobismo! —grité—. Me cago en la leche, odio cómo quieres tenerlo todo, Isabel: ¡quieres ser comunista y desangrarte por las masas a la vez que cultivas los gustos de una aristócrata! Cubertería inglesa de plata añeja —hice un gesto hacia el clavo en el que colgaba la llave donde guardaba su servicio georgiano para doce en una caja fuerte— y muebles antiguos. Ni muerta te dejarías poner un chapado en la pared. No te dignarías a tocar ni con la punta del meñique una superficie que no hubieran pulido a mano los esclavos humillados de un puto taller inglés de explotación laboral. Te ufanas como un pavo real por ser hija de la República Popular de Escocia, pero la única barricada que has visto de cerca ha sido bajo los focos.

Sentí un hermanamiento amortiguado con Shakespeare. *¡Así se habla, Bill!* Miré a Isabel y me pareció como si estuviera muy lejos. Todo parecía lejano. Isabel escrutaba el fuego, donde ardía mi carbón de la mafia. Tenía la cara pálida y neutra; impasible. Entonces levantó los ojos hacia mí en silencio y vi algo horrible, tremendamente herido en ellos, algo que hizo que me diese un vuelco el estómago y que de pronto me devolvió a la habitación con ella.

—¿Por qué hablas así, Ben? —me preguntó.

De repente pensé en Lulu y en Philippe, los dos leones marinos de California que había en el zoológico de Central Park. En ocasiones iba allí hacia el mediodía para comprarme uno de esos perritos calientes de cuatro dólares en los puestos ambulantes. Necesitaba salir del apartamento de vez en cuando y caminaba por la Quinta Avenida, por delante de las tiendas vacías y luego, cerca del parque, junto a los bloques de pisos destartalados. El parque en sí siempre era un poco deprimente, los árboles hacía mucho que habían desaparecido a manos de los ladrones de madera, y el zoo estaba lleno de jaulas vacías que ya nadie quería calentar. No había un elefante allí desde hacía cuarenta años, pero aún quedaban algunas aves y un acuario, y la enorme piscina climatizada seguía allí con sus dos leones marinos de California. Me compraba un perrito caliente con chucrut y mostaza y luego iba, arrebujado en medio de aquel terrible invierno con mi abrigo, mi bufanda y mi ropa interior larga, a mirar a las focas mientras me lo comía. Cuando nadaban, frotaban sus cuerpos suaves uno contra el otro en una especie de «Hola» continuo. El amor de aquel gesto era clarísimo y natural como la luz del sol, incluso en lo que sería un ambiente frío, por decirlo suavemente, para aquellos animales californianos desplazados. Sin embargo, estaban llenos de vida y de un afecto franco y recíproco. ¿Por qué Isabel y yo, dos *Homo sapiens* adultos, no podíamos ser así? ¿Por qué no podía yo? ¿Qué me pasaba?

Isabel parecía al borde de las lágrimas, y había una severidad en su perfil que me conmovió. Una oscuridad escocesa antigua en sus ojos y una gravedad en su frente.

—Dios mío, Isabel —dije—, lo siento muchísimo. ¿Qué estoy diciendo?

Me lanzó una ojeada y luego miró para otro lado.

—¿Qué sé yo de Shakespeare? —añadí.

Habló rápidamente y su voz sonó suave y distante.

—No es eso, Ben. No es por Shakespeare.

—Lo sé —dije, en un amago de explicarme—. Sé que no es eso. No sé por qué...

—No te expliques, por el amor de Dios —me interrumpió—. Cállate y punto. No me hablas a mí. No me has hablado a mí en toda la noche. —Me miró fijamente—. ¿No sabes que las cosas que dices duelen, Ben?

La miré.

—Lo siento, cariño. Voy a preparar el té.

*

En el baño, Isabel tenía un holograma de sí misma a los siete años, en su primer día en la Escuela Primaria Socialista de Paisley. Lleva un jersey tejido a mano y una falda escocesa, y sus ojos reflejan ansiedad. El padre de Isabel se pasó en el mar la mayor parte de su infancia, y su madre fue tan gélida como la mía. En ocasiones, hacia el final de nuestra convivencia, vería esa misma mirada inquieta en los ojos de Isabel con cuarenta y pocos.

En el holograma sostiene un gato rayado en su regazo. Algo en la psique de Isabel la había atraído siempre hacia los gatos, y cuando me mudé con ella tenía dos, Amagansett y William. Recuerdo que una vez le grité a Isabel en mitad de la noche que a lo mejor podría empalmarme por ella si no le preocupara tantísimo, y ella me replicó con calma:

—No te empalmes por mí, Ben. ¡Empálmate por ti!

Y, con un nudo en el estómago, consciente de que tenía razón, busqué refugio en el cuarto de baño y encontré a los dos gatos acurrucados detrás de la base del lavabo. Me observaron con ojos deslumbrados y curiosos. Los miré en silencio un momento y luego dije en voz baja:

—Lo sabe *todo,* chicos.

Mi ordenador rojo chino también lee. Puedo colocar un libro en su compartimento y gira las páginas y lee en voz alta con una agradable voz de abuelo con acento del medio oeste. A veces hago eso con mis libros de la biblioteca cuando la morfina me nubla la vista o simplemente no me apetece abrirlos. Configuro el sintetizador de drogas para producir alcohol etílico, lo mezclo con zumo de uva de las vides de mi huerto y me emborracho hasta casi caer en coma mientras mi ordenador lee las novelas cortas de James: *La lección del maestro, La bestia en la jungla, El alumno.* Nunca las he leído sobrio; no estoy seguro de en cuál sale el cagón de William Marcher de protagonista, pero sé que me recuerda a mi padre. Distante, perdido en su egocentrismo terminal.

*

Hablo en este diario como si mi tiempo en Belson transcurriese entre lecturas y reflexión; de hecho, gran parte transcurre en una incómoda languidez. Durante los últimos cinco días he sido incapaz de actuar, leer o entretenerme de manera significativa. Me limito a matar el tiempo. A menudo me siento como un quinceañero que merodea por los alrededores de un colmado esperando a que alguien entre. Ayer me limité a esperar todo el día a que Fomalhaut se pusiera.

Cuando cae la noche el cielo modula sus colores de una forma que evoca sentimientos para los que no tengo palabras. No hay nada igual en los cielos de la Tierra, ningún rosa ni amarillo equiparables a estos rosas y amarillos, ningún gris-azulado tan sombrío como el de Belson. Anoche sentí una leve asfixia mientras observaba el descenso de Fomalhaut. Cuando tocó el horizonte magenta y se reflejó en las cuatrocientas hectáreas de obsidiana, la asfixia disminuyó y mi corazón se expandió junto con mis pulmones y por un momento me sentí mareado de felicidad.

Dice mucho del capitalismo que un hombre como yo, tan desconcertado consigo mismo, pueda tener tanto éxito en él; que pueda haberme enriquecido y confundido tanto al mismo tiempo. Tres días después de mudarme con Isabel, la temperatura bajó a veintisiete grados bajo cero. Era el 1 de noviembre de 2061. Día de Todos los Santos. Isabel tenía una matiné y otra función por la noche, así que estuvo fuera todo el día. Me las arreglé para salir a las calles heladas y comprar suficiente leña para hacer un gran fuego en la chimenea; pasé la mayor parte del día acurrucado junto a él, envuelto en una manta, leyendo un libro llamado *Fisión Nuclear en EE. UU.: La Pérdida de Denver.* No sé por qué no busqué una habitación de hotel calentita. Sin embargo, algo me decía que debía quedarme con Isabel aquel invierno, y lo cierto es que no lo cuestioné.

Ella llegó a casa poco antes de medianoche envuelta en un abrigo pesado de pieles artificiales, con aspecto de condesa rusa. Tenía las mejillas rojas como manzanas. Exhaló vapor en el umbral, golpeó las botas y canturreó «Hola, cariño». A pesar de mi mal humor me emocionó verla así.

Pero una ráfaga de aire helado me golpeó desde la puerta abierta y de repente me puse furioso.

—¡Cierra la puta puerta! —vociferé.

Y así es como fueron las cosas con frecuencia a partir de entonces.

A veces, paseando por el parque ese invierno, con una parka y abrigado como un cazador de focas, de repente oía a Isabel cantar:

I like New York in June, how about you?
I like a Gershwin tune, how about you?

Su voz era tan franca y sincera que al viejo niño que yo llevaba dentro le entraban ganas de llorar al oírla. Íbamos mucho de la mano, nos las estrujábamos fuerte para sentirnos a través de los guantes.

Paseábamos todos los días, independientemente del frío que hiciese. Isabel es la única mujer que conozco que comparte mi gusto por andar por las calles de Nueva York. Su pelo gris brillaba bajo el sol de invierno y se plantaba de cara al aire helado con energía y aplomo; creo que la amaba más mientras caminábamos a buen ritmo por Madison o por la Quinta Avenida en diciembre, conscientes de las miradas que le echaban los turistas chinos envueltos en sus bufandas coreanas.

A veces miraba escaparates. Al principio me molestaba; se me antojaba la típica bobería femenina, pero poco a poco fui viendo que Isabel hacía gala de la misma perspicacia para la ropa que para los cuadros de los museos. Sabía mucho de zapatos, por ejemplo, más de lo que algunos saben sobre la vida. Tenía un sexto sentido para captar el brillo y la elegancia de un zapato y al final logró que yo los viese como las pequeñas esculturas que podían ser. Pero cuando me ofrecía a comprárselos, decía que no le quedaba sitio en los armarios.

Comer en restaurantes con ella era una gozada, y lo hicimos mucho aquel invierno. Creo que empecé a quererla hace un montón de años cuando la vi comer *truite fumée.* Usaba con destreza el cuchillo, cogía suavemente una generosa porción con el tenedor, colocaba una docena de alcaparras encima, siempre con el cuchillo, y luego se lo llevaba a la boca y masticaba con seria concentración. El gesto no tenía nada de melindroso; Isabel gozaba de un apetito formidable y salpicaba el proceso de leves suspiros de placer. Eso fue cuando estaba casado con Anna; yo financiaba una obra en la que Isabel tenía un papelito. También había diseñado uno de los escenarios. Me cautivó su rostro inteligente y su figura, así que la invité a almorzar. Nada surgió de aquel encuentro en mucho tiempo, pero verla comer hizo que mi corazón se desbordase de amor por ella. Me encanta la gente a la que le gusta comer y no engorda. Aquella mujer comía con entusiasmo y seguía teniendo una cintura de chiquilla. En los doce años que hace que la conozco se le ha vuelto el pelo gris, pero su figura no ha cambiado. Me estremezco ahora al pensar en esa figura, al recordarla dando buena cuenta de su *truite fumée.*

Nos reíamos mucho durante nuestros paseos y en los restaurantes. Nos abrazábamos espontáneamente de vez en cuando. Disfrutaba con ella de mil detalles diversos, pero cada vez que intentamos hacer el amor a lo largo de aquellos cinco meses me encontré con un nudo en el estómago y una antigua furia latente en mis entrañas. Lo que había sido una alegre tarde de paseo y charla podía convertirse en una pesadilla; a veces me volvía distante y malhumorado durante horas. Debería haber desistido por completo; la propia Isabel me dijo que mejor lo dejase, pero yo encontraba maneras de pasar por alto sus objeciones. Le dije que mis fracasos sexuales no debían afectarla, que si realmente se excitase eso ayudaría a mi problema, que tal vez en el fondo era ella quien tenía miedo al sexo. Durante unas dos semanas le hice luz de gas. Todos tenemos temores sexuales; yo fomenté los de Isabel como quien financia una obra de teatro, a fin de encubrir los míos.

Acabó por darse cuenta.

—Joder, Ben —dijo en medio de una fría noche en la cama altillo—. Eres tú quien tiene el problema y estás intentando echarme la culpa.

Resoplé y balbuceé durante unos minutos y finalmente volví a quedarme dormido. Cuando me desperté por la mañana la vi con ojos soñolientos y un poco ceñuda y dije:

—Creo que tienes razón.

Después de eso, las cosas mejoraron por un tiempo. La dejé en paz y no volví a reaccionar a cada mínimo cosquilleo sexual que sentía, aunque no eran pocos. Dormía mejor, pero guardaba mucha ira dentro, y notaba que se iba acumulando. La mayor parte del tiempo estaba de buen humor y disfrutaba del poco trabajo que tenía, que me llevaba como unas tres horas al día y se hacía casi todo por teléfono; pero por dentro crecía una presión. Me estaba convirtiendo en una bomba de relojería que se moría de ganas de encontrar una excusa para explotar. Eso me asustaba, y al mismo tiempo me recreaba en ello. Al vivir con Isabel y odiarme a mí mismo por la impotencia me había convertido en un niño huraño, cabreado y peligroso.

CAPÍTULO 6

Mi huerto hidropónico destaca ahora en verde contra el gris de la superficie de Belson, en vivo contraste con la lóbrega obsidiana. Es sorprendente lo que Fomalhaut puede hacer para nutrir una hortaliza, y más sorprendente aún que unas plantas criadas a la luz del Sol prosperen bajo esta estrella azul. Se logra por medio de fertilizantes químicos y agua reciclados. Parte de los fertilizantes se reciclan a través de mí; defeco en una tolva que alimenta el sistema y luego añado potasa; me alimento de las mismas moléculas reorganizadas una y otra vez. A Orbach le encantaría; encaja con su tesis de que mi personalidad requiere de autoalimentación.

Me produce un profundo placer ver esas lechugas, zanahorias, remolachas y espárragos crecer en sus canaletas de plástico. Ocupan dos mil metros cuadrados de superficie que han pasado miles de millones de años desprovistos de vida. Me paseo por las hileras animando a mis plantas, acariciando con ternura sus hojas mojadas; a veces les murmuro, de vez en cuando arranco una hoja de lechuga o de espinaca y me la como ahí mismo, entre los surcos, al calor del azul de Fomalhaut, solo y feliz con mis compañeros vegetales.

Dado que aquí no hay estaciones, cada temporada es temporada de cultivo; ya voy por mi segunda cosecha y he mejorado la variedad. ¿Por qué no puedes dejar las cosas como están y punto?, decía Anna a veces, rabiosa. Bueno, pues no puedo. No quiero. Así que guardo semillas de las mejores plantas, porque sospecho que el nuevo espectro de Fomalhaut constituye un estímulo evolutivo y que algunas de mis variedades prosperarán en este breve ciclo de día y noche. Luther Burbank Belson lanzando sus judías al estrellato. Ha funcionado, especialmente con las zanahorias; nunca he visto zanahorias tan grandes, firmes y naranjas. Le dije a Annie que retirara uno de los hornillos nucleares de la *Isabel,* y cocino mis verduras con eso. Se requieren veinte minutos a la presión atmosférica de Belson para obtener una zanahoria al dente, ni crujiente ni blanda. Quedan excelentes con pimienta de Java.

Recuerdo ahora el patrón de rodajas de zanahoria en el suelo blanco de Isabel el día que cociné la pierna de cordero.

Era la primera vez que asaba una pierna de cordero, pero no se lo había dicho a Isabel. Mi carrera como cocinero prácticamente había comenzado en su apartamento; cuando me mudé sabía hacer huevos revueltos y hacerme un sándwich de cheddar a la plancha, pero poco más. Empecé a ocuparme de la cocina en el apartamento de Isabel cuando sentí la necesidad de crear algo para ella y para mí, algo elemental y sensual. Si no para un orificio, para el otro. Orbach hizo un mohín cuando se lo dije, pero no pareció convencido.

—Vamos a ver —dije—, tengo que hacer algo. No puedo mantener relaciones sexuales y ganar dinero ya me aburre.

—Benjamin —dijo Orbach—, cocinar es una actividad excelente y creativa, pero no es conveniente que finjas ser una mujer cuando ya te está costando trabajo ser un hombre.

—¡Venga ya! No estoy fingiendo ser una mujer. Mi madre nos ponía espaguetis de lata para la cena. Y aún se quejaba. En la cocina se pasaba más tiempo pimplando destornilladores que en los fogones.

—A lo mejor quieres enseñarle a ser más doméstica —dijo Orbach.

—¿A Isabel? —pregunté.

Orbach frunció el ceño.

—No estoy seguro —dijo.

—No estoy seguro de nada —dije yo—, excepto de que me encanta llevarle el café por las mañanas y tomármelo con ella.

—¿Llevarle café? —preguntó Orbach—. ¿A quién?

—¡A Isabel, maldita sea! —exclamé— Si fuera a mi madre le habría llevado un martini.

Orbach sonrió sutilmente al oír eso.

—Benjamin, cuando eras niño tenías que alimentarte de ti mismo porque no había mucho más alimento a tu alrededor.

Me recosté en el sofá y miré la mancha de humedad en el techo de Orbach.

—A veces me cansa. A veces me cansa este puto peso.

—Comprensible —dijo Orbach, compasivo—. Quiero inducirte una rememoración química durante el resto de esta sesión. Quiero darte sorbato y llevarte de vuelta a tu infancia para ver si podemos descubrir lo que estabas pensando.

Noté que empezaba a sudar. Llevaba varios años sin tomar sustancias químicas en terapia. Me daban miedo.

—Esas pastillas dan una resaca espantosa —contesté—. Necesito tener la mente clara para...

—¿Para qué?

—Para hacer la cena de esta noche —dije.

Orbach se encogió de hombros.

—Muy bien. Quizá en otro momento.

La cena de la que hablaba era la pierna de cordero. La vi de oferta aquella mañana, a sesenta dólares el kilo, y la compré impulsivamente. Luego me tocó cargar con ella mientras me pasaba un par de horas con mis abogados, demasiado educados como para preguntarme qué leches hacía con una pierna de cordero en una bolsa de plástico.

Aquella noche me costó un rato entender los controles del horno de Isabel, pero lo logré. Siempre me ha parecido caótico que esos cachivaches electrónicos usen madera de nogal como combustible. Era miércoles e Isabel no tenía función aquella noche, así que me sobraba tiempo. Hice cortes en la grasa para introducir trozos de ajo, luego froté el conjunto fálico con romero y pimienta gruesa. Ya lo tenía en el horno cuando Isabel volvió de su función de la tarde; me dio un beso rápido y una palmadita, y fue a bañarse. Empezaba a sentirme muy profesional con aquel banquete. Pelé las zanahorias feliz como una perdiz. Como el baño de aquel pequeño apartamento estaba a solo unos metros de los fogones, oía a Isabel chapoteando alegremente.

Al rato, los gatos empezaron a husmear a mi alrededor y a poner caras de impaciencia. Era la hora de su cena y debería haberles puesto el pienso, pero no lo hice. El negro, pesado como un saco de cemento, empezó a maullar de forma entrecortada. El de color marrón y blanco, más tímido, me dirigió una mirada de reproche. *¡Quitaos de en medio, putos imbéciles!*, pensé con maldad, conteniendo las ganas de decirlo en voz alta para que Isabel no lo oyera. El negro croó más fuerte. Me entraron ganas de decirle que volviese a la escuela de gatos y aprendiera a maullar como Dios manda. Empecé a pensar que igual convenía abrir una lata de comida solo para que se callaran. Miré de nuevo aquellas caras impacientes y suplicantes, aquella insistencia, y pensé: *¡Que os den, chavales! Que os alimente vuestra amiguita cuando salga del baño.* Me miraron como si entre los dos sumasen un cociente intelectual de 3. Agarré una cacerola y los amenacé con ella.

Se alejaron con sigilo.

Un minuto después salió Isabel del baño completamente desnuda. Me moría de ganas de abalanzarme sobre ella allí mismo, pero me contuve. La irritaban las insinuaciones sexuales que no conducían a ninguna parte. Había empezado a notar un hormigueo en los testículos al verla, y la verdad es que me apetecía hincarme de rodillas un rato y dejar que la pierna de cordero se pasara de cocción si hacía falta, pero reprimí el hormigueo y lo atajé, no sé cómo. Así, ya era mayorcito para saberlo, es como acabas con dolor de huevos. Así es como acabas peleando por lo primero que surge..., como trinchar una pierna de cordero, por ejemplo. Debería haberme lanzado a por Isabel y dejar que ella decidiera si le gustaba o no; nos habríamos ahorrado mucho sufrimiento.

En cambio, empecé a tontear con los guisantes y logré que se me cayera buena parte en el fuego de leña, desde donde me sisearon con desprecio. Sentí que el mundo inanimado se preparaba para uno de sus ataques contra mi persona. Empecé a notar la necesidad de perseguir al gato negro y estrangularlo. Abrí la puerta del horno y me quemé la mano. En lugar de gritar, apreté los dientes. Estoicismo. El estoicismo produce dolor de huevos en el alma. Pero logré controlarme lo suficiente como para echar los guisantes en un cuenco, sacar luego la pierna de cordero del horno y colocarla en un plato grande para que se enfriase. Tenía una pinta fabulosa. Muy profesional. Me sentí mucho mejor. Serví las zanahorias alrededor de la pierna de cordero. Iba tomando forma como una escultura. Yo volvía a estar alegre pese a sentir cierta opresión en el estómago. Recordé que teníamos perejil fresco en el cajón. Cogí un poco y lo puse en un extremo del plato. *Voilà!*

Isabel se había puesto unos vaqueros y había preparado la mesa junto a la ventana. Yo estaba de pie junto a mi obra maestra, esperando elogios.

Y entonces se me vino el mundo encima. Alguien tenía que trinchar aquello, y yo no había trinchado nada en mi vida. De niño, mi madre se las arreglaba para asar un pavo una vez al año, en Acción de Gracias, con una especie de resentimiento frío y resacoso. Siempre lo trinchaba ella, ante la mirada aburrida de mi padre. Creo que, en el fondo, estaba esperando que Isabel se levantase y lo trinchara ella, como hacía mi madre. De hecho, entró en la cocina y yo sentí un alivio inmediato, pero lo que hizo fue exclamar lo hermoso que era el cordero. Y luego dijo:

—¡Venga, córtalo, Ben! ¡Tengo hambre!

¡Joder, qué ganas de estrangular a un gato! Si hubiese podido al menos patearlo por la cocina un ratito, habría sido capaz de cortar aquel asado igual que un director de orquesta corta el aire con su batuta. Con un meñique en alto mientras las rodajas iban cayendo con un suave *plop* en la fuente, perfectamente dispuestas entre discos de zanahoria. Pero ¿qué es lo que hice? Apreté los dientes, clavé un tenedor en el asado, agarré un cuchillo cebollero enorme y me puse a rebanar como si el cordero fuera una hogaza de pan. Choqué de inmediato con un hueso. Probé por el otro extremo. Otro hueso. Giré el cordero, ahora grasiento y aún demasiado caliente, hostia, sobre un costado en el plato, que se estaba empezando a llenar de jugo, empapando la mitad de las zanahorias y tiñéndolas de un color como de calcetines naranjas mojados. Se me pegaba la grasa ardiendo en los dedos. Me la sacudí. Salpicó los guisantes. Empecé a rebanar de nuevo el primer extremo del asado, pero desde un ángulo distinto. Había otro hueso. ¿Cómo lograba caminar un cordero blanco y lanudo con tantos putos huesos en las patas? ¿Cómo podían salir huesos de tantas direcciones distintas? Me ardían las mejillas como si me las hubiesen frotado con estropajo; Isabel observaba cada movimiento con silencioso tacto. Y entonces, cuando ya estaba listo para arremeter con el cuchillo contra cualquier bicho viviente, oí un abrupto y claro *plop,* como si alguien hubiera dejado caer un pez en la encimera de la cocina. Era William, el gato generalmente tímido. Debía de haber saltado desde una repisa superior donde se había escondido cuando lo asusté con la cacerola. Me quedé paralizado, mirándolo. Durante el proceso de corte había logrado desprender un trozo de cordero del tamaño de una ficha de póker. William cogió con discreción ese trozo entre sus dientes, saltó al suelo y se escabulló por la habitación. Agarré mi cuchillo Sabatier, visualizando el desastre que podía organizarse en el apartamento con una decapitación felina. William se acurrucó con su hallazgo en el rincón, debajo del jarrón de bronce de Isabel, lleno de amentos de sauce. El gato negro se unió a él sigilosamente. Estaba claro que era su cómplice. Levanté el asado —con el plato, las zanahorias y todo—, lo sostuve sobre mi cabeza como King Kong sostendría un vagón de metro y lo arrojé con todas mis fuerzas contra aquellos bichos. Chocó contra el jarrón de bronce con un porrazo que colmó de alivio mi alma. El plato, el mejor Delft de Isabel, reventó como un petardo en un cómic, y las zanahorias se desparramaron por el suelo blanco como una obra del expresionismo abstracto. Como las rocas perfectamente colocadas de un jardín japonés.

¡Ay, Isabel! Mi pobre amada. Se quedó mirándome aterrorizada y comenzó a derramar enormes lagrimones de dolor.

—¡Mis gatos! —sollozó—. ¡Mi bandeja de Delft!

Corrió hacia el baño, cerró de un portazo y echó el pestillo. Me quedé inmóvil con la mirada fija en las zanahorias por el suelo y los pedazos de porcelana. Los gatos habían desaparecido. Me encogí de hombros, cogí una lata de comida para gatos de una estantería y la abrí.

Después de eso nos limitamos a ser corteses el uno con el otro, fuimos con pies de plomo unos tres días. En una ocasión, sin motivo aparente, Isabel se echó a llorar mientras leía su *Hamlet*. La atmósfera del pequeño apartamento estaba cargada de tristeza, y yo no tenía ni idea de cómo superarla. Al cuarto día le dije a Isabel que iba a mudarme al Pierre. Ella sonrió levemente y contestó:

—Quizá sea lo mejor.

Era principios de mayo cuando me mudé; metí todo lo que había vivido aquel invierno en una bolsa de Synlon, y antes de irme pagué algunas de las principales facturas de Isabel: alquiler, teléfono, revisión energética de invierno... En aquel momento ella estaba ensayando. Me tembló la mano al firmar los cheques, y solté una maldición. Otro puto miembro que no funcionaba. Miré a mi alrededor, asentí con civismo controlado a los gatos dormidos, me agaché para recoger una moneda de dos dólares que probablemente había caído al suelo una semana antes, suspiré melodramáticamente y me fui.

Hacía un calor sorprendente ese día, y recorrí Park Avenue con mi gruesa chaqueta de leñador desabrochada. Se respiraba un agradable ambiente de vida y actividad, había muchos caballos y algunos taxis de metano por las calles y gente alegre en bicicleta. Me vine arriba. Me puse a silbar.

La mitad de las personas en la calle eran chinas. A mediados de verano, Nueva York siempre parece una ciudad china, una especie de suburbio cultural de Pekín. Los rusos están a la vanguardia en industria pesada; el arte proviene de Buenos Aires y Río de Janeiro; la vida política en Aberdeen y Hangzhou es mucho más animada que la de Nueva York; y, si quieres cerrar un negocio verdaderamente grande, vas a Pekín, la ciudad más rica del mundo. Pero Nueva York sigue siendo Nueva York, incluso con sus ascensores fuera de servicio y un total de ciento cincuenta taxis permitidos (en Pekín tienen miles, eléctricos y con tapicería de cuero). Pero Pekín sigue siendo una sobria ciudad de negocios, ahora que ha borrado toda la antigua China de su arquitectura neoclásica. Los chinos acuden a Nueva York en busca de vida civilizada. Nueva York es la ciudad principal de una potencia de segundo orden, de un país cuyo tiempo se está agotando; pero aún conserva un ambiente que no encuentras en ningún otro sitio. Hay restaurantes con manteles blancos, camareros vestidos de esmoquin que parecen salidos del siglo pasado, y, por más que en Japón alimenten a sus gordos terneros con cerveza y les den masajes, el filete de Kansas City servido en un restaurante de Nueva York, con las luces tenues, la barra de madera pulida y los camareros de esmoquin, sigue siendo una de las maravillas de este mundo. El teatro de Nueva York es el único que mantiene el interés de cualquiera durante un buen rato; la música estadounidense es la más sofisticada del mundo. Los chinos, detrás de esas fachadas sosas, siguen siendo los mayores aventureros del mundo y los hombres y mujeres de negocios más astutos; han adaptado su ideología y su ascetismo del siglo pasado a su riqueza actual con la misma facilidad que los papas del Renacimiento; son comunistas del mismo modo que César Borgia fue cristiano. Y adoran Nueva York.

El Pierre es un lugar de categoría y conozco bien a su gente. Me mudé allí por primera vez a los veintitrés años, cuando trabajaba en fusiones abocadas al fracaso; aún atiende el bar la misma persona por las tardes y me llama Ben. Él se llama Dennis. Siempre le pregunto por sus hijos. Tiene uno en el negocio maderero en Carolina del Norte; su hija dirige la taquilla del Teatro Jane Fonda. El gerente dice que algún día le pondrá a mi suite Suite Belson y yo le digo que estoy totalmente a favor, que si hay una placa en la puerta será más fácil recibir el correo. Cuando me mudo siempre me reciben con flores frescas. Qué coño, en el fondo me gusta vivir en hoteles, poder largarme en cualquier momento. Vivir día a día y pagar día a día.

Aquella tarde tenía una cita con Orbach en la Ochenta. Inspeccioné la suite, olí las flores, llamé a Henri Bendel para encargar mis cacerolas y decidí ir caminando a lo de Orbach y de paso comprar algunos libros de cocina. Igual encontraba hortalizas de primavera del sur, eso si la mafia no andaba a la greña. Llamé a un par de abogados, les di mi número de teléfono y me fui.

Caminando por la Tercera Avenida, me di cuenta de que me iba parando a mirar escaparates; no libros de cocina, sino relojes. Era algo que había empezado a hacer mucho esa temporada; desarrollé una fascinación por los relojes, por el paso del tiempo. Me fijaba en los cumpleaños como nunca antes, recordaba cosas triviales sucedidas en un día concreto un año antes. Eso empezó cuando cumplí cincuenta. Comenzaba a caer en que mis días están contados, que voy a morir y a pudrirme como todos los demás y que más me vale ponerme las pilas si quiero vivir mi vida como Ben Belson y no como una réplica chunga de mi padre. Sé que he ganado mucho dinero y fama, he viajado por todas partes, me he acostado con muchas mujeres y he probado la mejor comida del mundo y que mi padre no hizo nada de eso, pero durante veinte años algo en mi alma ha estado en tensión, a la espera; cumplía con el trámite de tener una vida plena y buena, pero sin dejar de sentirme sombrío y hosco por dentro. Y ahí estaba, mirando relojes en otro escaparate de la Tercera Avenida, esperando a que el tiempo se agotase, esperando a unirme a mi padre en la brigada del subsuelo; acabar de una vez, oler la tierra húmeda.

Y, al darme cuenta de eso, o de parte, me invadió una rabia como no sentía desde hacía años. Me entraron ganas de irrumpir en la tienda y destrozar todos los relojes del lugar. En cambio, entré y compré un reloj de pulsera chino. Lo llevo puesto ahora, aquí en Belson. Hay mil detallitos que hacen de mí un excéntrico; este es el primer reloj que he tenido. Ahora que tengo tiempo para reflexionar.

Una voz dentro de mí grita desesperadamente: *¡Date prisa, Ben!*

Si echo la vista atrás veo que aquel pícnic en Juno supuso un punto de inflexión para mí. Me he vuelto aún más ermitaño que antes, pero en Juno sucedió algo que desplazó un enorme pedazo de mi gris glaciar interno. En la facultad nunca iba a tomar algo con mis compañeros; si estaba con dos o más personas a la vez, el alma se me agarrotaba. No odiaba a la gente, eso jamás, pero me invadía una frialdad que, a veces, me desconectaba de mi prójimo, cosa desesperante. A saber por qué, eso se terminó en aquel pícnic: experimenté una comodidad natural que nunca antes había sentido en un grupo. Mimi cantó «Downtown» y «Michigan Water Blues» y bebí vino tinto de una botella que pasaba de mano en mano, tendido en la hierba húmeda rodeado de aire con sabor a uva; observaba los rostros del grupo y sonreía sin decir palabra. A ratos, entre canción y canción, nos quedábamos en silencio, escuchando los discretos sonidos papelinos de aquellas hojas extraterrestres que se mecían en la brisa afrutada, disfrutando del rico aire repleto de oxígeno en nuestras mejillas. De vez en cuando pensaba en la propia Juno, la yegua original, durmiendo a mi lado sobre la paja con aquellas enormes fosas nasales que exhalaban el vapor de su aliento en la noche de Ohio; y parte del profundo cariño que sentía por ella se transfirió a aquel nuevo y generoso planeta, y a la gente, joven en su mayoría, tendida allí conmigo en su suelo esponjoso y acogedor.

Y, sin embargo, aquí estoy: solo en Belson.

Con todo, tengo mis hortalizas. Y mi morfina. Los anillos ya han salido. Es hora de apagar el ordenador que escribe esto, recoger la morfina del sintetizador e inyectármela. Ojalá pudiera masturbarme ahora mismo, aquí solo bajo los anillos de mi planeta homónimo.

Llegué a Nueva York en 2025. Tenía trece años. La tía Myra sugirió que fuese a pasar unas vacaciones de verano con ella en el Upper East Side. No la conocía en persona. Mis padres me enviaron en un autobús Greyhound diciéndome que la ciudad contribuiría a mi educación. Me compré el billete con mi dinero, y todo lo que la tía Myra no pagó en Nueva York lo pagué yo. Por aquella época yo tenía una gran ruta carbonera en Athens. Las cocinas de carbón todavía eran legales, y yo me paseaba por las partes más deprimidas de la ciudad con una carretilla de juguete y lo vendía a granel: dos dólares por los trozos pequeños y cuatro por los grandes. Mi margen de beneficio era del cuarenta por ciento. De niño subía y bajaba las colinas con aquella puñetera carretilla, me hacía unos once kilómetros diarios al salir del colegio y después los hombros me dolían durante horas, pero terminé, cumplidos los quince, con un cinco por ciento de interés en la mina de la que salía el combustible. Para cuando cumplí los treinta y cinco años, era propietario de la mayor parte del carbón de Estados Unidos que no estuviese en manos de la mafia. Ahora me recuerdo en aquel autobús con mi camisa blanca, mi corbata y un puñado de billetes de cien dólares doblados y sujetos con un imperdible en el bolsillo delantero. Medio pollo frito y dos huevos duros en una bolsa de papel a mi lado en el asiento hasta que los pude tirar. Recién pelado. Puede que esa fuera la última vez en mi vida que llevé corbata. Aparte de mi boda.

El autobús funcionaba con carbón y algo fallaba en la caldera; siempre perdíamos potencia en las cuestas. El viaje duró casi tres días. Comí sándwiches de *gravy* y proteína de soja en las paradas por el camino, y en los servicios de hombres de Pensilvania y Nueva Jersey leí grafitis de lo más zafio que he visto en mi vida. Apenas sabía nada sobre sexo salvo que tenía algo que ver con la clase social y que a personas como mis padres les alarmaba; aquellos grafitis iluminaron mi mente como neones. Muchos estaban ilustrados con dibujos de mala calidad pero mucha fuerza. Para mí, supuso una conexión, aunque inquietante, con un mundo exterior en el que ocurrían cosas que yo pensaba que solo ocurrían en mi cabeza. Todavía guardo un par de aquellos dibujos en la memoria; todavía me producen un escalofrío perverso en los huevos.

Durante varias horas entre pueblos de Pensilvania tuve sentada a mi lado a una joven de constitución robusta con gafas y medias oscuras. Se pasó un rato haciendo comentarios insustanciales sobre el paisaje y sobre su trabajo como archivista de vídeo en una pequeña localidad; luego se durmió. A medida que su cuerpo se acomodaba al sueño se le fue subiendo la falda muslos arriba. ¡Dios mío, recuerdo aquellos muslos! ¡Aquellas medias oscuras baratas, la carne blanca por encima! Roncaba ligeramente, con los labios entreabiertos. Al primer vistazo de sus muslos por el rabillo del ojo mi miembro se alzó con la ciega celeridad de un saludo de los Marines. El olor de su perfume Woolworth se intensificó en mis fosas nasales. Me había puesto tan sensible, tan alerta, que podía incluso oler su carne levemente sudorosa desde mi circunspecta posición, sentado erecto a su lado. Erecto. Podría haber martillado clavos con aquello. Fingí leer un libro.

Era media tarde; había pocas personas en el autobús. Si estuviese ahora en aquel autobús extendería una mano hacia su entrepierna abierta en lugar de hacia la mía cerrada. Pero ¿qué sabía yo entonces? Eché una ojeada a mi alrededor y vi que nadie miraba. Me atreví a girar ligeramente la cabeza, lo suficiente como para ver lo que ya era un oscuro hueco entre sus muslos, separados e inclinados hacia mí. Dejé caer con suavidad una mano en mi regazo y en aquel momento descubrí la autosatisfacción. Mi palma, al tocarme, se humedeció al instante. Mi circulación sanguínea se había alborotado; me sentí débil. El placer había sido momentáneo, pero tan intenso como para abrir una puerta en mi espíritu que nunca se ha vuelto a cerrar. Comprendí en un instante fugaz que mis padres eran tontos y que el mundo valía la pena.

Una hora después, me metí la mano derecha en el bolsillo del pantalón y lo repetí más despacio. Fue puro éxtasis. A tomar por culo los calzoncillos. Ya los tiraría.

Habría vendido mi alma por colarme en lo que aquel margen rosa me ocultaba a la vista, por sentirlo rodear mi miembro adolescente. Ni se me pasó por la cabeza que a ella también le pudiera apetecer. Había comentado que estaba de vacaciones aquella semana. La podría haber llevado a un Holiday Inn de alguna localidad minera de Pensilvania y follar hasta quedarnos bobos. Habría sido la hostia.

Mi Circe se despertó de su sueño, se estiró la falda, ruborizada, y se bajó en New Hope, Pensilvania. Nunca supe su nombre ni en qué pueblo vivía.

La tía Myra era la hermana mayor de mi padre y siempre había sido la misteriosa oveja negra de los Belson. No la conocí hasta aquel verano, con trece años. Estaba claro que Myra había vivido mucho. Sabía que había estudiado en Duke con el presidente Garvey; que jugaba al bridge con Kronstadt, el poeta demoníaco; que había escrito el libreto de una opereta; se rumoreaba que había tenido un bebé con su chófer y que fue amante de tres millonarios distintos. El último de ellos le dejó una pequeña fortuna en efectivo y un edificio de apartamentos en los ochenta del Este. Perdió el dinero en la crisis de 2004. Mi madre dijo, durante una de sus gélidas reflexiones martini en mano, que Myra había seguido los consejos financieros de astrólogos árabes y de monaguillos católicos. Perdió el edificio de apartamentos, pero logró conservar hasta su muerte las doce habitaciones del ático. No poseía nada más.

La tía Myra tenía unos sesenta y cinco años aquel verano. Vestía petos desteñidos y caminaba descalza por su apartamento, fumaba cigarrillos Black Russian y llevaba gafas con montura de oro a través de las cuales me miraba con una especie de desconcierto. Tomaba pastillas de vitaminas sin parar y se reía mucho. Medía poco menos de metro y medio —yo le sacaba una cabeza incluso con trece años— y, a pesar de las patas de gallo, el pelo cano y las camisetas grises bajo el peto, tenía una apariencia juvenil. Nunca había visto a nadie igual. Llegué a su casa como a la hora de la cena, tras haberme ajustado la corbata una docena de veces en el ascensor. Llevaba mi maleta barata. Me sentía incomodísimo. Cuando llamé a la elegante puerta dorada y blanca de su ático, esperaba que me recibiera una especie de mujerona disoluta echada a perder con papada y en camisón. Lo que me encontré fue una personita preciosa con un peto y descalza.

—Entra, hombre, por Dios —dijo, mirándome por encima de los bordes dorados de sus gafas.

Extendió una diminuta mano con las uñas sin pintar y la estreché. Era fresca al tacto, amable y pequeña como la de un niño.

—¿Cómo está usted? —dije a la manera reservada que había aprendido de madre.

—Vamos a comer algo —dijo, y me condujo a través de un gran pasillo vacío hasta un salón desordenado.

Pero ¡menudo desorden! Una pared estaba cubierta de pinturas y acuarelas; habría unas veinte, tan coloridas como una colección de sellos africanos. También había alfombras orientales por todas partes. Un sofá de pana negra. Media docena de mesas. Gatos, seis o siete gatos. Cuatro en el alféizar de la ventana, bajo unos ventanales altos con vistas a Central Park. Por entonces el parque estaba lleno de árboles. Atravesamos aquella asombrosa habitación y entramos en la cocina. La decoración era sencilla, al estilo de los campesinos húngaros, como las cocinas de ricos de principios de siglo. Azulejos de cerámica simple, azules y blancos, en las paredes. Una alfombra de césped en el suelo de madera. Encimeras de roble. Una cocina de terracota. Pero también un frigorífico, el primero que yo veía. En Athens usábamos cajas de hielo. Cuando la tía Myra abrió la puerta de su gran nevera marrón vi estantes llenos de tarros y botellas brillantes, frutas y verduras, como en una foto de una revista antigua. Lo que me preparó para cenar aquella noche fue una gruesa lámina de paté de foie sobre lechuga Bibb, un puñado de diminutos pepinillos y un vaso de cerveza polaca. Nunca había comido nada tan excéntrico. El postre fue *mousse* de chocolate. Estaba delicioso. Lo como desde entonces, como un tributo prolongado a la tía Myra y su liberación del espíritu.

Me entregó un plato Haviland agrietado con la lechuga y el paté, luego la cerveza en un vaso de cristal tipo Pilsner; y yo me quedé ahí de pie, sosteniéndola como un memo mientras ella se servía lo mismo. Luego salimos de la cocina y me costó un minuto darme cuenta de que no íbamos a sentarnos; aquello iba a ser una cena itinerante. Al final reuní el valor para dejar mi vaso tras un sorbo de la amarga bebida —era mi primer trago de cerveza— y empecé a comerme el paté con los dedos. Myra me guio por el apartamento. Tenía cuatro habitaciones; tres vacías, de entre las cuales podía elegir la que quisiera. Escogí la que tenía más ventanas. Los muebles eran todos de tonos grises y blancos, y había un pequeño Corot colgado en una de las paredes (dos ancianos en una mesa).

Mientras paseábamos hacía comentarios con una voz agradable sobre el apartamento y sobre sus gatos. Me preguntó por mi padre como de pasada, y cuando le respondí que estaba bien hizo un gesto despectivo y dijo:

—Nunca fui capaz de entender a ese chico. Es una balsa de aceite, el tío.

Fue extraño oír aquello y darme cuenta de que la tía Myra era quince años mayor que mi padre y que, a juzgar por el tono de su voz, tampoco le tenía mucho cariño. No se parecía en nada a él, ni a mi madre, ni a ningún adulto que yo conociera. Quizá fuera la última persona a la que quise, y fue amor a primera vista.

Aquel verano con la tía Myra me dio la medida de las posibilidades que tiene una ciudad que nunca ha disminuido sustancialmente. Ni me acuerdo de cuántas obras de teatro y ballet vimos, pero sí de los suelos de mármol, los vestíbulos de techos altos, la suave iluminación de los bares en los entreactos y la sensación eufórica de ir al teatro en Nueva York. Vimos espectáculos holográficos, dos inauguraciones de museos y conciertos de música celestial en Central Park. Recuerdo los ascensores antes de que las Leyes de Recursos Energéticos los prohibieran. Recuerdo las luces en los pisos superiores de los rascacielos por la noche. Y sobre todo recuerdo caminar por las calles tranquilas del East Side, entre hileras de viejas casas de ladrillo, observando las resplandecientes ventanas de los apartamentos, deseando vivir en uno de ellos más que cualquier otra cosa en el mundo. Me convertí en un neoyorquino espiritual a los trece años, mientras caminaba por los setenta del Este entre Park y la Segunda Avenida.

Gracias a la tía Myra también aprendí sobre comida: ensaladas y postres, rúcula y *mousse* de chocolate. Mi dieta es un tributo a su memoria. Y Myra me enseñó otra cosa: el ajedrez. Después de una semana de espectáculos y conciertos anunció que íbamos a pasar una noche de entretenimiento casero.

—¿Sabes jugar al ajedrez? —me preguntó, mirándome por encima de las gafas.

En la mano llevaba un paquete de plástico del tamaño de una billetera.

—No —respondí—. Pero sé jugar al Monopoly.

—Bueno, también se puede jugar a eso con este aparato. Un milagro de la electrónica —me dijo—. Pero un joven inteligente como tú debería saber jugar al ajedrez.

Iba a replicar que ya nadie jugaba al ajedrez, por la misma razón por la que nadie hacía ya aritmética: el esfuerzo humano en esos ámbitos había quedado obsoleto mucho tiempo atrás. A mi generación le iban los juegos de azar. Pero la tía Myra no era tonta; tal vez tuviera su parte de razón.

—Vale —dije—, ¿me enseñas?

—Voy a asar un pato y luego me cambio para cenar —contestó. Acababa de volver de la compra y llevaba puesto su peto a rayas—. Aquí te enseñan el juego. Apréndetelo y echamos una partida durante la cena. —Me entregó el aparato—. Lo despliegas en una mesa y pulsas el punto rojo.

Y se fue a la cocina.

Estaba hecho de algún tipo de plástico viejo y rugoso, y parecía bastante usado. Lo llevé a una de las salas de estar con una mesa refectorio de nogal junto a una ventana, aparté unos jarrones de porcelana, pisapapeles y violetas africanas para hacer sitio y lo desplegué. Resultó ser un gran cuadrado blanco del tamaño de un tablero de Monopoly con un punto rojo en la esquina inferior izquierda. Cogí una silla, me senté delante y presioné el punto.

Inmediatamente la superficie se llenó de texto, como un menú. Backgammon, damas, ajedrez, go, Monopoly, serpientes y escaleras, bridge, póker, canasta, casino y así sucesivamente, listados en el lado izquierdo, con un punto rojo a la izquierda de cada uno.

A la derecha, en letras mayúsculas, había tres opciones: 1. REGLAS E INSTRUCCIONES, 2. JUGAR Y 3. MODO DOS JUGADORES (ELEGIR NIVEL). Aquí aparecía una numeración del uno al doce. En la esquina inferior derecha, en letras doradas, ponía MYRA BELSON.

Pulsé «Ajedrez» y «Reglas e Instrucciones». El texto desapareció y fue reemplazado por un gran tablero de ajedrez con cuadros verdes y blanco marfil. Una voz suave procedente del tablero dijo: *Voici le jeu d'échecs...*

Pedí cambiar de idioma en voz alta.

«Sí», dijo el tablero. «Esto es el ajedrez, inventado en la India e inspirado en el arte de la guerra. Se juega con treinta y dos piezas, o fichas, de la siguiente manera: esto es un peón...», y la silueta de un peón apareció en medio del tablero. «Cada jugador cuenta con ocho peones, colocados en lo que llamaremos la segunda fila». Aparecieron los peones, negros y blancos, en sus posiciones iniciales.

Empecé a interesarme. Oía a la tía Myra trasteando con cacerolas en la cocina. Me levanté y fui a por una cerveza antes de continuar. Ya tenía el pato en una bandeja y estaba cortando una naranja para la salsa. Yo nunca había comido pato.

—¿Qué te parece el ajedrez? —dijo ella.

—Pinta interesante.

—No hay sexo ni rayos láser —respondió.

Se refería a los juegos portátiles a los que la gente solía jugar, con efectos visuales en 3D, repletos de tacos vociferados.

—Por mí, bien.

Saqué una botella de litro de cerveza Nairobi de la nevera y un vaso de un armario.

—Pues a disfrutar —dijo ella—. Pero no te pases con la cerveza. Eres joven.

—No pienso ser alcohólico —contesté, pensando en mi madre.

—Bien dicho —dijo la tía Myra, colocando las rodajas de naranja alrededor del pato—. La adicción supone un sufrimiento para todos los involucrados. He oído que tu madre es una borracha.

Nunca había oído hablar así a nadie.

—Bebe muchos martinis.

—Mmm —continuó la tía Myra. Bajó un cuenco y se puso a hacer algún tipo de aliño—. Te aconsejo que no vuelvas a casa mientras puedas. Tu padre es un muermo y tu madre bebe.

—Trabajo mucho —dije yo.

—¿Te gusta el dinero?

—Sí.

—Bien. Es un comienzo. Necesitas un romance.

—Puede ser.

No expliqué que le tenía pavor a las chicas. Pavor. Tampoco que acababa de descubrir el sexo en el autobús de camino a Nueva York.

Me llevé la cerveza a la mesa y proseguí con la lección. Por la ventana, la luz del sol tardío brillaba en las fachadas de las viejas mansiones de enfrente. Cavilé un rato sobre el sexo y el dinero y sobre lo que la tía Myra había dicho de no volver a casa. Pensé que ojalá me invitase a vivir con ella; tanto la tía Myra como Nueva York me habían encandilado. Me bebí de un trago un largo vaso de cerveza, noté la calidez espiritual en mi estómago y seguí con el ajedrez. Movías las piezas tocando la silueta con el dedo; la pieza desaparecía y reaparecía acto seguido en la casilla que tocabas. Las piezas del oponente se movían solas. La voz daba instrucciones y recomendaciones, y después de un par de partidas de práctica donde me enseñó lo que había hecho mal, le dije que se callara y jugué contra el tablero en silencio. Estaba usando el primer nivel de la computadora flexible del tablero —construida, supongo, en la estructura molecular del plástico—, y en la tercera partida la vencí coronando un peón. Ya estaba en el nivel dos cuando la tía Myra trajo un pato a la naranja dorado en su fuente azul Spode. Comimos con las manos y jugamos al ajedrez. Myra me dio una paliza y algunos consejos que me fueron mucho más útiles que los del aparato. Nos pasamos hasta las dos o las tres de la mañana jugando partidas rápidas; me las ganó todas. Resultó que Myra era una jugadora clasificada y de joven había ganado torneos. Me enganché al ajedrez.

Aquel verano me quedé con Myra seis semanas, y fue el mejor periodo de mi vida. Era la persona más vivaracha que había conocido. La adoraba. Podría haberme echado a llorar cuando me fui, aunque me había invitado a volver el próximo verano. Me dio el ajedrez como regalo de despedida y me pasé todo el camino de vuelta a casa jugando contra el ordenador en el nivel cuatro. Jamás le enseñé el juego a mis padres; nunca supieron que me había aficionado. Tampoco les habría interesado.

No volví a ver a la tía Myra. El invierno siguiente fue el primero que Nueva York iba a pasar sin petróleo para la calefacción. En febrero, las temperaturas descendieron a diez grados bajo cero y la tía Myra murió de neumonía, junto con muchos otros miles. El mundo se iba volviendo más sombrío.

CAPÍTULO 7

Me quedé como un cuarto de hora observando el punto en el cielo vacío por donde la nave había desaparecido de mi vista. Esto fue hace meses. Se me quedó el cuello rígido de tanto mirar embobado el cielo del que la humanidad acababa de esfumarse. Era el único *Homo sapiens* por allí, aunque para mí no se trataba de una sensación en absoluto novedosa, la verdad.

La cabaña tiene un porche; finalmente me dirigí allí, me senté y contemplé un rato la llanura de obsidiana, con su hierba de Belson a lo lejos. La obsidiana de las inmediaciones es de un verde grisáceo, y la luz del atardecer le da un tono azulado. El cielo estaba verde, como sucede a veces al anochecer. Los anillos no se veían. Fomalhaut fue cayendo en el horizonte. Consciente del silencio, empecé a silbar.

Una de las cosas más extrañas de este planeta es el silencio al atardecer; nunca me he acostumbrado a eso. Una parte de mí espera oír los sonidos de grillos y ranas en el ambiente cálido, o por lo menos el zumbido de los mosquitos, pero el único ruido que emite Belson, que yo sepa, es el canto de su hierba, esos hilos poliméricos que se internan bajo la superficie hasta alcanzar una especie de inteligencia viscosa y oscura en el centro del planeta, un caos viejo y caliente como el mío.

Acabé por levantarme y entrar. El interior de la cabaña tenía dos piezas de mobiliario: la silla Eames y una gran losa de lúnice colocada encima de cuatro patas a modo de mesa. Encima, el sintetizador de drogas, una lámpara nuclear, una pila de láminas de plástico, un montón de cuadernos pautados, un par de bolas grabadoras y el ordenador.

Había dos grandes ventanas con persianas para protegerme en el caso de que apareciesen animales salvajes o estallase un temporal, aunque no esperaba ni una cosa ni la otra. La luz que entraba por ellas era tenue. Encendí la lámpara a baja intensidad. Había un montón de cristales de morfina ya acumulados en el receptáculo de la máquina; los ignoré y fui hacia la pared de atrás, donde un estante de lúnice hacía las veces de cocina, y me preparé un trago de ginebra con agua y un chorro de zumo de limón. Fue entonces cuando me di cuenta por primera vez de que aquella cabaña me resultaba familiar. Miré a mi alrededor. ¡Bien podría estar en el apartamento de Isabel en Nueva York!

La cocina consistía en un espacio sin ventanas a lo largo de la pared del fondo, al igual que la suya. Las dimensiones de la habitación eran aproximadamente las mismas. Si Isabel dormía en un altillo, yo dormía en un porche. El pequeño Corot de la tía Myra colgaba en una pared lateral exactamente donde Isabel había colocado un Malcah Zeldis. Por un instante, la sensación de *déjà vu* me puso la piel de gallina. ¿Qué pretendía hacer yo aquí, a una Vía Láctea de Nueva York? ¿Mantener vivo el recuerdo de cinco meses de lucha e impotencia?

Suspiré profundamente ante esta idea, crucé el suelo vacío de la habitación y salí por la puerta. Me había pasado una semana construyendo aquel sitio, cortando aquel lúnice ligero como madera de balsa con un hilo molecular al rojo y encajando luego las losas para levantar una cabaña. Y, sin embargo, en ningún momento del proceso de construcción se me ocurrió que estuviese creando una copia del apartamento de Isabel en Nueva York.

Salí al exterior, caminando con prudencia con mis suelas de goma; pasé por delante de un grupo de brotes húmedos con sus medidores de pureza y dejé atrás mis canaletas de hidroponía con sus semillas aceleradas. Esas semillas ya empezaban a enrollarse bajo la materia marrón en las canaletas, listas para brotar verdes en unos pocos días terrestres. Me sentía mucho mejor. Di otro sorbo de ginebra. Ahora estaba oscureciendo. Caminé lentamente por la llanura verde-gris, alejándome del sol poniente rumbo a la hierba.

Había un campo tan extenso como una plantación de trigo en Kansas, a unos centenares de metros de mi futura huerta. Caminé lentamente hacia allí. Unas franjas nubosas de color púrpura rayaban la superficie que pisaba.

Al rato pasé por una zona llena de grietas. En las grietas crecía endolina; la veía ahí, del color del brezo. Me agaché y arranqué un puñado. Todavía tenía el cuello dolorido de mirar el despegue y del rato después. Mastiqué y me tragué la endolina y el dolor remitió a medida que continuaba caminando. Qué maravilla cuando está fresca. Solo le falta hablarle al alma como lo hace la morfina. Como me habló la hierba.

Me detuve donde terminaba el campo. Por lo general, de noche hay brisa; acababa de levantarse. La luz era débil y la hierba se veía gris y sedosa. De un esmeralda profundo el cielo. Me quedé al filo de la hierba ondulante, apuré el vaso y dije:

—Hola. Soy tu nuevo vecino.

La hierba ondeó al viento en silencio, pero no dijo nada.

Allí me quedé, solo, durante un largo rato mientras el cielo se iba volviendo negro y salían las estrellas. La única luna irradiaba una luz rosada en el cielo, a mi izquierda. Y entonces, por un instante, me invadió una sensación de soledad. Echaba de menos a Isabel. Quería que mirase aquel cielo negro conmigo. No quería hacer el amor con ella, ni siquiera besarla, necesariamente. Solo la quería conmigo.

Me di la vuelta y regresé a mi cabaña, tomé otra copa y puse la parte de *Così fan tutte* que quedaba en mi grabadora. Había colocado el artefacto sobre el reposabrazos entre nosotros; en varios puntos de la grabación se oía el roce del vestido de Isabel en la Metropolitan Opera.

Los siguientes días me dediqué a construir muebles sencillos. Saqué el lúnice de un afloramiento situado a unos cien metros al sur de mi cabaña. Corté tablas con una cortadora de hilo caliente (era como usar un cuchillo para queso con un gruyer) y luego las ensamblé para hacer una silla, dos mesitas y unas estanterías. Los clavos eran trozos de alambre grueso cortados en el taller de la *Isabel* y moldeados en un torno.

Cada pocas horas descansaba de la carpintería, no porque fuese difícil, sino porque quería prolongar el proyecto. Me inyectaba un poco de morfina y luego salía a buscar endolina. Abundaba. Una vez al día, como mínimo, me plantaba frente a la hierba y le hablaba, pero nunca me respondía.

Descubrí algo importante sobre la endolina. Una vez mojé unas ramitas sin querer mientras revisaba el flujo de riego de mi sistema hidropónico. Coloqué las ramitas sobre una planta de lechuga de dos días para tener libres las dos manos y apretar una conexión de plástico. Unas gotas de agua salpicaron la endolina. Más tarde, una vez que se hubo secado al sol, vi que había cambiado de color: de brezo a un marrón oscuro. Cuando la toqué, un fino polvo grisáceo cayó de las ramitas sobre mi mano y al suelo.

El sintetizador de drogas tiene un dispositivo de análisis electrónico de doble verificación como precaución. Puedes leer la fórmula de la droga que acabas de fabricar. No sea que la máquina se equivoque y produzca estricnina por error. Utilicé este dispositivo para examinar el polvo gris de la endolina y descubrí que se trataba del alcaloide puro, la fórmula que Howard me había dejado apuntada. El resto de la planta resultó ser en su mayor parte celulosa. Así que el polvo gris era endolina concentrada. Muy concentrada; su peso era menos de la quincuagésima parte de la ramita.

Se me ocurrió de inmediato que el material podría conservarse mejor en aquel formato. Pasé unas horas recolectando un buen montón de ramitas. Luego las mojé bien y las extendí para que se secaran al sol del día siguiente. Una vez secas, las recogí poco a poco y las sacudí con cuidado sobre un gran cuenco de plástico. Al final obtuve media taza de polvo gris. Lo analicé, comprobé que en efecto fuese el alcaloide, lo sellé en un sobre de plástico y lo irradié igual que irradiaba lechuga y guisantes para su conservación. En los dos meses que llevo haciendo esto ha funcionado de maravilla. Una pizca de tres miligramos del polvo, disuelta en agua e ingerida, cura la peor resaca de morfina en un minuto aproximadamente. Sin efectos secundarios. Mi salud aquí en Belson es perfecta. Ben Belson, investigador farmacológico. Con una patente sobre esto en la Tierra, alguien astuto podría sacarse un quince por ciento de interés en Parke-Davis o en Lao-tzu. Es un negocio con el que nunca he coqueteado, pero quién sabe.

Así que añadí un proyecto más a mis tareas diarias: preparar concentrado de endolina. La balanza del analizador tiene un brazo, de modo que da lecturas constantes independientemente de la gravedad en la que me encuentro. Llevo acumulados veinticuatro kilos terrestres. He usado casi todas las bolsas de plástico que puedo permitirme gastar. Bastarían para curar las resacas de todo Japón. Pueden echárselo al té.

¡Qué estrecha y limitada es la vida aquí! ¡Y cómo me he acostumbrado a ella, con qué facilidad la acepto! Ya no siento nostalgia ni soledad. Si estoy solo, ni lo noto. A veces pienso que nado en la soledad igual que un pez nada en el agua sin darse cuenta de que está mojado.

Al tercer mes aquí comencé a inyectarme en serio. Se me hincharon de morfina las venas y el cerebro se me volvió una densa niebla que ardía de euforia. A veces tenía pesadillas. Veía con nitidez a las tres ancianas de De Quincey confeccionándose a sí mismas con agujas de oro, sus cuerpos autotejidos y autotrenzados para mí. Una de ellas se parecía a la tía Myra, pero desviaba la mirada cuando le hablaba. Al final, las tres estallaron en llamas blancas y me oí gritar.

A principios del cuarto mes me pasé más de cuatro días seguidos tumbado en la cama mirando el techo, hasta que se agotó la reserva de morfina de la máquina Shartz. Cuando por fin me levanté, caí de rodillas y me planteé la posibilidad de no volver a levantarme. Si no me hubiese entrado hambre podría haberme quedado allí a morir. Tenía un cubo grande de agua junto a la cama, pero no comida. Llevaba cuatro días sin probar bocado. Me notaba el estómago cerrado y mi cabeza era poco más que un latido.

Me levanté con esfuerzo y salí despacio, como un sonámbulo. Era mediodía, entrecerré los ojos. Al principio pensé que asistía a otra alucinación: las plantas de mi huerto estaban negras. Parpadeé, observé y me rasqué los fétidos sobacos. Se me quedó vello bajo las uñas. No sé por qué, tenía doloridas las plantas de los pies. No era un sueño. La cosecha se me había muerto. Negra como el pecado. Me tropecé de camino a las lechugas, mis queridas lechugas. Las hojas parecían enormes copos de ceniza y se me desintegraron en la mano temblorosa.

Me agaché frente a mis zanahorias y saqué tres escarbando con las uñas; lo que quedaba por debajo de las hojas de ceniza eran tallos marrones y quebradizos con un olor agrio. Me senté en el centro del huerto, rodeado de cenizas y malos olores, y recordé que, tendido en la cama en medio de un deslumbramiento químico, había mirado hacia la puerta y había visto una lluvia negra caer del cielo de lavanda y un humo subir desde el huerto mientras las gotas golpeteaban mis queridas plantas. Lo había tomado por una alucinación similar a lo de las tres ancianas autotejidas; la clase de cosa que, igual que viene, se va. Pero no se fue.

Me encendí un puro y seguí sentado. Aún me temblaban las manos, pero la cabeza se me empezaba a despejar. Lo que necesitaba era una docena de huevos crudos y una botella de whisky, pero dejé que el puro fuese mi consuelo mientras me recomponía. Quedaba claro que aquel planeta tenía más peligro del que aparentaba. Me había jugado una mala pasada con aquella lluvia asesina. ¿Qué le habría pasado a mi cuerpo de haber estado fuera cuando empezó a llover? ¿Habría acabado mi piel igual que la lechuga? ¿Tenía que llevar a más mi imitación de Robinson Crusoe y fabricarme un paraguas con lo que tuviera a mano? Lo dejé estar por un rato y me centré en la comida. La *Isabel* tardaría meses en volver. Disponía de cuatro cajas de carne irradiada detrás de la cabaña y dos docenas de cajas de alimento desecado junto al fregadero. Contaba con una gran provisión de pastillas de vitaminas y tabletas de proteínas.

Me asaltó un pensamiento aterrador, mordí el puro y me puse en pie. Di unos pasos silenciosos hacia la cabaña y luego la rodeé hasta donde estaba almacenada la carne en cajas de plástico selladas. Mi presentimiento era acertado; la lluvia había corroído las cajas y las había vuelto grises. En el interior de cada una, donde antes hubo costillas de cordero, filetes y asados listos para ser cocinados en suspensión molecular, ahora ya solo quedaban montoncitos de discos de hockey en envoltorios individuales, oscuros y arrugados que despedían un hedor como para darles arcadas a los ángeles del cielo, o a lo que sea que hubiese sobre el inescrutable firmamento de Belson. Retrocedí ante el olor y miré a lo alto durante un buen rato con una sensación veterotestamentaria, preguntándome qué visitación celestial me había deparado aquel perverso planeta. En mi mente retumbaban las palabras dirigidas a Job: «Solamente escapé yo para darte la noticia». Su puta madre.

Nada cayó del cielo sobre mí y no quedé cubierto de llagas de la cabeza a los pies, aunque no me habría extrañado.

Recordé que había una figura en la obsidiana por allí cerca y me dirigí a ella. Agarré un puñado de endolina y la engullí a palo seco, tal cual. Me supo amarga y limpia en la boca seca. Luego regresé a la cabaña, abrí mi única ventana para dejar salir algo del aire viciado y me lavé la cara con el agua que quedaba en el cubo. Me sentí mejor, y para entonces la endolina me había aliviado la cabeza.

En la pared del fondo de la cabaña había una larga estantería de lúnice llena de cajas de alimentos secos. Respiré hondo y me acerqué, tratando de convencerme de que nada podía haberle sucedido a mis judías y mis patatas desecadas ni a mi proteína sintética. Pero parte de mí era plenamente consciente de lo que me iba a encontrar. Rompí el recio sello de una de las cajas y saqué una bolsa de plástico que debía contener huevos desecados. Dentro, una papilla de color marrón claro, una especie de compost.

Rasgué la bolsa y me derramé la sustancia en la mano izquierda. El tacto era como de hojas podridas y quemaba ligeramente. La toqué con la punta de la lengua. Sabía ácido. Solté una imprecación en chino que aprendí de estudiante y lancé aquella bazofia por la puerta principal. Tenía los pelos de punta. Me iba a morir de hambre, y pronto. Ya llevaba cuatro días de delantera.

No era una buena forma de acabar, y lo sabía. Me dirigí a mi silla Eames tratando de no pensar en mi estómago, en cómo empezaba a volver a la vida, y me senté despacio. Coloqué los pies descalzos y sucios en la otomana. Un zumbido remoto en los oídos. Crucé las manos sudorosas por detrás del cuello como había aprendido en la consulta del Gran Orbach y reproduje su antigua y recia voz vienesa mentalmente: «Relájate, Ben. Lo primero es relajarse». Me concentré en el cuero cabelludo y en la frente, los relajé. No funcionó. Estaba tenso a más no poder, como si estuviese hecho de alambres rígidos y vibrantes. Miré a la otra punta de la sala, al sintetizador de drogas, y vi un montoncito de polvo fresco de morfina en su tolva. Desvié enseguida la mirada. De todas maneras, aún no había suficiente para una sobredosis. Sabía que, en caso de necesidad, podía producir ácido cianhídrico o incluso nicotínico, y borrarme del mapa en medio minuto. En el mundo moderno, la muerte es una de las cosas más fáciles de la vida. Ojalá pasara lo mismo con el sexo, el amor y el trabajo.

Intenté relajarme de nuevo, me concentré en las pantorrillas y los muslos. Sentía que necesitaban alimentación. Unas motitas negras me nublaban la vista: las tristes cenizas de mis plantas en miniatura. Tenía acidez. El zumbido aumentó. Recordé mi intento de suicidio en México, quince años atrás.

Tenía treinta y tantos años y me sentía tan vacío por dentro, tan desilusionado con la vida y con el dinero que ganaba, que a lo largo de varias semanas estériles empecé a centrar mi atención en la eutanasia. Había leído sobre el tema en *Scientific American* y algo vi en un segmento de un programa de televisión. Las nuevas pastillas se habían inventado en Alemania. Cómo no. Eran ilegales en todas partes salvo en México y Bolivia. Con la pastilla de Suspensión Vital podías ponerte a ti mismo en espera hasta un máximo de mil años, siempre y cuando encerrasen tu cuerpo en una caja o en un tubo. No necesitabas refrigeración. En México disponían de sitios para almacenarte, etiquetado y listo para resucitar en el siglo que escogieras. Ingerías una pastilla y a los tres minutos estabas rígido, sin dolor, sin conciencia. El antídoto era someterte a un breve fogonazo de calor y a una buena descarga eléctrica en el pecho, como el monstruo de Frankenstein. Si uno no confiaba en la ingeniería mexicana —¿y quién iba a confiar?— lo podían enviar de vuelta a casa en estado de suspensión sin problemas legales siempre y cuando contara con un certificado de nacimiento y alguna otra identificación, como un pasaporte. Había un sitio en Brooklyn donde te almacenaban bajo tierra, a salvo de ataques nucleares y de Hacienda, para sacarte en el momento acordado. Nadie explicaba qué curso seguiría tu yo resucitado en caso de ataque con una bomba H o R. Igual te dejaban otra pastilla y un vasito de agua en la mesita de noche.

La otra pastilla se llamaba Detención Permanente y solo se diferenciaba de la farmacopea de los Borgia en su celeridad y su carácter indoloro: te apagaba como una bombilla. Luego te llevaban al crematorio o te reciclaban en una huerta mexicana. Eso último es lo que tenía en mente cuando cogí el tren para San Miguel Allende. No me interesaba reanudar mi vida en el siglo XXVIII o XXX; con tal de que mi colección privada de moléculas bailarinas volviera a danzar como flores de Pascua, yo contento.

Cuando llegué, un indígena oaxaqueño vestido de mono azul me enseñó las cámaras de almacenamiento en una vieja iglesia rosa; hileras e hileras de cajones de plástico del tamaño de un ataúd.

—Estos son nuestros Supervivientes —me contó en un inglés oleaginoso.

En cada caja había un nombre estarcido en verde oscuro, y muchos eran japoneses. ¿Harakiri?

—¿Y qué hay de los muertos? Digo los permanentemente muertos.

—Se refiere a los Concluidos —respondió.

Me llevó a una cripta de piedra con estanterías llenas hasta la mitad de lo que parecían latas de café, con un nombre estarcido en cada una. Sentí un leve estremecimiento. ¡Qué poco espacio para una persona! ¡Qué compresión para un cuerpo que tarda tanto en crecer, en envejecer y en sentirse cómodo consigo mismo!

—¿Y los otros? ¿Esos a los que plantan?

Me condujo por unas escaleras y salimos a un jardín lleno de flores y árboles, pero no me animó verlo. Eran árboles deslucidos y flores desatendidas, arrasadas por los insectos y las quemaduras de sol en las hojas. ¡Qué desperdicio de recursos humanos! Decidí al instante que no quería unirme a aquella triste congregación de plantas reclusas. Por lo menos aún no. Sudaría unos cuantos años más bajo mi forma humana y luego ya veríamos.

En el tren de vuelta a Atlanta, donde vivía en aquel momento, pensé en lo cerca que había estado de morir y me sentí aliviado y lúcido. Pensé en cuántas personas de mediana edad deben de suicidarse, ya sea con un cuchillo, medicamentos o tirándose por el balcón, en lugar de dimitir, divorciarse o darse a alguna costumbre perversa. Me di cuenta de que lo que había que hacer era dimitir, darle un puñetazo al jefe o lo que fuera. Si eso no funcionaba, si la cagabas sin remedio, entonces sí podías suicidarte. Volví a trabajar en el mercado inmobiliario, empecé a fumar puros y a tener aventuras amorosas. El negocio me fue bien y en ocho meses dupliqué mi fortuna; los otros dos fueron menos productivos, pero rellenaron algunos huecos en mi ser y me olvidé del suicidio. Hasta aquel momento en Belson, cuando me enfrenté a la inanición. ¡Menudo desenlace para un hombre a quien le gusta tanto comer!

Me recosté en mi silla e intenté relajarme, pero tenía el cuerpo rígido de miedo y rabia, no lograba distenderlo. Una parte de mí quería morir y a la otra le aterraba morirse. Intenté evocar la voz de Orbach mentalmente, pero no pasó nada; no tenía nada en la cabeza salvo el miedo a la muerte.

Y luego miré al otro lado de la habitación y parpadeé. Mi madre estaba sentada cerca de la pared del fondo, en nuestro antiguo sofá de Ohio. Llevaba abierta la parte superior de su bata de felpilla rosa y se le veían los pechos, cerosos y brillantes de sudor. A sus lados ardían velas en el aire de Belson. Su semblante reflejaba vacío y desesperación. Me miró mientras la contemplaba y su rostro se truncó en una sonrisa vacilante.

Para mi sorpresa, me sentí atraído hacia aquel sofá, hacia aquel rostro arruinado y hacia aquellos pechos. Carne de mi carne; aquella felpilla atada al desgaire cubría el vientre donde una vez habité. Ese fue mi primer hotel, donde empecé mis días como un encogido milagro de la gestación. Me senté y la miré, atraído por su muerte vacía y solitaria, por el alcohol, el cigarrillo y el autodesprecio, deseando abrazar su cintura y apoyar mi mejilla contra su pecho. Extendí una mano temblorosa hacia ella y luego me oí gritar:

—¡Maldita sea, madre!

Me levanté de mi silla y salí disparado.

Corrí hasta el campo de hierba de Belson a poco menos de un kilómetro de la cabaña. Me detuve en el borde, sin aliento y sudando bajo el sol del mediodía. Me quité la camisa, luego los pantalones y los calzoncillos. Estaba completamente desnudo y cubierto del sudor de morfina de cuatro días y cuatro noches. Sentía los músculos arrugados y el cuero cabelludo me picaba muchísimo por culpa del sudor del pelo.

El zumbido era claro ahora y ya no estaba en mis oídos.

Era la hierba. Cantaba en voz baja. Para mí. ¿Para quién si no? Cantaba para mí.

—Perdóname, amor —dije.

Y pisé con suavidad. Bajé la mirada a mis pies. La hierba no sangraba. Seguí caminando hacia el centro del campo rodeado por la canción. Me caían lágrimas por el rostro y notaba que las plantas de los pies se me empapaban de un aceite fresco al presionar la delicada carne de la hierba.

No me costó encontrar el lugar idóneo para mí, el centro de la canción y el corazón del campo. Me senté con cuidado al principio, sintiendo la hierba suave como una alfombra viva contra mi cuerpo desnudo; luego me recosté contemplando el azul espíritu ardiente de Fomalhaut en lo alto. La hierba se movía despacio bajo mi cuerpo, masajeándome los hombros y la espalda, los glúteos, las pantorrillas y los talones con delicadeza. Me quedé traspuesto y cerré los ojos. Fomalhaut resplandecía sobre mi cuerpo. La hierba me sujetaba y me mecía. Perdí el conocimiento.

Cuando me desperté era de noche y ambas lunas estaban en lo alto. Me llevó unos instantes darme cuenta de que no tenía hambre. Ni resaca, ni dolores, ni miedo.

A mi alrededor reinaba un silencio absoluto; la hierba había dejado de cantar. Al menos había dejado de cantar en voz alta; sospechaba que quizá estuviese cantando en mis venas, mis venas ahora sanas. Me sentía despierto, en paz, nutrido, limpio.

Finalmente alcé el brazo izquierdo para mirar el reloj; al hacerlo noté una serie de minúsculas resistencias contra mi piel y lo examiné a la luz de la luna: las briznas de hierba habían unido sus puntas a lo largo de todo mi brazo y al levantarlo se desprendieron. Era como Gulliver con aquellas cuerdas liliputienses, aunque la hierba en realidad no me aprisionaba. Cuando el brazo quedó libre lo miré de cerca. Tenía unas diminutas marcas rosadas. Sabía que me habían alimentado y me habían limpiado así; mi amada hierba había extraído la morfina usada y todas sus toxinas de mi torrente sanguíneo y la había reemplazado con aquel detritus nutritivo suyo. Estaba limpio. Se había llevado a cabo una boda molecular interplanetaria mientras dormía y la sopa química que colmaba mis venas se había filtrado, colado, purificado y repuesto. Debía de haber leído con las yemas de sus filamentos mi ADN como un braille helicoidal. Aquel planeta era un ser consciente y me amaba.

Pero si Belson me amaba, ¿quién había arramblado con mi suministro de alimentos? Me estremecí por un instante y me sentí como Adán recién despertado, aún sin conciencia de que tanto Dios como Satanás observaban sus movimientos y planeaban su destino.

Fomalhaut había comenzado a elevarse y un color lavanda pálido se extendía sobre mí por el cielo.

Fíjate, al final va a resultar que no me muero, pensé.

La alimentación que recibí aquella noche me duró todo el día siguiente. Quería mantenerme alejado de la morfina, pero no pude. O no quise. Terminé inyectándome media docena de pequeñas dosis a lo largo de la jornada. Pensé en coger el martillo y destrozar el sintetizador, pero no lo hice. Mantuve la máquina en marcha y así también a mí mismo.

No hice nada por adecentar el desbarajuste de mi huerta hidropónica. Me pasé el día sentado en el porche leyendo *Las alas de la paloma*, con la mente más nublada a cada hora que pasaba. Me refiero a un día de Belson, que consiste en poco más de diecinueve horas. Por debajo de la confusión discurría una especie de pánico ante mi necesidad de morfina. La manera de calmar aquel pánico, cómo no, fue inyectarme más morfina.

Cuando me cansé, me quité la ropa, me lavé la cara y las manos y salí hacia el campo de hierba. De repente, me asusté. ¿Y si volvía a llover mientras estaba allí tendido desnudo bajo el cielo nocturno? Me detuve, di media vuelta y regresé a la cabaña. Podía coger una sábana para taparme. Me paré de nuevo. ¿De qué serviría una sábana para protegerme contra algo que había corroído las gruesas bolsas de plástico de los víveres, que incluso había llegado a las provisiones del interior de la cabaña, a saber cómo, mientras yo dormía? Bien podría haberme disuelto entonces, sumido en mi trance de morfina, si hubiera querido. Me giré y volví hacia el campo.

Dormí boca arriba, completamente desnudo. Mientras me iba quedando traspuesto sentí las suaves puntas de las briznas acariciándome el cuerpo, las noté penetrar en mi piel. Buscaban mis capilares y mis venas, sumaban la vida de mi cuerpo a la suya. La intimidad de aquella conexión apaciguó mi alma intranquila.

Aquella noche soñé de nuevo con el estudio de mi padre, con los nomeolvides en la pared y el dolor silencioso de mi corazón joven. Me quedé allí en mi sueño durante horas, esperando a que mi padre me hablase. Ni siquiera levantó la vista de lo que estuviese haciendo.

Entonces hice en el sueño algo que se me antojó monstruoso y aterrador. Deseé que terminase. Me levanté, le di la espalda a mi padre y salí del cuarto. Cerré la puerta. Estaba asustado, terriblemente asustado. Me quedé fuera de la habitación a unos pasos de la puerta cerrada y sentí que estaba completamente solo, sin padre ni madre, y que no sabía nada. Nada en absoluto.

Desperté en Belson, sin lunas en el cielo, el planeta completamente oscuro salvo por las estrellas, el Sol entre otras. Tenía frío y estaba llorando.

Me quedé allí y lloré durante horas. Era como si la hierba me abasteciese de fluido para las lágrimas, como si yo fuese simplemente un conducto para líquidos que entraban en la piel de mi espalda, brazos y piernas y pasaban a través del torrente sanguíneo hasta mis ojos y luego afluían al exterior sobre mi rostro, caliente y misericordioso. Estaba completamente relajado, tan relajado en mi cuerpo como nunca, y el alivio fue como un orgasmo continuo y amortiguado. Fue liberar presión que llevaba sintiendo tanto tiempo que parecía formar parte de la condición humana. Agoté las lágrimas. Cuando dejé de llorar, no me quedaba un ápice de tensión dentro.

Y entonces sucedió algo asombroso. Salieron los anillos de Belson, brillando por el cielo en vastas franjas de color lavanda, azul y rojo, un arcoíris colosal para mis lágrimas y una señal del cielo. Contemplé el resplandor del firmamento, la iluminación que aquel planeta me brindaba, y se me llenó el corazón de alegría durante un buen rato. Luego tanto los anillos como yo nos sumergimos poco a poco en una silenciosa oscuridad, y me volví a quedar dormido.

Debí de dormir todo el día belsoniano siguiente; cuando por fin me desperté ya atardecía. Me incorporé con cuidado, notando cómo se me despegaba la hierba del cuerpo. Luego me incliné hacia adelante de cara con los brazos abiertos, abrazando la pacífica hierba. Mantuve aquella posición durante varios minutos en silencio, después me incorporé y me puse de pie.

Caminé hasta mi cabaña y destrocé el sintetizador de drogas a martillazos, golpeándolo un montón de veces con todas mis fuerzas. Saqué la morfina del contenedor y me la llevé fuera a una profunda fisura en la obsidiana que me servía de retrete. La eché ahí. Luego hice café, agradeciéndole a Belson que esas bolsas hubieran quedado intactas tras la plaga que había destruido mi comida.

*

Durante semanas me mantuve ocupado. Limpié el desastre del huerto y mis provisiones echadas a perder. Limpié las cenizas de los equipos hidropónicos, clasifiqué las semillas que se habían salvado de la lluvia, y las planté. Germinaron y las cuidé. Terminé las novelas de James y empecé a leer a Mark Twain, comenzando por *Vida en el Mississippi.* ¡Qué maravilla de libro! Pobló mi mundo vacío. Lo leí dos veces, luego lo dejé y leí *Pasando fatigas* y *Un vagabundo en el extranjero.* La lechuga y las patatas crecieron rápido. Mi espíritu permaneció preternaturalmente tranquilo, salvo por los ocasionales arrebatos de mono de morfina que se apoderaban de mí. Reduje gradualmente mis puros a media docena al día. Empecé a hacer ejercicio de nuevo en las máquinas Nautilus y mi cuerpo, delgado por la falta de comida, se robusteció. Pasaba la mayor parte del tiempo desnudo, ya que el aire en Belson siempre estaba un poco por encima de los veintiún grados. Leía desnudo y dormía desnudo en la hierba. Me bronceé y se me aclaró el pelo hasta volverse de un rubio platino. Se me marcaban las venas en brazos y piernas. Me sentía hecho todo de carne magra, tan resistente y curtido como el cuero. Caminaba con brío. Pensaba y sentía poco.

Cuando las lechugas maduraron empecé a comer ensaladas, aunque no tenía hambre. Las cultivaba pequeñas y perfectas, tantas lechugas Bibb como de hoja, y las aliñaba con el aceite de girasol que conseguía de una hilera grande y tosca de aquellas enormes flores. Mientras preparaba el aceite, recitaba el poema de Blake:

Oh, girasol, hastiado del tiempo,
que sigues las huellas del sol,
buscando ese dorado asiento
donde el periplo llega a su fin.

Donde la juventud desvelada
y la Virgen que viste marfil
de sus tumbas alzan la mirada,
donde mi girasol desea ir.

Al poco, mis guisantes maduraron y empecé a cocerlos al vapor unos minutos para añadirlos a la lechuga. Después incorporé a las ensaladas cebollas y judías Kentucky Wonder. Agradecía aquellos añadidos, pero Belson seguía siendo mi principal fuente de alimento. No intercambiábamos palabras, pero mi planeta me alimentaba como al niño que era.

Una mañana desperté de una noche en la hierba con brillantes telarañas de sueños sexuales en la cabeza y descubrí con cierto asombro que mi pene apuntaba hacia el cielo del amanecer de Belson, firme y erecto como no lo había estado en mi vida. Me quedé allí con el cerebro medio dormido y sentí una potencia que me recorría por dentro a partir de aquella maravilla roja, erecta y triunfante: mi querido miembro, mi verdadero yo, finalmente erguido. Me inundó un tremendo hormigueo de placer. El placer creció, lo dejé crecer y crecí con él. Y luego, casi extático, me dejé llevar mentalmente al orgasmo. De inmediato sentí que comenzaba a suceder, con esa encantadora sensación de inevitabilidad que tenemos al cruzar el umbral físico, y me quedé allí tumbado y vi cómo me corría, disparando un deleite desgarrador hacia el aire puro del amanecer.

Qué glorioso volver a aprenderlo. Me relajé y todo mi cuerpo se ablandó. Volví a quedarme dormido.

Cuando me despertó un rugido a lo lejos, Fomalhaut estaba alto en el cielo y vi la *Isabel* descender, cabalgando una brillante llama plateada. Un momento después sentí cómo la recibía la superficie de mi planeta con un profundo temblor subcutáneo.

CAPÍTULO 8

Sin duda, la *Isabel* había aterrizado a varios kilómetros de distancia para no asarme con sus retropropulsores. Hasta pasada una hora no aparecería nadie por mi cabaña. Sentí rencor, consciente de que había llegado el momento de volver al mundo ordinario; rencor incluso contra Belson, que había sido implacablemente oportuno. No quería abandonar aquella hierba placentaria ni la quietud de mi vida de entonces. No rompí mi vínculo físico con la hierba y volví a quedarme dormido.

Me despertaron unos gritos al borde del campo. La voz sonaba hueca y las palabras eran ininteligibles, pero regresé al mundo de los humanos con un estremecimiento. ¡Qué engorro! ¡Qué sinfín de complicaciones! Por un momento, deseé intensamente que la hierba pudiese absorberme de alguna manera, fracturar mi cuerpo en un millón de briznas y poder yacer allí para siempre bajo el sol de Fomalhaut y, llegado el momento, cantar.

Las voces insistieron. Estaba claro que los miembros de la tripulación no deseaban caminar hasta donde yo me encontraba. Finalmente me puse en pie, rompiendo las conexiones en mis brazos y espalda con pequeños chasquidos, sintiendo cómo se separaban de mi cuerpo todos aquellos filamentos.

—¡Vale, voy! —grazné hacia el cielo.

La voz me rascó la garganta por falta de uso. Me quedé en silencio un minuto entero hasta que me repuse. Luego me levanté despacio y miré en su dirección. Charlie, el médico, y Mimi, con otros tres, junto a un jeep nuclear verde.

Fui hacia ellos con precaución. A medida que me acercaba percibí un destello de bochorno en varios rostros y recordé que iba desnudo. Como vine al mundo, se suele decir.

—¿Estás bien, capitán? —preguntó Charlie con un deje de duda.

—¿Encontraste a Isabel? —contesté con voz ronca.

—No, capitán. No la encontramos —respondió Charlie, con suavidad esta vez—. ¿Estás bien?

No respondí y pasé por su lado de camino a mi cabaña. Los oí siguiéndome, las ligeras pisadas de sus zapatillas de deporte sobre la obsidiana. Se detuvieron en el porche mientras yo subía y entraba.

Crucé la habitación hacia mi espejo de cuerpo entero, procedente del gimnasio de la *Isabel.* Me miré por primera vez en meses. Vi a san Juan Bautista. Llevaba el pelo alborotado y sudoroso, y mi barba era un zarzal. Estaba en los huesos y tenía la tez muy bronceada y el rostro anguloso; parecía un tipo duro como el cuero curtido. Lo más sorprendente eran mis ojos, penetrantes y proféticos: los ojos de un vidente loco. Me colgaban pesados el miembro y los testículos, y tenía el vello de abdomen y piernas rizado como una maraña de alambres; mis ojos eran los de un viejo judío loco salido directamente del desierto, con el cerebro permanentemente trastornado por la fuerza del sol y de Jehová.

Me gustó mi pinta y no quise ponerme ropa. Había entrado en la cabaña con idea de vestirme, pero ya no me apetecía. No estaba listo para volver al uniforme de vaqueros y Adidas de la civilización. A lo mejor nunca volvía a estarlo.

Salí e ignoré a los miembros de la tripulación que me esperaban allí plantados en silencio. Pasé entre Mimi y Charlie sin mirarlos y atravesé la superficie pelada hacia mi campo de hierba. Seguí caminando, crucé el campo, volví a la obsidiana y luego caminé hasta otro campo. Me giré. Los vi allí, mirándome. Me enfurecí por un momento y les hice un gesto para que se largaran, pero, claro, no lo hicieron. Agitado, me tendí en la hierba y me mantuve rígido, esperando a que sus tentáculos se apoderaran de mí, esperando que me acunaran. Pero nada ocurrió. No hubo movimiento alguno bajo mi cuerpo. Después de veinte frustrantes minutos me puse de pie y emprendí el regreso, cruzando de nuevo el primer campo de hierba. Me detuve en el centro y me tumbé de nuevo, pero sin ninguna esperanza. La hierba no hizo nada.

Me levanté y seguí caminando, un poco menos enfadado y un poco resignado, hasta que llegué junto a la tripulación de la *Isabel*, que seguía plantada junto al porche de la cabina. Me miraban raro, pero nadie se pronunció. Los saludé bruscamente con la cabeza y pasé junto a ellos de regreso a la cabaña. Cogí los vaqueros y me los puse. Metí los pies descalzos en mis Adidas y luego me puse una camiseta gris. Después fui a por la jarra de agua, vertí un poco en el cuenco y me lavé la cara y la nuca arrugada por el sol. Noté la piel sorprendentemente áspera al tacto.

Me pasé los dedos por el pelo varias veces, haciendo muecas de dolor al desenredar los nudos. Luego me miré de nuevo en el espejo y encendí un puro. Ahora era san Juan Bautista, presidente de la junta de accionistas. Cogí unas tijeras y recorté parte de la fronda lateral de la barba, dejando caer mechones de pelo en el suelo de lúnice, observándome en el espejo hasta que lo que veía tuviera menos de profeta que de Ben Belson. Ahí paré, antes de que toda la profecía y el misticismo abandonaran mi rostro. No quería olvidar cómo había alimentado mi torrente sanguíneo durante dos meses, ni cómo mi yo sexual había expulsado una fuente seminal aquella misma madrugada.

Salí al porche. Estaban de pie en silencio. Cuando me vieron salir con una apariencia casi civilizada y vestido de nuevo vi el alivio en sus rostros. Los rasgos finos de Mimi se iluminaron y Charlie me sonrió suavemente: estaba claro que se alegraba de verme más reconocible.

Mimi llevaba lo que parecía ser una bolsa de gimnasio. La colocó en el borde del porche, abrió la cremallera y sacó dos botellas de Mumm's y unas copas de champán. Todos la observamos mientras deshacía los alambres alrededor de los corchos y luego los hacía saltar de las botellas por los aires como miniaturas de la *Isabel.* Sirvió primero la mía y me la entregó. La sostuve y observé la luz azul de Fomalhaut centelleando en su efervescencia. Cuando el resto tuvo sus copas, alcé la mía para brindar.

—Por los Estados Unidos —dije.

—¡Eso, eso! —respondió Charlie, y nos las bebimos.

Era un sabor extraño para mi lengua adormecida, que últimamente solo estaba acostumbrada a ensaladas. El burbujeo en la garganta me llevó de vuelta a Nueva York, a la ópera y a mujeres de hombros blancos.

—Bueno, ¿les gustó nuestro uranio o qué? —pregunté.

Al principio nadie respondió. Luego habló Charlie con cierta pesadumbre.

—No, capitán.

—Llámame Ben —le dije—. ¿Cómo que no les gustó?

—Sigue a bordo.

Me quedé mirándolo fijamente.

—Como lo oyes. No nos dejaron sacarlo.

Me permití un minúsculo estallido por lo bajo:

—Su puta madre.

—El uranio ha sido clasificado como importación peligrosa —terció Mimi—. No acabamos en la cárcel de milagro.

Ahora lo entendía. Los *lobbies* de fuentes energéticas y Baynes en el Senado. Apuré el resto de mi champán y le tendí mi copa a Mimi. Mientras la llenaba miré por encima de su hombro hacia el campo de hierba de Belson y apreté los dientes. Debía morder el cordón umbilical. No podía ser de otra manera.

Me bebí la segunda copa de champán y luego le dije a Charlie:

—¿Tienes un puro fresco?

—Claro que sí, Ben —dijo, y me dio un Sacre Fidel.

Se lo agradecí con un gesto de la cabeza y advertí alivio en su cara y en la de los demás. Que te reciba un loco en pelotas cuando acabas de aterrizar en un planeta puede provocar cierta tensión.

—Sigue a bordo —repetí—. Su puta madre.

—Te arrestarán cuando regreses, Ben —dijo Charlie—. La única razón por la que no estamos en la cárcel es porque teníamos que venir a buscarte. No podían dejarte morir aquí.

—¿Quiénes?

—El Tribunal del Distrito de Estados Unidos —dijo Mimi—. En Miami. El juicio duró una semana.

—Alguien subió a la nave con unos expertos —dijo Charlie— mientras estábamos en los juzgados. Se habló de descargar la *Isabel* en un almacén del Gobierno, pero los Hijos de Denver empezaron a montar piquetes. Estuvimos un tiempo bajo custodia.

—¿Y mis abogados? —pregunté—. ¿Qué hay de Mel, Met Luk...?

—Ni siquiera pudimos verlos —contestó Mimi—. Por orden judicial. —Sacudió la cabeza enfadada y se acabó su champán—. Me puse en contacto con el abogado de Howard y me dijo que no había nada que hacer. Dijo que estás infringiendo la ley a todas luces. Luego llamé a Whan y Summers por teléfono...

—¿Qué dijeron?

—Que no podían meterse.

—Ya —dije.

Baynes los ha comprado, pensé. Habría tapado agujeros. Me encendí el puro. Aquello iba en serio. Me empezó a apetecer la idea de una pelea.

—¿Y el resto de mi gente? Te dije que llamaras a la Tierra en cuanto entraras en el pliegue.

—Eso hicimos —replicó Charlie—. Enviamos tu mensaje a Dolum & Flynn y esto es lo que obtuvimos.

Se sacó del bolsillo un folio doblado y me lo entregó:

La ley pública 229br764 de marzo de 2064 prohíbe a Benjamin Belson el acceso a representación legal. El susodicho ya no es ciudadano de Estados Unidos. Se lo considera un extranjero peligroso según las leyes internacionales de la piratería…

—¡Piratería! —exclamé. Tengo que admitir que, en cierto modo, era emocionante. Me había dejado crecer la barba justo a tiempo.

Pero ¡mi ciudadanía! ¿Qué coño les había pasado a todos mis amigos?

… y, por orden judicial, el gabinete Dolum & Flynn debe romper todos los lazos con el pirata apátrida Benjamin Belson. Este mensaje constituye un aviso de la ruptura de los lazos de este gabinete con todas las propiedades y empresas corporativas a nombre del susodicho.

—Su puta madre —dije.

—Al principio no me lo creía —dijo Charlie.

—Vamos dentro —ordené—. Tengo que hacer las maletas.

Yo sí me lo creía. Simplemente había subestimado a Baynes y a quienquiera que estuviera de su lado.

—¿Sabes qué, capitán? —dijo Charlie—. Conducir desde la nave hasta aquí ha sido… maravilloso. Por malas que sean nuestras noticias, es genial estar aquí de nuevo. En la Tierra pensaba en este cielo, y en la tranquilidad...

—¿Qué insinúas? —dije.

—Podrías quedarte. En la Tierra vas a ir a la cárcel. Belson es mucho mejor.

—Podríamos dejarlo en Juno, si quiere —propuso Mimi—. Ese lugar es un Edén…

—Tripulación —dije yo—: voy a volver a Nueva York. —Mordí fuerte el puro de Charlie e inhalé profundamente. Estaba haciendo planes. Me sentía completamente humano de nuevo. Di una calada al puro y me atusé la barba—. Subamos mis cosas a bordo. Y rápido.

Colocar aquellas máquinas Nautilus en el jeep y llevarlas de vuelta a la nave fue un engorro, pero no iba a dejarlas ahí. Quería estar en plena forma cuando aterrizásemos en Islamorada. Por un instante me imaginé en camiseta en Washington cuando empezase a llamar a puertas. Quería que aquellos charlatanes paliduchos viesen mis músculos. Que los cabrones caminasen por el tablón.

Volvimos a atornillar las máquinas en el gimnasio de la nave y le pedí a Annie que se encargara de cosechar todo lo que pudiese de mi maíz, mis judías y demás. Fue triste ver un rostro desconocido en el puesto de piloto, pero Ruth se había ido, y también su hermano, Howard. La nueva piloto era Betty, una japonesa muy callada. Parecía bastante competente, pero yo echaba de menos a Ruth.

Una vez la nave estuvo lista para despegar, les dije a todos los demás que se quedaran a bordo y salí al exterior por última vez. Caminé despacio hasta mi campo de hierba y me paré al borde. Me agaché y apoyé las palmas de ambas manos contra las puntas de las briznas. Sentí que me respondían.

—Gracias —dije—. Gracias por alimentarme.

La hierba guardó silencio.

—Ahora tengo que dejarte, amor. Quizá no vuelva nunca.

Me levanté y caminé hacia la nave.

A los diez minutos estábamos con las correas abrochadas en nuestros puestos y despegando. Llevaba mi concentrado de endolina en la bolsita de gimnasio donde Mimi había traído el champán. Mi ordenador rojo volvía a estar en el escritorio de mi camarote, listo para continuar estas memorias. Tenía la mente despejada. Me sentía preparado para avanzar.

CAPÍTULO 9

Orbitamos un par de veces y luego di orden de entrar en el pliegue. Empecé a formular mentalmente mensajes para la Tierra mientras el universo comenzaba a arrugarse al otro lado de los ojos de buey.

Viajar mediante pliegues espaciotemporales es una cosa extraña, y aunque su física no desafía la comprensión, sí la transfigura. Tratar de imaginarlo puede nublarte la vista más rápido que tres martinis con el estómago vacío. Se trata de meter tu vehículo con calzador en un lugar donde los efectos del movimiento aumentan de un modo exagerado. Botas de siete leguas. Algunos lo llaman «viaje por analogía». Un efecto secundario es que el envío de mensajes durante el trayecto es rápido y fácil: el límite no es la velocidad de la luz, porque los mensajes no viajan desde o hacia el pliegue espacial; en cierto sentido, ya están allí.

En Belson se daban las clásicas limitaciones definidas por Einstein. Ni siquiera tenía radio. Habría tardado veintitrés años en llegar un «Te amo, Isabel» a Nueva York en FM, y otros veintitrés para que regresara un «Demasiado tarde, Ben» geriátrico. Era como la impotencia, solo que peor.

Cuando nos instalamos en el pliegue y la sensación de no-tiempo y de espacio desatado empezó a caer sobre nosotros como la modorra al final de una fiesta, Charlie me preguntó si quería hacer el viaje sumido en un sueño químico.

—No, Charlie. Hagamos este vuelo a base de café.

Mi primer mensaje fue a la antigua dirección de Isabel:

CARIÑO, HE SIDO UN HIJO DE PUTA. LO SIENTO. TE QUIERO. ¿TE CASAS CONMIGO?

BEN

Me sentó bien, aunque tenía pocas esperanzas de que le llegase. Luego envié uno a un amigo en Chicago y le pedí que llamara a Arnie, mi abogado, a su casa:

DILE A MEL DOLUM QUE QUIERO RECUPERAR MI CIUDADANÍA. QUIERO QUE ME REPRESENTE Y, SI NO PUEDE, QUIERO QUE ME CONSIGA UN ABOGADO QUE PUEDA. QUE LLAME A BELSON ENTERPRISES EN PEKÍN Y LES PIDA INFORMACIÓN SOBRE LAS LEYES DE LA PIRATERÍA Y CÓMO PUEDO VOLVER A SER CIUDADANO.

Los mensajes se enviaron encriptados. Había dejado decodificadores a mi amigo de Chicago, a Isabel y a mis *brokers* para mantener la privacidad de los mensajes en caso de que quisiera transmitir órdenes de compra y venta o hacer negocios en general.

Envié algunos mensajes más en la línea del enviado a Arnie, tratando de averiguar algo sobre mis cuentas bancarias y sobre cuánto tiempo tardaría en resolver el problema de la descarga del uranio. Después de unas veinte horas, recibí mi primera respuesta:

LA SEÑORITA CRAWFORD YA NO SE ENCUENTRA EN ESTA DIRECCIÓN.

Bueno, ¿qué esperaba? Envié un mensaje a Aaron, mi contable, pidiéndole que intentase localizarla.

Luego recibí una respuesta de Mel:

Lo siento, Ben. No puedo ayudarte. Me expulsarán del Colegio si te asesoro.

Estrellé mi taza de café Spode contra la cubierta al leerlo. Y enseguida recibí lo siguiente:

Se prohíbe el aterrizaje de la *Isabel* en el puerto espacial de Islamorada. Motivo: peligrosidad. Repito: no aterrice en Islamorada.

Hijos de la gran puta. Puse dieciocho kilos más en la tensión de los resortes de la máquina Nautilus de hombros dobles, me apreté las correas e hice una serie de treinta repeticiones contra una resistencia de setenta y ocho kilos. Coño, qué fuerte soy cuando estoy cabreado. Se me marcan los músculos que da gusto. Me sentía listo para la violencia.

Cuando salimos del pliegue y pudimos ver un Sol del tamaño de un dólar desde las escotillas del puente de mando, había recibido ya más mensajes negativos que Moisés en el Sinaí. Sobre todas mis cuentas bancarias pesaba un embargo judicial. Mi apartamento estaba sellado y barricado. Había un contingente de la policía montada vigilando las veinticuatro horas en Islamorada para arrestarme si aterrizaba allí. Anna me había denunciado para aumentar la pensión alimenticia. Mi casa en Georgia había sido reducida a cenizas y arcilla roja por conservacionistas enfurecidos. El Servicio de Salud Pública de Estados Unidos y la Oficina de Narcóticos tenían órdenes de arresto contra mi persona en calidad de adicto peligroso. Isabel se había ido a Londres con *Hamlet* en compañía del joven actor que interpretaba a Laertes. (Pensé en negociar un asesinato con la mafia cuando entrásemos en órbita. Habría sido el primero.) *Hamlet* había cerrado en Londres; Isabel no había dejado dirección. Mis cajas de seguridad, certificados de acciones y bonos, más el juego de porcelana Haviland de la tía Myra: todo requisado por el Gobierno. En cuanto a mi estatus legal, probablemente cualquier matón podía apuñalarme en la calle sin consecuencias. Belson Enterprises en Pekín, Belson Ltd. en Montreal y Belson and Co. en Nueva York estaban todos cerrados y sus directores atados por órdenes judiciales. Mis lotes de madera estaban parados. Habían vendido mi coche. El Pierre no podía alojarme.

Nunca te afeites la barba en caída libre. Cuando estábamos entrando en órbita, yo agarré unas tijeras y lo intenté. Fue como nivelar una mesa serrando las patas: acabé con un efecto desigual, pero paré a tiempo.

Volamos en círculos a ciento noventa kilómetros de altura; era de noche en Norteamérica y, aunque el cielo estaba bastante despejado, me sorprendió ver tan pocas luces en comparación con las fotografías tomadas hace cincuenta años desde los cargueros de armas y los laboratorios espaciales que solían orbitar por ahí. Apenas se podían distinguir Nueva York, Chicago y Los Ángeles; parecían pueblecitos. Bueno, iban camino de convertirse en pueblecitos.

Me senté en una de las mesas de la nave fumando un puro y viendo pasar una Norteamérica oscura, vi la penumbra del amanecer sobre el Pacífico y luego la mañana y luego el mediodía sobre Australia y el sur de China. ¡Qué hermosa esfera azul, la Tierra! No hay mejor lugar para vivir. Incluso a pesar de esa caterva de cabrones ahí abajo que pretendían acabar conmigo.

Después de la cuarta órbita, tomé la decisión.

—Betty —dije—, ¿puedes buscar Washington y descender?

Ella no levantó la vista de la consola.

—¿Washington, D.C.?

—Sí.

—Por supuesto, capitán. ¿En el césped de la Casa Blanca?

—No queremos llamar tanto la atención. ¿Cómo de grande sería el agujero que abriría la *Isabel* en un campo de fútbol?

—Bastante grande. Más que agujero, cráter.

Reflexioné unos instantes.

—Si hay alguien ahí, un partido de fútbol nocturno o algo así, ¿se puede abortar y volver a subir a la órbita?

Ella se giró hacia mí con aquel rostro de papel de arroz y dijo:

—¿Está loco, capitán?

—Ya me lo temía. —Me miré el reloj. 23 de agosto, poco después de la medianoche. Bueno, partidos no habría—. Saca tu mapa de Washington y llévanos a Aynsley Field. ¿Cuánto tardaremos?

—Una hora veintitrés minutos después de salir de órbita. —Era muy minuciosa.

—¿Cuánta aceleración?

—12 *g* como máximo, durante treinta segundos.

—De acuerdo. Damos una vuelta más y vamos con ello. Tengo que hacer el equipaje.

—A la orden, capitán.

Bill introdujo Washington en la consola de ruta y proyectó un mapa de la ciudad en la pantalla. Giró unos manubrios lacados. Aparecieron las dos líneas de coordenadas, titubearon un poco y se estabilizaron sobre un rectángulo negro no muy lejos del Complejo del Refugio del Congreso. Luego empujó lentamente una palanca y el mapa se expandió hasta que los rectángulos llenaron la pantalla y los contornos de Aynsley Field fueron reconocibles. Se podían ver las líneas de la cuadrícula del campo de fútbol y las zonas de gol. Agarró una manija y apareció un punto negro claro en la pantalla; giró la manija, la empujó hacia adelante y el punto encontró el centro del campo. Luego pulsó el interruptor de bloqueo y el punto se fijó en su lugar.

—Todo listo, Betty —dijo.

Betty accionó un par de interruptores y dijo:

—Trayectoria calculada, capitán; también el punto de entrada a la atmósfera.

Todo aquello me encantaba, la verdad. Al igual que Ruth, de niño veía series del espacio por televisión. Aunque, a la hora de la verdad, determinar un punto para salir de la órbita y una trayectoria para descender no era más difícil que hacerse la manicura, tenía mucho glamur. Especialmente con nuestro aparataje chino de color rojo brillante.

Activé el intercomunicador.

—Aquí el capitán. Descenderemos de la órbita en la próxima vuelta, en aproximadamente dos horas. Asegurad todo para soportar una aceleración de 12 *g*. —Cogí aire—. Seré la primera persona en salir de la nave, y va a ser cagando leches. Vosotros seguís siendo ciudadanos y no os pondrán las cosas muy difíciles. Me buscan a mí. Os conseguiré vuestros salarios y bonificaciones tan pronto como pueda. Por el amor de Dios, no le contéis a nadie que hemos estado en Aminadab. Lo importante es sacar el uranio de aquí. Vamos a hacernos todos ricos. Estaremos en contacto.

Los paquetes de endolina seguían en la bolsa de gimnasio de Mimi en mi camarote. El gimnasio contaba con un botiquín de primeros auxilios; saqué un puñado de grandes vendajes de Synlon y, enrollándomelos alrededor, conseguí sujetarme casi cuatro kilos de endolina concentrada en el pecho y un kilo o kilo y medio en cada brazo. Suficiente para las resacas de todos los habitantes de Los Ángeles. En las piernas no me puse nada, para correr.

Lo principal, claramente, era el factor sorpresa. Ellos me estarían esperando, pero esperaban a un multimillonario de mediana edad barrigudo como esos gordos de Texas. Qué coño, entradita la mediana edad; había cumplido cincuenta y tres el día antes de aterrizar.

Sabrían que estaba allí y habrían tenido media hora para prepararse. Su radar debía de haber detectado la *Isabel* incluso antes de que entrásemos en órbita, pero no tenían forma de adivinar dónde intentaríamos aterrizar. Una vez abandonásemos la órbita les llevaría unos tres minutos fijar nuestra trayectoria y concluir que estábamos descendiendo sobre Washington; esa era la parte que me aterraba, ya que Washington seguramente tenía los medios para derribar la *Isabel* como si fuese un Misil Balístico Intercontinental recién salido de Aberdeen. Era improbable, sin embargo, porque no eran tan estúpidos como para pensar que tuviese intención de atacar al país. Lo que harían, en la media hora restante tras enterarse de que habíamos descendido en el campo de Aynsley, sería mandar a la policía militar a rodear la nave, esperar a que el área de aterrizaje se enfriase y detenerme. Luego me mandarían de cabeza al castillo de If, mientras Baynes y sus compinches decidían qué hacer con mi uranio.

Plantearme todo aquello me dio una paz de espíritu tremenda. Unos minutos antes de tomar tierra, las fuerzas *g* se habían estabilizado. Salí de mi asiento de aterrizaje, cogí las tijeras y me terminé de recortar la barba, esta vez con pulso de cirujano. Para entonces se había iniciado la cuenta atrás a la toma de tierra y una luz roja parpadeaba sobre el espejo del baño donde yo me estaba acicalando. Dejé las tijeras, volví a mi asiento y me abroché tres segundos antes de que la *Isabel* tostara el campo de Aynsley con su base. No pude ver nada por el ojo de buey; el calor ondulante de nuestros retropropulsores deformaba el aire del exterior. De pronto, el temblor del aterrizaje comenzó a masajear mi columna como un quiropráctico demoníaco, pero el efecto fue sedante. Noté que la *Isabel* quemaba literalmente seis metros de profundidad en el suelo y en la roca madre, como una moneda al rojo vivo sobre un bloque de mantequilla. Tembló, exhaló un suspiro, se asentó y descansó de nuevo en el planeta donde la habían hecho, donde nos habían hecho a todos.

Me desabroché el cinturón y encendí un puro. Miré por la ventana del camarote y si no lo veo no lo creo: ¡un poste de gol! A juzgar por la distancia, Betty debía de habernos situado justo en la línea de las cincuenta yardas. ¡Qué alentador que aquella fuese la primera visión de la Tierra después de nueve meses! ¡Qué buen augurio para mis planes! Ben Belson, de profesión *broken-field runner.* Me agaché y me volví a atar los cordones de los zapatos. Fuera, el suelo humeaba; había reflectores enfocándonos y el humo se elevaba caliginoso entre los haces de luz.

La *Isabel* tiene dos escotillas de salida. En Belson y Juno, donde la baja gravedad y una superficie dura nos habían permitido aterrizar provocando algo menos de devastación, podíamos limitarnos a salir por la inferior y bajar por una pequeña escalera hasta el suelo, pero para aterrizajes como este disponíamos de una compuerta a diez metros de altura, justo al lado del comedor. Y la *Isabel,* al ser china, tenía un truco especial que yo pensaba aprovechar para acabar de rematar la sorpresa. Había investigado muchas naves espaciales antes de comprar aquella, así que sabía que una nave estadounidense o rusa quizá tuviera que esperar ocho horas a que el suelo se enfriase después de aquel aterrizaje forzoso antes de que alguien intentase salir al exterior, pero la *Isabel* tenía un puente plegable de aleación de magnesio que podía arquearse sobre el círculo caliente de tierra que habían creado los motores; podía extenderse diez metros desde la compuerta superior. La única pega era que nunca lo había probado. En los planos parecía frágil. Y yo no soy tan compacto como un astronauta chino.

No tenía tiempo para romperme mucho la cabeza. Comprobé las cintas que sujetaban la endolina a mi cuerpo, me aseguré de haber cogido la cartera, donde llevaba cuarenta dólares exactamente, algunas tarjetas de crédito y una foto. Me palpé el bolsillo de la camisa a cuadros, mi camisa básica para viajes espaciales: llevaba tres puros y un mechero. Miré el reloj de pulsera: eran las 2:43 de la noche del miércoles 23 de agosto de 2064. Salí de mi camarote con la adrenalina por las nubes y trepé por la escalera hasta la cantina. La compuerta estaba justo detrás de la mesa.

En la puerta había un ojo de buey de unos treinta centímetros de diámetro; tuve que agacharme para examinar el exterior. No había mucho que ver: vapor blanco elevándose del suelo y focos de luz. Cerca del tirador para desbloquearla había un interruptor que controlaba el puente. Desactivé el seguro, respiré hondo y lo accioné. Empezó a zumbar un servomotor. Miré por el ojo de buey de nuevo, pero no veía nada. El cristal se había empañado. Esperé mordisqueando el puro y sintiendo los latidos del corazón como un mazo de goma hasta que el zumbido cesó. Agarré la rueda del cerrojo con ambas manos y la giré. Los cerrojos de la compuerta se retrajeron y se oyó un siseo al igualarse la presión dentro de la *Isabel* con los 1013,25 hectopascales de la Tierra; notaba el cálido aire terrestre mezclarse a toda prisa con el nuestro. Empujé la compuerta dejando entrar la brisa; algunos papeles en la mesa detrás de mí se agitaron y revolotearon hasta el suelo. Miré fuera. Reflectores. Cálido aire nocturno. ¡La Tierra! Miré hacia abajo. Allí estaba mi angosto y pulcro puente, parecía hecho de papel de aluminio, como si el peso de un osito de peluche pudiera derrumbarlo. Más adelante había luces, vapor, las sombras de algún tipo de maquinaria. Asomé la cabeza y miré directamente hacia abajo, a un lado del puente. El calor del suelo fundido me golpeó en la cara. Una sirena sonaba a lo lejos. Justo en la base de la nave, el borde de un cráter colosal; brillaba de verdad, con un tenue color púrpura. Emitía un humo negro y acre. Parecía el infierno de Dante y, además, a eso olía. Eché la cabeza hacia atrás en la puerta, respiré profundamente y me lancé a la carrera por el puente. Se balanceó y se bamboleó cosa mala bajo mis pies. Lo oía crujir; me atravesó la mente como una lanza una estampa de mí mismo cayendo a una fosa de piedra líquida. Seguí corriendo, intentando amortiguar el golpeteo de mis Adidas. A medio camino miré hacia adelante. Veía el final del puente balancearse de lado a lado. ¡El puto trasto no había acabado de tocar suelo! ¡Estaba a unos cinco metros! Por un instante estuve por volver a bordo de la *Isabel* a esperar hasta que todo se enfriase. Pero si hacía eso, me encontraría a cuatro tíos como mínimo esperándome con esposas de acero adamantino para retenerme hasta que llegara la orden de arresto. Qué coño. No quería continuar con mi crecimiento espiritual encerrado en una prisión federal. Seguí adelante. A lo lejos oí a alguien gritar, pero no veía a nadie. Al pasar la marca intermedia de aquel senderito de jardín japonés, mi peso comenzó a hacerlo descender. Bajó como un metro y se atascó en seco vibrando como un tambor; me rechinaron todos los dientes de la boca. Sentía el calor de la superficie penetrar en las suelas de mis zapatos; como me quedase allí mucho rato, se me empezarían a cocer los pies. A veces la vida es así. *Quien sabe lo que le conviene recorre deprisa la senda caliente.* Estaba pensando como una galleta de la fortuna, pero no me desdigo. Corrí hasta el final del puente, me detuve y empecé a pegar brincos gritando:

—¡Me cago en el puto cacharro de los cojones! ¡Mierda de fideo chino de aluminio! ¡Baja de una vez, mamón!

Mis saltos restallaban sobre el puente como cuando Anna se quitaba el corsé. ¡Puto trasto! Y ya empezaba a quemar como el infierno. Las sirenas aumentaron de intensidad. El puente cayó un metro más y se atascó de nuevo. Vi a dos hombres uniformados que salían de las sombras debajo de mí y me miraban con desconcierto. Un reflector se paseó por mi pecho y por mi cara. Qué coño. Salté.

Aterricé en lo que debía de ser césped artificial, caí hacia adelante y rodé. No sentí dolor. La superficie era blanda, me recordaba un poco a la hierba de Belson. Me senté un segundo tratando de despejarme del aturdimiento. ¡Enfrente de mí tenía un poste de gol! ¡Había aterrizado en la zona de anotación! Seis puntos. Los dos hombres se acercaban por mi derecha. Estaban a unos tres metros de distancia. Policías. Pero sin armas, o al menos no a la vista. Parecían un poco atónitos. Me levanté, miré rápidamente alrededor. Muchas gradas. A un lado había un par de camiones, uno de los cuales apuntaba los faros hacia mí. Sin duda eran del ejército, porque solo el ejército tenía camiones. Al lado había mujeres con rifles. Cerca de ellas, hombres trajeados. Ninguno de ellos avanzaba hacia mí. Se limitaban a contemplar el espectáculo.

Los policías se acercaron, un poco más compuestos ahora. Uno de ellos se me puso muy cerca y pegó su cara a la mía. De pronto me di cuenta de que aún estaba fumándome el puro; lo había tenido entre los dientes durante el salto, la caída y las volteretas.

—¿Es usted el señor Belson? —preguntó con un tono un tanto maleducado.

En mi vida había golpeado a nadie. Lo que hice simplemente fue extender el brazo derecho como en la máquina pectoral de Nautilus; en el fondo de mi cabeza guardaba el recuerdo de que le había subido la resistencia a ochenta kilos el jueves anterior. Lo golpeé en el cuello con el antebrazo y cayó al suelo a plomo. ¡Joder, no sabía que fuese tan fácil!

No pareció que aquel despliegue de fuerza bruta disuadiese al otro poli, o igual estaba demasiado confundido para reaccionar. Igual se había desmoralizado al verme dando botes en el extremo de aquel frágil trampolín chino con las mangas de mi camisa de leñador arremangadas y un puro en la boca. Hasta un hombre fornido podría verse intimidado ante semejante estampa. En cualquier caso, no reaccionó al repentino desplome de su compañero, de modo que le solté un derechazo en la mandíbula. Luego salí por patas. Rodeé el cráter de la *Isabel,* miré a mi alrededor y vi un espacio abierto en la grada que daba a la línea de cincuenta yardas. No vi personas ni vehículos por allí. Apreté el paso y corrí en aquella dirección, atravesé una puerta que, *mirabile dictu,* estaba abierta, y salí a una acera. Recorrí con la mirada una avenida; estaba desierta. Al final de la calle vi el monumento a Washington, grande y pulcro bajo la luz de la luna. Corrí hacia allí. A mi espalda, en el estadio, oí camiones arrancando y gritos. Seguí corriendo, doblé a la izquierda al final de la calle y luego a la derecha en la siguiente, para despistarlos. Puse mis piernas a prueba. Corrí como un viento nocturno por aquellas oscuras calles de Washington, pasando por delante de las ruinas de viejas casas destartaladas y luego por el Paseo Nacional, donde corrí incluso más alegre por el césped. Si se pudiera cantar mientras uno corre con el pecho a punto de reventar, habría cantado mi propio aleluya. ¡Dios, qué bien sentaba estar de vuelta en casa!

CAPÍTULO 10

Cabía la posibilidad de que Baynes estuviera en el estadio, pero no me parecía probable. Si no me fallaba la intuición, estaría en casa y en contacto con la policía por teléfono. Me dirigí hacia allí.

Dejé de correr al final de New Mall, al final de la calle del monumento a Mendoza, y me senté en el césped un rato para recuperar el aliento. Era una noche cálida; el suelo estaba ligeramente húmedo y tenía ese agradable olor a hierba y tierra. Aquella hierba no me iba a decir que me quería ni me iba a alimentar, pero en aquel momento no deseaba otra cosa que silencio. El monumento estaba iluminado, me arrellané allí jadeante un rato y contemplé el bronce heroico de Guadalupe Mendoza, la primera mujer presidenta del Tribunal Supremo y una de mis personas favoritas de la historia. Cuando era niño, guardaba los cromos de ella que salían en los chicles; siempre me gustaron su actitud maternal y sus decisiones liberales.

La casa de Baynes, a tres manzanas de allí, era una mansión bastante modesta —teniendo en cuenta la riqueza y el poder de su propietario— en el extremo este del Complejo del Congreso.

Estaba alerta por si había guardias, pero no fue necesario; no había nadie en los alrededores. El lugar estaba iluminado con una potencia que solo podía permitirse un senador; incluso el par de ciervos de metal que adornaban el jardín delantero tenían su foco.

Me planteé trepar por una ventana del dormitorio, pero lo descarté. No había renacido en Belson para acabar abatido a tiros como un ladrón. Así que recorrí el caminito de adoquines y subí las escaleras hasta el amplio porche. Golpeé con fuerza la puerta y luego miré el reloj. Eran las dos y media. Volví a llamar.

La puerta se abrió y apareció un joven que me miró perplejo. Lo reconocí de otra vez que había visitado a Baynes años atrás. Le lancé mi mirada férrea de poca broma.

—Buenas noches. Soy Ben Belson y vengo a ver al senador.

Hice una pausa un segundo, luego lo empujé y pasé al enorme salón. En el suelo, en una punta de la habitación, un par de niños negros en pijama jugaban con una rareza moderna, un tren eléctrico. Al otro extremo, medio tumbado en un sofá Chesterfield, un anciano negro y delgado me sonreía con cordialidad.

—¡Coño, qué sorpresa! —dijo con una sonrisa. Se levantó soñoliento, se metió las manos en los bolsillos de su bata y me miró amistosamente— ¡Pero si es Benjamin Belson!

—Hola, L'Ouverture —repliqué sin sonreír.

Tengo que admitir que es encantador, el muy mamón. Y no hay quien le gane en aplomo.

—Me han llamado hace unas horas, Ben, cuando detectaron tu nave en el radar. —Hizo un gesto hacia los niños y bostezó—. Despertaron a mis nietos también.

Había un vidífono azul en la mesa junto al sofá. En ese momento empezó a zumbar.

—L'Ouverture —dije—. Apaga el vídeo y no les digas que estoy aquí. Por tu bien.

Asintió, apagó la cámara y contestó al teléfono. Al cabo de un instante exclamó:

—¿Que se ha escapado? ¿Cómo es posible que treinta policías militares no sean capaces de atrapar a un multimillonario que ha salido corriendo? —Me sonrió y escuchó la respuesta. Finalmente dijo—: Bueno, no llegará lejos. Me voy a la cama. Y, por el amor de Dios, no le disparen.

Colgó el teléfono.

—Gracias —dije.

Sonrió.

—No hay de qué, Ben. Me da curiosidad saber a qué has venido.

—Claro —dije—. ¿Qué tal si me ofreces un cafetito primero?

—Tráenos unos cafés, Morton —dijo él—, y algo ligero para comer. Unos biscotes.

Morton se fue a la cocina y miré a mi alrededor un momento. Era un lugar acogedor, un tanto desaliñado pero elegante, con sofás forrados de pana beis y sillones con exceso de relleno que no combinaban los unos con los otros. Había un par de paisajes acrílicos en las paredes. Baynes era más rico que Creso, pero vivía como un rector universitario. Se decía que tenía residencias más lujosas en algún paraje soleado y remoto, que no quería darse aires de grandeza en Washington. A lo mejor era eso, pero ya he conocido a otros ricos que no se gastan grandes sumas en sí mismos, y desconfío de ellos.

Me senté en uno de los mullidísimos sillones y me recosté. No había sido consciente hasta entonces de lo cansado que estaba. Baynes se quedó de pie, estirándose como si tratase de despejarse. Probablemente había pasado la noche regañando a su Comité de Recursos Energéticos, se había ido a la cama tarde y luego lo despertaron para decirle que yo iba camino de Washington. ¿Habría llamado a la policía? Imaginaba que no; no tenía forma de saber de mi llegada.

—L'Ouverture —dije—, ¿cómo se te ocurre joderme de esta forma? ¿Quitarme la ciudadanía? ¿Por qué?

—Nadie tiene intención de hacerte daño, Ben —contestó él—. Y eres rico. Tienes amigos.

Me lo quedé mirando. Qué desparpajo tiene el cabrón. L'Ouverture es muy guapo. Es tacaño con el mobiliario doméstico y no recuerdo que haya pagado nunca la cuenta en un restaurante, pero viste de maravilla. Con aquel albornoz y el monograma encima del bolsillo parecía un anuncio de whisky caro. Los niños en el rincón seguían haciendo circular su trenecito verde alrededor de la pista; a través de cortinas plateadas podía ver los fantasmas de los ciervos ornamentales del jardín de L'Ouverture paciendo inmóviles; a tres kilómetros de distancia, la *Isabel* estaba cargada de uranio, a la espera de que el suelo se enfriase. Y ahí estaba yo en aquella sala manga por hombro hablando con aquel elegante caballero como un vástago mohíno recién llegado de la universidad. En algún punto de aquel cielo, al sur, en Piscis Austral, brillaba Fomalhaut, minúscula, una chispa brillante. ¿Y Belson? Mi Belson obsidiano, el silencioso hogar de mi corazón. Demasiado pequeño para verlo desde aquí. Demasiado pequeño y lejano. Volví a mirar a L'Ouverture.

Baynes nació en el siglo XX y tiene un porte patriarcal imponente. Alto, de piel negra y brillante. Setenta y tantos. Medirá casi dos metros, casi tanto como su celebrado padre, uno de los mejores jugadores de baloncesto del mundo.

Yo soy lo bastante alto como para no estar acostumbrado a levantar la mirada hacia mi interlocutor. Napoleón decía que ser bajo era una ventaja; hacía que los demás se sintieran incómodos al inclinarse ante él. Pero yo no me sentía así con Baynes. En parte me sentía como un niño, y no me hacía gracia.

—Ser pirata tiene su glamur —dije—. Va bien con mi barba. Pero con lo demás no estoy de acuerdo. Y piensa en el dinero que perderá el Gobierno solo en impuestos si no le doy salida al uranio.

Baynes se sentó en el sofá y se inclinó hacia adelante, acodado en las rodillas y con el mentón apoyado en aquellos enormes puños suyos. De esta forma, nuestras cabezas quedaron a la misma altura.

—Eso el Comité ya lo ha debatido, Benjamin. La pérdida de ingresos será considerable.

Se oyó un estruendo detrás de mí cuando el tren de juguete descarriló. «¡Joder, mierda!», chilló uno de los niños. Ninguno de los dos parecía tener más de cinco años.

Baynes dijo con firmeza:

—Cuando te pasa algo así se dice «¡Dios mío!».

—Pues tú no lo dices —replicó el niño con toda naturalidad, y volvió a poner el tren en su vía.

Baynes se encogió de hombros y se dirigió a mí.

—Te fuiste dondequiera que fueses infringiendo la ley. Una ley del Congreso prohíbe los viajes espaciales porque suponen un despilfarro de energía. Has intentado importar una peligrosa sustancia extraterrestre…

—Vamos, L'Ouverture —dije—. ¿Por qué puñetas me vienes con el reglamento? ¿Tienes miedo de que arruine tu negocio maderero? —Me saqué un puro del bolsillo y empecé a prepararlo para encendérmelo—. ¿Todavía estás enfadado conmigo por llevar a Exxon a la quiebra?

En su día, hace unos años, compré lo que quedaba de algunas compañías energéticas, las puse en cese de pagos e hice una fortuna con las pérdidas fiscales. Baynes optó por la alternativa contraria y perdió.

Se rio afablemente.

—En absoluto. La venganza es una pérdida de tiempo. Sencillamente, el Comité no puede permitir que tengas un monopolio. Existe un delicado equilibrio en el uso energético en Estados Unidos, Benjamin. No vamos a tolerar que ni una sola persona lo perturbe…

—¡Joder! Ese «delicado equilibrio» significa que el ejército se queda con el petróleo, la mafia se lleva la mayor parte del carbón y gente como tú y yo nos hacemos ricos con la madera y el carbón sobrante. Significa que el poco uranio que hay se reserva para las bombas. La gente se está congelando ahí fuera y la cosa va a ir a peor. ¿Y si la temperatura vuelve a bajar el invierno que viene? —Le di unas caladas furiosas al puro durante unos instantes observando el aspecto patriarcal de Baynes, con aquella actitud de paciencia perpleja—. Los charlatanes del Congreso lleváis tanto tiempo usando la palabra «crisis» para hacer campaña que os creéis que solo tiene sentido en anuncios de televisión.

—Tu preocupación por el ciudadano de a pie es conmovedora.

—¡Venga ya! —dije—. Ese uranio es un regalo del cielo. Todos podemos beneficiarnos. Hará funcionar los ascensores en Nueva York y calentará las casas en Omaha, enriquecerá las arcas del país y me hará ganar mucho dinero. ¿Qué coño tiene eso de malo, L'Ouverture?

—Lo pintas de forma idílica —contestó Baynes—. Eso sí que es un anuncio de televisión. Estás pasando por alto algunas cosas en tu perorata, Benjamin. Ahora mismo el país tiene un excedente de madera del cuarenta por ciento. Hablar de una era glacial es adelantar acontecimientos. Solo en Wyoming, ya hay suficiente carbón para hacer funcionar todos los ascensores del mundo sin pausa hasta que a Nuestro Señor le dé por devolver este planeta al caos. Estados Unidos cuenta con generadores de energía mareomotriz, molinos y plantas solares. Y el uranio tiene mala reputación. Muy mala. Piensa en lo que le hicieron los conservacionistas a tu casa de campo en Georgia.

—¡Bobadas! —le espeté—. A los conservacionistas les paga la mafia; lo sabe todo el mundo. El uranio es inestable, pero también lo es el carbón. Mira a los chinos. Toda su planta industrial funciona con uranio-235. Cuando yo era pequeño, Estados Unidos estaba tratando de encontrar uranio inocuo en el espacio, igual que yo. No puedes mantener ascensores y coches a base de energía solar, L'Ouverture.

—Benjamin —empezó en aquel tono cavernoso y tranquilizador—. Benjamin, ¿para qué queremos coches? Ya los tuvieron en el siglo XX, y solo les sirvieron para matarse y mutilarse unos a otros en las carreteras.

—En el siglo XXI se quedan en casa viendo la televisión —dije yo— y se congelan en invierno. Todo tiene un precio. Los chinos tienen grandes cuentas bancarias y su cocina ha empeorado: no puedes pedir pato pekín en Pekín. Hamburguesas de soja y patatas fritas. Tienen que venir a Nueva York a gastarse el dinero. ¿Qué clase de civilización es esa?

—Los chinos son famosos en todo el mundo por la calidad de su vida familiar.

—Chorradas, L'Ouverture. Ven la tele juntos y envían a sus hijos a escuelas de negocios. Hay más ardor revolucionario en Aberdeen que en toda China.

Pensé en Isabel, en su triste amor capitalista por el comunismo. Deberíamos unirnos al Partido Comunista juntos y comenzar una revolución en algún lugar. Yo pondría el dinero y ella escribiría los lemas.

Justo en aquel instante, Morton volvió a entrar en la habitación con una bandeja.

—Vamos a tomarnos ese café —propuso Baynes. Hizo un gesto hacia una mesa de permoplástico junto a la chimenea de mármol y Morton colocó allí la bandeja—. ¿Por qué no vuelves a acostar a los niños, Morton?

—Mierda —dijo uno de los niños *sotto voce.*

—A la cama —dijo Baynes con hastío. Eso pareció funcionar y siguieron a Morton escaleras arriba como corderos. Volvió a dirigir su atención hacia mí. Seguía sonriendo, pero claramente cansado. Serían alrededor de las cuatro de la mañana—. En realidad, me dan igual los chinos. Son admirables a su manera, pero Oriente es Oriente…

Me incliné hacia adelante. Había llegado la hora de plantear mi oferta. Noté la intensidad en mi voz.

—L'Ouverture: ese uranio inocuo solo es una pequeña muestra de lo que hay. —Hice un gesto hacia Aynsley Field—. Nos esperan mil millones de toneladas más. Podemos vencer a esos tramposos chinos en su propio terreno. Podemos ser la nación más rica de la Tierra de nuevo, L'Ouverture. —Me recosté y mordí mi puro un momento—. Y esta vez nos lo tomaremos con más calma. Haremos las cosas bien. Dejaremos de matarnos en nuestros coches. Basta de potencia desbocada. Nada de intimidar a los países pequeños. —Hice una breve pausa, abrumado por lo que iba a decir—. Podemos construir una gran civilización, L'Ouverture, una civilización grande, humana y hermosa. Podemos ser una Bizancio electrónica, una ciudad sagrada. Podemos ser el siglo de Pericles e iluminar el mundo. ¡Piensa en el talento de este país! ¡Piensa en la arquitectura que podemos construir con energía barata!

Me senté, conmovido por mis propias palabras. Me las creía a pies juntillas. Estados Unidos es un lugar magnífico y fértil, y con el declive ha perdido mucha ramplonería. ¡Menuda vuelta al ruedo sería la nuestra, con toda aquella energía de Juno!

Baynes se acercó a la mesa.

—El café está listo —dijo con frialdad.

Lo miré, molesto porque ignorase mi retórica.

—Vamos —dije—. ¿Dónde está tu patriotismo, por el amor de Dios?

Empezó a servir el café con mano firme.

—Mi padre solía decirme en los desfiles del 4 de julio en Louisville: «Los blanquitos hablan bien, pero escucha atentamente lo que dicen».

Lo miré y estuve a punto de gritar «Mentira». Pero no lo hice. Recordé a los chicos negros de la cárcel. Estados Unidos ha tenido dos presidentes negros y una docena de jueces negros en el Tribunal Supremo; un tercio del Congreso es negro, en su mayoría mujeres. Pero los prisioneros negros de Leavenworth seguían viéndose obligados a pelear por conseguir zapatos de su talla, tenían que pagar sobornos cada vez más grandes para conseguir los trabajos fáciles en la fábrica de la prisión. Me encogí de hombros y me senté frente a la mesita.

—Tu padre ganaba diez veces más que el mío —dije.

Su rostro se volvió ártico por un segundo.

—¿Y cuál fue la contribución de tu padre a este mundo?

Me quedaba una última artimaña, bastante drástica, para conseguir algo de margen de maniobra. Necesitaba tiempo y dinero a toda costa, y no acabar en la cárcel. Con los meses en Belson, si bien fueron por voluntad propia, había tenido suficiente cárcel. Necesitaba acción.

¿Cómo os quedáis si os digo que las tazas eran de plástico? Un hombre que podía permitirse cualquier cosa y usaba tazas de plástico. Respiré hondo, intenté no reparar en esos detalles y dije:

—L'Ouverture, te daré la mitad de mi parte del uranio directamente si consigues devolverme mi ciudadanía y mi dinero y haces que retiren esos cargos.

Él le dio un sorbo a su café.

—¿Un soborno?

—¿Qué remedio? —dije—. Prepara los papeles y te los firmo hacia el mediodía, en cuanto recupere mi ciudadanía y los tribunales cancelen este embrollo legal.

Baynes siguió bebiéndose su café en silencio. Me recosté en la silla de plástico junto a la chimenea, por fin relajado. L'Ouverture parecía pensativo y paternal. Sentí que una parte de mí cedía a su hechizo y no me importó, ahora que había puesto las cartas sobre la mesa. Lo conocía: preferiría un trato sin sobresaltos como aquel a perder el tiempo. Miré su rostro viejo, contemplativo e inteligente; resulta que aquello se había convertido en una agradable bienvenida de vuelta a casa. A su manera, casi era tan grato como haber encontrado a Isabel. Incluso mejor, porque con Baynes no acabaría rompiendo la vajilla ni gritando a los gatos. Aun así, no se me escapaba que podía ser un auténtico manipulador y una amenaza para la vida y la integridad física. *Quien juega con fuego acaba quemándose.* Pues sí. Aquel hombre podía hacer que me encarcelasen. Y, con todo, me permití el riesgo de quererlo un poco, por su encanto. ¡Hay que ver hasta qué punto quiero un padre! ¡A mi edad! Y cómo te seduce el puto viejo, con esa cabeza negra reluciente, esos dientes amarillentos y las manos recias, estupendamente cuidadas. Me entraron ganas de inclinarme sobre la mesa y darle un abrazo.

Me estaba mirando.

—Toma un poco de café, Ben —dijo.

Eso me recordó dónde estaba. Di un sorbo al café y casi lo escupo. Café instantáneo. ¡Qué porquería! ¿Qué tipo de padre era aquel? En algún rincón de su alma habitaba el mismo demonio que dominó a mi padre real: lo barato. Si la civilización occidental muere, será ahogándose en café instantáneo, queso procesado y programas especiales de televisión. Hombres y mujeres estadounidenses han nacido, vivido y se han ido directos a tumbas cavadas con prisas sin haber llegado a probar jamás café real, una hamburguesa real o un vaso real de limonada. ¿Con qué derecho bebía café soluble en tazas de plástico aquel multimillonario, el hombre más brillante del Senado? A Genghis Khan no se le habría ocurrido.

—L'Ouverture —dije, aunque me estaba jugando la cárcel—, deberías hacerte el café con una Chemex. Y necesito cincuenta mil en efectivo. Ahora mismo, me refiero.

—Benjamin —respondió con algo de severidad—, me gusta el café instantáneo. Acepto el mundo moderno y vivo feliz en él. Los siglos XIX y XX no me interesan. El café instantáneo es la bebida de la época y la disfruto. No tengo efectivo a mano.

—Qué lástima —dije, y probé de nuevo el café. Necesitaba la cafeína.

L'Ouverture se encogió de hombros, sonriendo todavía, y habló con su voz anciana y melosa:

—El esnobismo es un despilfarro de energía. El pasado está muerto, Ben. Tu padre era historiador; el mío, jugador de baloncesto. Mi padre adaptó la danza de la grulla de sus ancestros a los suelos de roble barnizado y me mandó a Harvard, donde aprendí a prosperar como él. Él detestaba los deportes, detestaba los

Juegos Olímpicos y detestaba las abstracciones. A veces dormía con una pelota de baloncesto al lado. Yo también me deleito en lo real, en lo contemporáneo.

Era seductor, pero yo conocía demasiado a Baynes como para creerlo. *¡Tú eres un enchufado, y el pasado está vivo!*, quise gritarle. *¡Solipsista!* El muy cabrón probablemente contaba los votos de su Comité de Recursos Energéticos con una erección.

—Mira —dije—, me gustaría ir a un banco por la mañana y sacar algo de efectivo. ¿Cuándo puedes liberar mis cuentas?

Sonrió con benevolencia.

—Tú cómete un cruasán extra para desayunar, Benjamin, y ve a tu banco a las diez. Haré que el juez Flaherty lo revoque todo. ¿De dónde trajiste el uranio? ¿De Fomalhaut?

¡La madre que lo parió! ¿Cómo lo sabe? No fue de Fomalhaut, gracias a Dios; fue de Aminadab. De Juno. Pero ¿cómo sabía lo de Fomalhaut? ¿Por el geólogo de Jamaica? De todas formas, no mordí el anzuelo.

—Vamos, L'Ouverture —repliqué—. Ese no es el trato.

Se encogió de hombros y dejó la taza como dando por finalizada la conversación.

—Si no me dices de dónde proviene el uranio, no hay trato. Me voy a ver si duermo un poco.

Se volvió hacia una puerta y dijo en voz alta:

—Ya podéis entrar.

Al principio pensé que estaba llamando a Morton, pero luego caí en la cuenta de que eso era poco probable, justo cuando entraron por la puerta dos hombres de traje marrón, cada uno con un par de esposas. La silla en la que estaba sentado era baja, baja en un estilo semi-japonés, y cuando intenté levantarme derribé la mesa. L'Ouverture se apartó justo a tiempo y ni siquiera me di el gusto de salpicarle con café caliente. Cuando recuperé el equilibrio ya me habían cazado y me quedé ignominiosamente medio encorvado, como un niño pequeño que se acaba de dar un porrazo en un dedo del pie. Las esposas eran de acero; acabé con una muñeca esposada a la muñeca de cada uno de aquellos cabrones en lo que se me antojó un solo movimiento. Me levantaron. Agentes de seguridad privada, seguro. También baratos.

Uno de ellos empezó a recitar:

—Tiene derecho a permanecer en silencio…

Baynes lo interrumpió.

—No hace falta —comentó—. El señor Belson no tiene derechos. No es ciudadano estadounidense.

—Tú eres un hijo de puta —le espeté.

—Llévenselo al Centro de Detención Reagan y fíchenlo por entrada ilegal.

Me dio un vuelco el estómago. Del renacer al Penal Reagan. Me fijé en aquellos dos. Caras de póker. Pero en la mirada patriótica y adusta de uno de ellos, el más gordo, se veía que algo le preocupaba.

—Vale —dije—, vámonos de aquí.

Y luego a L'Ouverture, que aún sonreía amablemente, que casi seguro no había dejado de sonreír en ningún momento:

—Eres un mentiroso de mierda.

Continuó sonriendo.

—Que tengas buen día —me respondió.

CAPÍTULO 11

El Penal Reagan queda bastante lejos del cementerio de Arlington, un buen trecho. Los policías me sacaron de la casa de Baynes, rodeamos la manzana hasta donde esperaba un pequeño Honda a gas metano con matrícula del D.C. Treinta y dos kilómetros por hora a lo sumo. Nos apretujamos en el asiento delantero, lo que me obligó a pegar el mentón con las rodillas, pero más incómodo iba el gordo, sentado a mi derecha con un brazo y media cabeza fuera por la ventanilla. Avanzamos con dificultad bajo la luz de la luna durante unos diez minutos hasta que nos acercamos a una carpintería, que al parecer abría toda la noche, en la esquina de Constitution Avenue con la Avenida D.

El tipo gordo metió la cabeza como buenamente pudo dentro del coche y noté la barriga fofa aplastándose contra mi costado. El más flaco conducía con la mano izquierda, ya que la diestra iba esposada a mi muñeca. No me gustaba nada aquella intimidad física, la verdad, y llevaba ya dos o tres minutos repitiendo mi mantra.

—Billy Bob —dijo el gordo—, aparca en esa tienda. Necesito ir al baño.

—¿No puedes esperar? —contestó Billy Bob con un tono que me recordó mucho a mi madre.

—Ni hablar —dijo el gordo—. Llevo aguantándome una hora y media en esa casa.

—Mierda —soltó Billy Bob. Supuse que estacionaría, pero, como todas las madres del mundo, no se lo iba a poner tan fácil—. Podrías haber usado el baño de allí.

—Billy Bob —dijo Gordito—. Aparca.

Billy Bob condujo hasta la carpintería y aparcó. Tardamos un minuto en salir por la misma puerta por la que habíamos entrado todos. Aquello era una oportunidad caída del cielo. Me habría apostado un millón de dólares a que los policías del estadio no le habían contado a Baynes por teléfono que yo había noqueado a dos de los suyos. Gordito y Billy Bob me consideraban un simple magnate pureta.

Había una anciana china en la caja registradora que parecía estar de vuelta de todo y haber construido una parte considerable de la Gran Muralla con sus propias manos. Cuando entramos como una especie de trío indivisible, estaba leyendo un cómic. Levantó la vista, colocó su cigarrillo en el borde de un cenicero rebosante y aguardó.

—Necesito ir al baño —dijo Gordito, claramente incómodo.

Ella señaló con la cabeza hacia la pared de enfrente. Allí había un descolorido póster de Mao rodeado de niños maravillados, y debajo, en un pequeño gancho, una llave.

No había espacio para los tres, pero nos las arreglamos para avanzar en fila india entre empellones y Gordito consiguió su llave. Salir por la puerta fue un poco más peliagudo, pero lo logramos. Estaba claro que la tienda era una antigua gasolinera, con el servicio en la parte de atrás.

—¿Por qué no meas contra un árbol, por el amor de Dios? —dijo Billy Bob.

—Si solo tuviera que mear, lo habría hecho hace un cuarto de hora.

Me sorprendió la cualidad desafiante en la voz de Gordito. Por lo visto, se tomaba como una misión personal aquel retortijón nocturno. Bueno, yo también empezaba a tomarme lo mío como una misión personal, aunque no fuese de carácter cloacal.

—¿Cómo coño vas a quedarte esposado y hacer eso? —exclamó Billy Bob.

—Vamos a verlo —dijo Gordito.

En la parte de atrás había un cuarto con el letrero CABALLEROS en la puerta. Gordito la abrió sin problemas y encendió una lucecita de diez vatios. ¡Qué guarrada de sitio, lleno de periódicos mojados por el suelo de linóleo agrietado! ¡Y qué olor! Los chinos tienen una de las historias culturales más admirables del mundo. Su cocina (donde todavía existe) sigue ocupando el podio junto con la francesa. Y, oye, construyen unas naves excelentes. Pero en lo que a cuartos de baño se refiere, están en la Edad Media.

Como socio en aquella empresa, por así decirlo, pude ver de inmediato que Gordito lo tenía negro. Yo en su caso habría buscado un césped a oscuras, me habría bajado los pantalones y me habría apañado como buenamente pudiese. Pero esa solución o bien no se les había ocurrido a Gordito y a Billy Bob, o bien iba mucho más allá del sentido del decoro del interesado.

No había suficiente espacio para los tres. El váter estaba frente a la puerta. Gordito intentó relajarse. Entró, arrastrándome por la muñeca hasta la puerta del cubículo, que se abría hacia afuera. Se dio la vuelta hacia mí y comenzó a aflojarse el cinturón con la mano libre, mientras trataba de acuclillarse. Por un momento entré en pánico; preferiría un mes en aislamiento a tener que presenciar aquello.

Pero, tal y como esperaba, Gordito desistió de pronto.

—Mira, Billy Bob —dijo, señalando las esposas que nos unían—, quítame esto un momento.

Billy Bob pareció vacilar.

—Pero ¿qué coño...? —dijo.

—¡Venga ya! —exclamó Gordito desesperado—. Este no va a ir a ninguna parte contigo colgando.

—Vale —contestó Billy Bob.

Se sacó la llavecita magnética del bolsillo, se me puso enfrente, abrió las esposas de la muñeca de Gordito y quedaron colgando de la mía. Retrocedió y yo di un paso tras él, para salir del cubículo por completo.

—Cierra la puerta —dijo Gordito.

Estaba de pie en el umbral. Ya me había fijado en que no había cerrojo en el interior. Solo un pomo.

—Ahora mismo —contesté con naturalidad.

Agarré bien el pomo con la mano derecha, ahora libre, noté el peso del acero de la puerta y la cerré con fuerza contra la cara de Gordito. La puerta hizo clic y oí un golpe sordo. Notaba una fuerza de martillo pilón en los pectorales. A continuación, di un tirón del brazo izquierdo con todas mis fuerzas y la cabeza de Billy Bob pasó por delante de mi cara y se estampó contra la puerta. Le aporreé el cogote con el puño cerrado y vi cómo se desplomaba. Entonces giré el cerrojo de la puerta del servicio de caballeros. Encajó a la perfección.

Billy Bob estaba inconsciente, su cara ensangrentada no daba lugar a equívocos sobre el destrozo ni a la luz de la luna. No sentí ninguna pena por él en aquel momento; había elegido una profesión violenta y tendría que haber estado más alerta. Me agaché y examiné su mano izquierda en busca de la llave. Nada. Lo que me temía. Probablemente se le había caído al sacudirle. Empecé a buscar lo mejor que pude por el césped a la luz de la luna. Nada de nada. Lo arrastré unos cuantos metros y miré donde había estado de pie después de quitarle la esposa a Gordito. No hubo manera. Estaba oscurísimo. Desde dentro del baño me llegó la voz de Gordito gritando «¡Sacadme de aquí!». Empezó a golpear la puerta.

Empecé a preocuparme. Ya casi me había resignado a llevarme a Billy Bob a rastras al coche cuando ocurrió un pequeño milagro: se encendió una luz sobre el servicio de caballeros. Me giré hacia la fachada del local y, mira por dónde, allí estaba la yaya china con su cigarrillo y su cómic en una mano y la otra en un interruptor de luz. Debía de haber oído el alboroto.

—Gracias, señora —le dije educadamente y empecé a escrutar el césped.

Y ahí estaba, a unos treinta centímetros de donde Billy Bob cuando lo había dejado fuera de combate. Lo arrastré un poco más, estiré el brazo y la cogí. Me sorprendió que no me temblase nada el pulso cuando abrí las esposas.

Miré de nuevo a la yaya. Impávida, imperturbable. Como si Billy Bob y yo hubiésemos estado charlando sobre el tiempo: lo mismo le daba. Y cuanto más gritaba y golpeaba la puerta Gordito, más tranquila parecía ella, una auténtica flor de serenidad celestial. Me dieron ganas de plantarle un beso. Eché un vistazo a Billy Bob y calculé que se recuperaría en unos minutos, ya que no tenía torcido el cuello de ninguna manera rara. Pobre gilipollas.

Me dirigí hacia la parte delantera de la tienda, donde había visto un expositor de puros y golosinas.

Cuando me acerqué a la yaya le dije:

—¿Cómo se llama, señora?

Ella dio una calada a su cigarrillo.

—Arabella Kim. ¿Es usted el capitán Belson del espacio exterior?

Le sonreí.

—Pues sí. —Y acto seguido—: Me gustaría comprar unos puros. —Le di mis cuarenta dólares por diez puros baratos de dos dólares cada uno y, qué coño, seis chocolatinas Mars también. Mars me pareció apropiado para un pirata del espacio—. Quédese con el cambio, y le agradecería que no socorriera a esos dos durante unos minutos.

Aún no había recuperado del todo el aliento y mi voz sonaba ronca.

—Mucha gente está de su lado, capitán Belson —me dijo la anciana—. La gente escribe cartas al *Washington Post* pidiendo que aprovechemos su uranio. Yo pienso lo mismo.

—Oh, se lo agradezco de todo corazón —dije, metiéndome los puros en los bolsillos de la camisa y las chocolatinas en los de los pantalones.

La tienda no disponía de teléfono. Fui al coche de Billy Bob, levanté el capó, saqué el distribuidor y lo tiré entre unos arbustos.

Luego me quedé un momento a la luz de la luna y me di cuenta de algo importante: estaba en la ruina. Había renacido en el mundo después de nueve meses en el cielo y me encontraba, efectivamente, desnudo e indefenso. Respiré hondo el aire nocturno y sentí que se me aceleraba el pulso y se me ponía la piel de gallina.

Por algún lado tenía que empezar. Giré sobre mis talones, volví a entrar en la tienda y dije:

—Arabella, necesito algo de efectivo.

Ella se limitó a mirarme imperturbable.

—¿Cuánto?

—Le venderé mi reloj por quinientos dólares —respondí. Me había costado ocho mil.

—No se puede ir por ahí sin reloj —dijo ella—. Veré qué puedo hacer.

Se levantó de su silla, fue hasta una puerta cerrada al fondo de la tiendecita y la abrió. Eché una ojeada curiosa. Era un pequeño cuarto lleno de humo de tabaco y carteles revolucionarios chinos en la pared, algunos hechos jirones. Al fondo de la habitación había una cama con una colcha roja arrugada y un hombrecillo chino encogido allí leyendo el *Sports Illustrated.* El señor Kim, probablemente. Ella le habló en chino, expeditiva. Él murmuró algo que sonó malhumorado, pero se levantó del catre con no poca docilidad. Ella metió la mano bajo el colchón y sacó un pequeño monedero rojo de plástico, lo abrió y sacó seis monedas de cien dólares. Me las entregó, sonrió ligeramente y dijo:

—Quédate con tu reloj y me lo devuelves cuando vendas el uranio.

Miré por la ventana hacia donde estaban amontonados los leños y dije:

—Ese uranio va a arruinarte el negocio, ¿lo sabes?

—Es un negocio aburrido.

Asentí y me guardé las monedas en el bolsillo.

—Eres buena gente, Arabella.

Salí de la tienda y me dirigí hacia Union Station.

Experimenté unos cinco minutos de euforia por haberme librado de mi detención, hasta que recordé aquel comentario de L'Ouverture sobre el esnobismo. El muy cabrón me tenía calado. En cierto sentido, soy un esnob en lo que se refiere a la buena comida, la buena vajilla y el buen teatro. Me gusta mucho Shakespeare, de hecho, ahora que no estoy intentando desacreditar a Isabel. ¡Pobrecita mía, no sabía dónde se metía cuando me escogió como amante! Pero también me gustan las cosas buenas del mundo moderno. Pensé en mis deportivas. Las había comprado en un sitio de la calle 46 unas semanas antes del despegue de la *Isabel.* Introduces los pies en un precioso dispositivo llamado «lector de contorno» y el puñetero trasto te hace un par de Adidas ahí mismo. En tus pies, me refiero. Es extraño de ver, pero da gusto el tacto de los polímeros y el caucho calientes amoldándose a tus arcos personales, al metatarso, al talón y luego al dedo gordo. Como un masaje japonés. La máquina te pone hasta los cordones, lo cual es mucho más interesante de ver que la mayor parte del cine contemporáneo. Y, joder, ¡me encantan estas deportivas! Azul cielo y fabricadas por magia electrónica delante de mis ojos, entre Madison y la Quinta. Quinientos dólares. Ochenta más si están monogramadas. Las mías tienen las iniciales «B. B.» en blanco donde antes iba el disco de goma en las Converse.

Pero estaba cabreado con L'Ouverture. Tal vez por haberme sacado el tema del racismo. Avancé a paso ligero por las aceras antes del amanecer, cruzando los suburbios silenciosos y luego el «pueblo fantasma» donde antes vivían todos los negros pobres que se dedicaban a los papeleos para el Gobierno de Estados Unidos. Rascacielos residenciales vacíos que brillaban débilmente a la luz de la luna, más vacíos y más espeluznantes que Belson. Me sentí afortunado de haber nacido en el Ohio rural; mientras yo dormía con Juno, esos lugares —llenos de los olores y los suspiros de funcionarios del Gobierno y de sus familias aturdidas— eran auténticas fábricas de rabia. En esa clase de sitios, la gente defecaba en los ascensores y violaba al que se encontrara por las escaleras. Eso no es vida para ningún ser humano.

Sin embargo, yo también había acumulado mucha rabia en mi hogar sin amor. Rabia y hambre: apenas era capaz de distinguirlas. *Flop, flop,* sonaban mis zapatos, productos de la magia electrónica y de mis pies, grandes y únicos. *Bum, bum* sonaba mi corazón sólido y furioso; notaba los cuádriceps hinchándose contra mis vaqueros.

Me puse a pensar en los horarios de los trenes. Una curiosidad de ser un magnate del carbón y la madera es que te aprendes la hora a la que salen los trenes. A las cinco y cuarto de la madrugada saldría un vagón medio vacío de Washington con rumbo a Nueva York, y por lo general llegaba a tiempo. Miré el reloj. Tenía veinte minutos.

A veces pienso que Dios me envió a Belson y a Juno. Veinte años de exploración espacial a cargo de tres países distintos no habían dado nada que valiera la pena. Yo, un aficionado de pacotilla, había encontrado dos paraísos sin apenas esfuerzo. Uno era un auténtico edén con comida, árboles y una atmósfera agradable; el otro, su reverso: hecho para tipos como san Simeón Estilita, Orígenes, Cotton Mather o yo mismo. ¡Qué variada es la experiencia religiosa! Tenía cinco minutos para encontrar un tren de mercancías cómodo y subir a bordo.

*

La estación, al ser electrónica, carecía de personal. El tren estaba allí cuando llegué; siseó un poco, emitió esos preciosos y pesados calancaneos de los trenes; exudaba energía. Encontré un vagón grande y abierto con el rótulo BELSON MINES claramente estampado, mío en todos los sentidos. Subí por la escalerilla lateral, llegué a lo alto y me dejé caer dentro. En el fondo había algo de carbonilla y nada más. No se veía el exterior, pero ¿qué más daba?

Aún resollaba tras la carrera y sentía un pinchazo insoportable en un costado. Tenía la muñeca izquierda hinchada y dolorida por el roce de las esposas cuando zarandeé a Billy Bob. Me dolían los pies una barbaridad. ¡De repente recordé que era una bomba humana de endolina! No había necesidad de sentir dolor. Me desprendí uno de los paquetes de plástico pegados al brazo izquierdo, cogí un pellizco, me lo tragué con un mordisco de una chocolatina Mars y en pocos minutos me sentí fenomenal. Adiós al dolor.

Después de que arrancase el tren, vibrando y produciendo un estruendo mayor que el aterrizaje de la *Isabel* en Belson, dormí aproximadamente una hora. Cuando desperté, el cielo empezaba a aclararse. Subí por la escalerilla y pude sentarme con la comodidad justa en un lado del lento vagón y contemplar el amanecer sobre campos neblinosos. Ahora que tenía algo con lo que comparar nuestra Tierra, la disfrutaba aún más. Un sol y una luna solamente, y nada de anillos, pero un planeta hermoso, digno de verse. ¿En qué otro sitio tienes un Cañón de Chelly o un Océano Pacífico, unos Cayos de la Florida o una India? ¡Se me desbocó el corazón al ver el precioso verde del césped estival en la Tierra, los arces frondosos, el ganado en los campos y los pájaros por todas partes, descarados metomentodos en el aire de la mañana!

*

El tren efectuó una parada de cuarenta minutos en una central eléctrica de Filadelfia. Había un par de empleados ferroviarios allí encargados de repostar y supervisar la descarga de carbón, pero logré salir para descansar sin que me descubriesen. Salí de la terminal e hice algunos ejercicios simples. Tenía el cuerpo rígido y dolorido, así que añadí un poco de endolina a mi Mars del desayuno. Fuera de la estación había una fuente: era la primera vez que bebía agua de la Tierra en nueve meses. El sol estaba alto y sentía su calidez en mi rostro.

Llegué a una parte deteriorada de Filadelfia, uno de esos «enormes barrios de chabolas» que aparecen en los periódicos. La población disminuye tan rápido hoy en día que los pobres disponen de sitio de sobra en las casas solares de las afueras y en los adosados de las ciudades. El problema es que no pueden calentarlos en invierno y las placas solares no funcionan; además, siempre fueron casas de muy mala calidad, y ahora, entre las suaves colinas de un antiguo barrio residencial, no eran más que un apéndice destartalado de tejas de plástico caídas, césped echado a perder, techos de cristal agrietados y porches cubiertos de enredaderas. Es mejor que dormir en los portales, pero es una estampa deprimente.

Encontré una tienda abierta y compré seis latas de agua con gas, carne desecada, una caja de galletas y un paquete de tinte castaño para el pelo. Sesenta dólares y pico. Cuando me disponía a salir de la tienda vi un montón de *Enquirers* y, efectivamente, ahí estaba yo en la portada. Pero sin la barba, gracias a Dios. Nadie me había sacado una foto con barba. Y se me veía bastante serio y bien arreglado. El titular decía MILLONARIO PROSCRITO BURLA A LA POLICÍA. Le di al dependiente sus dos dólares por el periódico. Ni me miró. Salí del local leyendo.

A su manera, resultaba cómico. Me llamaban «excéntrico desaforado» y «renegado de las finanzas». Me hizo especial gracia lo de «excéntrico desaforado», que se ajustaba a mi estado de ánimo: aún llevaba dentro a san Juan Bautista.

*

De vuelta en el vagón, procedí a teñirme el pelo con un par de latas de agua con gas, deseando haber comprado un espejo en aquella tienda. Lo que hice fue verter la mitad del tinte líquido en la lata, agitarla y luego embadurnarme el pelo y la barba con las yemas de los dedos. Lo dejé reposar veinte minutos mientras el tren avanzaba rumbo a la frontera de Nueva Jersey y me lo enjuagué con otra lata. Habría dado cien dólares por un espejo de bolsillo. Me había teñido un trozo del tamaño de una moneda de cinco dólares en el antebrazo izquierdo, donde tenía más vello, para que me sirviera de referencia; cuando al cabo de veinte minutos me enjuagué todo, tenía en el brazo una mancha color castaño bien convincente. Esperaba que el resultado en la cabeza y la barba fuese igual de bueno. La jornada transcurrió sin incidentes y con buena temperatura. Me recostaba en el fondo del vagón como Huckleberry Finn en su balsa, o subía y me sentaba en el techo y veía pasar el paisaje mientras me comía la carne desecada y las chocolatinas y me bebía el resto de las latas; me lo pasé bastante bien. Era un viaje más real que cruzar la Vía Láctea.

Casi al atardecer, el tren me brindó mi primera vista de Manhattan a lo lejos. Me dejó sin aliento, como siempre. Pero me daban ganas de llorar al pensar que los pisos superiores de todos los rascacielos estaban vacíos. Es triste ver la ciudad así y saber que en su día fue un puntal y ya no lo es, aunque esos altos y viejos edificios todavía siguen ahí, silenciosos e indiferentes a las calles que tienen a sus pies. La idea abstracta de Nueva York me chifla. Es una de las grandes invenciones del espíritu humano, como la fuga musical, el teorema de Pitágoras o el avión: la apoteosis de la polis y, a mi entender, todavía la mejor ciudad del mundo. Llegamos a Manhattan a través del antiguo túnel ferroviario de Pensilvania y salimos a la superficie en la 34 con la Séptima Avenida, en el Muelle del Carbón. ¡No había lugar más polvoriento y maloliente para ver Nueva York! Casi todo el combustible para la ciudad entraba por allí: había montones de carbón del tamaño de pequeñas colinas, y el polvo que se levantaba permeaba el aire por todas partes; pensé que podía contraer una afección pulmonar en cuestión de diez minutos. Antes había unos grandes almacenes, Macy's creo, en la Calle 34; el viejo edificio ahora se usaba para almacenar carbón. Mi tren se detuvo allí y pude bajar del vagón sin que me vieran. Había muchos guardias, pero su cometido era espantar a los ladrones de carbón; me limité a saludarlos con un gesto de la cabeza al pasar por su lado. Eran las siete y cuarto y aún quedaba algo de claridad en el cielo. Encontré la Quinta Avenida y me dirigí hacia el norte. Había mucha gente por la calle, pero nadie me prestó atención. Me sentía bien: el cuerpo relajado, cómodo, y una tensión agradable en el vientre. Aquello se parecía a mi primer viaje a la ciudad cuando fui a vivir con la tía Myra: era un turista anónimo y desarraigado que empezaba una nueva vida, solo en el mejor sitio del mundo para estar solo.

Había un espejo en el escaparate de una tienda de videosferas en la Calle 39, y me detuve para verme de cuerpo entero. Tenía un aspecto horrendo, como de violador indigente, lúbrico y perfumado. El pelo y la barba teñidos me descolocaron, lo mismo que la cara tiznada de hollín. Era una criatura inventada para asustar a los niños. Se me había desgarrado una manga a la altura del codo; los pantalones me quedaban holgados y estaban sucios de carbonilla; tenía una mancha de tinte en el cuello de la camisa; y el color de la barba y el pelo no casaban, me sobresalían mechones oscuros y claros a lo loco. Me podría haber pasado los próximos veinte años durmiendo en bancos del parque y nadie se habría fijado en mí.

Cuando era adolescente, en la Calle 42 entre Lexington y la Tercera Avenida había un magnífico rascacielos. Era el edificio favorito de la tía Myra y ella fue la primera en mencionar su nombre: el edificio Chrysler. Lo derribaron unos años después de que el Parlamento de Nueva York parase los ascensores. Los ascensores tienen contrapesos y en realidad no había motivo para todo aquello, pero el Estado de Nueva York le quería demostrar al mundo que estaba concienciado con el problema energético. Su decreto cambió la ciudad de una manera horrenda e hizo que los pisos superiores de todos aquellos edificios inconcebiblemente altos fueran inaccesibles. Por encima del octavo piso todo era espacio vacío, indigentes y algún que otro fugitivo.

Ahora, donde en su día se alzó el edificio Chrysler, estaba el Emporio de la Calefacción, un mercado libre para el carbón, la madera y el alcohol, junto con algunos combustibles más exóticos; me alegró ver el rincón de Belson Fuels bien surtido y me di el gusto de quedarme allí un momento, el más andrajoso y perfumado de los vagabundos, y ver que cada trozo de leña pulcramente apilada llevaba el nombre BELSON estampado en letras moradas. Al lado había una montaña de mi carbón; eso ya no me complació tanto. Todo era bituminoso y se notaba por el color que aquello era materia de mala calidad, pero la mafia acaparaba toda la antracita, y no estaba dispuesta a soltarla en un mercado controlado.

Caminé por la Quinta hasta la Calle 53 y me dirigí hacia Madison. Un par de policías me echaron una mirada hostil, y una familia de turistas chinos parecía tan patidifusa por mi presencia como un chino puede permitirse estarlo. Era un miembro de la baja estofa capitalista, un despojo. *En Hangzhou estas cosas las llevamos mejor.* Bueno, en Hangzhou vestiría un uniforme gris y andaría barriendo las calles con una escoba de plástico y tocándome la frente con el dedo índice ante los gordos burgueses comunistas que se pasean pizpiretos por las calles con sus orondas familias. Me gustaba ser un vagabundo harapiento en Nueva York, con aquella alma de pirata recién descubierta.

No había portero en el edificio, y subí al tercer piso. La puerta del apartamento tenía tres cerraduras. Golpeé con fuerza. Al poco, las cerraduras comenzaron a hacer clic y, finalmente, la puerta cedió. Una criada japonesa bajita, de uniforme, me miró pasmada. Le hablé con voz suave pero autoritaria.

—Dile a la señorita Belson que es su padre.

La criada asintió, cerró la puerta y volvió a echar la llave. Esperé. Al cabo de unos minutos se abrió nuevamente y allí estaba Myra, alta como siempre, con muletas, mirándome con curiosidad por un instante. Por fin, dijo:

—¡Dios mío! ¡Papá! —Abrió más la puerta—. ¡Dios mío! —repitió.

Entré y la abracé. Con delicadeza, porque Myra podía tener dolores en casi cualquier parte del cuerpo.

—Qué alegría verte —dije.

Estaba llorando. No había pensado mucho en Myra en los últimos años, pensar en ella me hacía sentir fatal, pero la quería de verdad.

—Dios, papá, ¿te has caído del espacio o qué?

Sacudí la cabeza.

—Más o menos.

Ella se rio de esa manera infantil suya. Myra tiene casi treinta años.

—Vamos a sentarnos al salón.

Echó a andar con cuidado ayudándose de sus muletas de aluminio, y la seguí hacia la gran sala de estar con ventanas que daban a la Calle 53. Myra no había llegado a conocer a mi tía Myra, pero había adoptado como por reencarnación su estilo decorativo. Me senté en un sofá de terciopelo negro, me recosté y encendí un puro.

—Luego me lavo —dije.

Myra asintió y se hizo un largo silencio incómodo. Es lo que pasa cuando nos vemos.

—¿Te apetece un café? —propuso—. ¿O un whisky?

—Café.

—Ahora mismo —dijo con alivio—. Martha, ¿le puedes preparar a mi padre un café con crema y azúcar? Yo tomaré whisky con soda.

Se volvió hacia mí y se sentó con cuidado en una butaca orientada hacia el sofá en el que yo estaba sentado.

—Anoche saliste en las noticias. —Soltó una risa un tanto incómoda—. Sacaron unos cuantos hologramas antiguos y te llamaron «el fugitivo multimillonario», pero no quedó claro por qué te busca la policía.

—Cabrones. No saben por qué van a por mí. Es ese hijo de puta de Baynes, y probablemente la mafia también.

—Me figuré que era algo así. ¿Ese uranio es peligroso, papá?

—No —contesté—. Qué va. Al contrario. Es el uranio más inofensivo del universo. Me siento como Galileo cuando lo perseguían aquellos cardenales. ¿Te han venido a dar por saco?

—No. ¿Saben que estás en Nueva York?

—No creo. He sido discreto. ¿Cómo vas de la artritis?

Ella se encogió de hombros.

—Como siempre.

—Duele como un demonio, ¿no?

—Sí, papá. Duele como un demonio.

Me sonrió, podría decirse que con buen ánimo, aunque percibí un vestigio velado de reproche. Si hubiera estado más presente durante su infancia, si no hubiera andado de suite en suite disolviendo conglomerados empresariales sobre el papel en plena noche o trajinándome actrices o, seamos francos, buscando formas de mantenerme lejos de Anna y de su entereza, de su celo inquebrantable por no dejarse engañar por las cursilerías y las fantasías del mundo. Si no hubiera bebido tanto cuando estaba en casa. Si no me hubiese peleado tanto con la madre de Myra, bramando con mi voz de pirata espacial por los pasillos y las cocinas de las casas y apartamentos, ya fuese en California, Nueva York, Atlanta o dondequiera que mis caprichos geográficos nos llevaran…

Bueno, ahora tenía endolina.

—Myra —dije—, tengo algo para ti.

—Papá. —Frunció el ceño—. No necesito más regalos. Ni siquiera del espacio exterior.

—Cariño, esto no es un regalo.

Empecé a desabrocharme la camisa, avergonzado por un instante por las implicaciones sexuales de lo que estaba haciendo, a punto de transferir aquella endolina pegada a mi cuerpo sudoroso al cuerpo de mi hija sentada allí, rígida y artrítica.

—¿Pero qué...? —empezó Myra.

—Es de otro planeta —le expliqué mientras sacaba una de las bolsas de polvo del vendaje que lo sujetaba a mi pecho.

Aparté unos cuantos netsukes de marfil y un cenicero de cristal veneciano de la mesita y puse ahí el paquete de endolina. Luego empecé a abrir el plástico transparente con cuidado. Me temblaban un poco los dedos.

—Tengo grandes esperanzas para ti con esto, Myra —dije. Me sorprendió escuchar mi voz: *vibrato,* al borde de las lágrimas—. Creo que puede servirte de analgésico...

No pude terminar. Abrí la bolsa y miré aquel polvo, como una especie de superpanacea, una forma de redención para King Kong, para aquel destructivo pirata de los tiempos de Nueva York. *Vamos, Kong* —me dije—, *haz algo bueno por alguien a quien amas, para variar.*

—Voy a necesitar un vaso de agua —dije en voz alta, conteniendo las lágrimas.

Me puse de pie y entré en la cocina, donde Martha estaba poniéndole hielo al whisky de Myra. Cogí un vaso de un estante y lo llené de agua por la mitad. Luego cogí una cuchara de plata del lavavajillas sónico y volví a la sala de estar. Eché una pizca de endolina en el agua y lo mezclé, tembloroso.

—¿Qué narices está pasando, papá? —decía Myra. Empezaba a parecer preocupada—. Te plantas aquí con una pinta de vagabundo pirado y luego sacas la bolsita esta que parece droga. En la tele han dicho que eres un drogadicto.

Dejé el vaso en la mesa y me arrellané. Empecé a abotonarme la camisa, menos tembloroso ahora.

—Bueno, algo de verdad sí que hay en lo que dicen, cariño. Le he pegado bastante a la morfina. Me enganché, de hecho, tratando de satisfacer un ansia estúpida, pero esto no es morfina. No coloca. Solo es un calmante.

—Habrá que probarlo —dijo ella con toda naturalidad.

La miré fijamente. ¿Tan fácil iba a ser, después de todo?

—Papá, confío en ti. Ni te imaginas la de calmantes que he probado. Créeme: he tragado un montón de sustancias químicas a lo largo de mi vida. —Se inclinó hacia adelante resuelta y cogió el vaso. A pesar del dolor, su mano era mucho más firme que la mía—. ¿Cómo se llama esto?

—Endolina. Tú bébetelo. No sabe a nada en concreto.

Ella asintió y se tomó el vaso de un trago, como lo haría un marinero con una cerveza.

—Endolina, ¿eh? —comentó con un punto de cinismo.

Bueno, no podía culparla por ser cínica, teniendo en cuenta la cantidad de cosas que debía de haber probado. Decía mucho de su entereza que no fuese una yonqui después de haber recurrido a la morfina y probablemente a cosas más fuertes.

No dije nada. La endolina tarda como tres minutos en hacer efecto, así que no tenía sentido abundar. Estaba nervioso y me levanté justo a tiempo para coger mi café de la bandeja cuando Martha estaba entrando por la puerta de la cocina. Observé un par de grabados holográficos contemporáneos en la pared, pero esos inventos en 3D siempre me dan dolor de ojos. Miré por la ventana la calle, ahora vacía. Era una de esas aceras fosforescentes con un brillo verdoso en la oscuridad, y me alivió la vista contemplarla un rato. Me picaban varias partes del cuerpo. Me convenía darme un baño.

En aquel momento, Myra dijo en voz baja «¡Dios mío, papá!» y yo me volví. Seguía sentada. Tenía una expresión extraña y la boca entreabierta de asombro. Mientras la miraba, sacudió la cabeza un par de veces.

—¿Te encuentras mal? —le pregunté alarmado. Volvió a negar con la cabeza, más enérgica, mirándome. Di un paso hacia ella. Se le empezaron a saltar las lágrimas—. ¿Estás bien?

Su semblante estaba muy serio y nunca le había visto aquella expresión.

—¿Cuánto dura? —preguntó.

—Unas seis horas.

—¿Tendré resaca?

—Nada, cariño —dije—. Sin resaca.

—Ay, Dios mío —dijo y se echó a llorar. Me agaché como buenamente pude junto a su silla y la abracé. Noté parte del dolor que acababa de abandonarla, sentí su impacto. Al poco, se separó suavemente y se levantó sin las muletas. Empezó a caminar por la habitación despacio y ensayando algún pasito de baile—. Antes tomaba morfina alguna vez, o me ponía hasta el culo de procaína y bailaba durante una hora más o menos. Pero el problema era que en realidad no sentía mi cuerpo. Y tenía la cabeza nublada.

—Esto solo quita el dolor —le dije.

Myra se acercó a una estantería, introdujo una bola de acero en una caja y la habitación se llenó de música de baile china. Empezó a bailar con más confianza, su rostro franco y sorprendido aún. Me senté y la observé. Era abrumador verla moverse con tanta facilidad, si bien aún con cierta cautela debido a su largo historial de dolor.

Después de un rato se detuvo, sudando y sonriendo. Apagó la caja y se sentó a mi lado. Se abandonó al llanto de nuevo, muy entregada y sin esfuerzo, con las manos delante de los ojos mientras flexionaba los dedos. Antes jugábamos al ajedrez con piezas de marfil de vez en cuando, y a veces le dolía agarrar un peón. Ahora sus dedos parecían ágiles y flexibles por completo. Al poco dejó de llorar y dijo:

—¿Sabes una cosa, papá? Creo que siempre supe que harías esto por mí.

—Ojalá lo hubiera conseguido hace veinte años…

—Lo que cuenta es ahora. Cuando el dolor se va, se va. —Sonrió con cierta melancolía—. ¿De dónde ha salido esto?

—De los cielos —respondí—. De una estrella. —Señalé hacia el centro de la ciudad—. Una estrella en Piscis Austral llamada Fomalhaut. Tiene un planeta con solo dos seres vivos: una especie de hierba maravillosa y esa plantita fea de donde viene la endolina.

—¿Cómo se llama el planeta? Si es que tiene nombre.

—Se llama Belson, cariño.

Myra se rio.

—Como tú y yo, papá.

La miré.

—Y como tu tía abuela Myra.

Después de eso me di una larga ducha caliente. Myra encontró algo de ropa de hombre más o menos de mi talla y elegí una camisa de trabajo de mezclilla y un par de vaqueros un poco dados de sí por la cintura. Sentí un pelín de orgullo al descubrir que mi cintura era más estrecha que la del amante de Myra que se hubiese dejado aquellos pantalones. Limpié mis zapatillas electrónicas y me las puse con un par de calcetines blancos limpios. No hay nada como una ducha y unos calcetines blancos limpios. Me estaba convirtiendo en una pequeña fuga de buenas sensaciones; lo que necesitaba ahora era a Isabel. Y unos cuantos millones de dólares.

Después de ducharme y ponerme ropa limpia, tuve una charla tranquila con Myra en su salón. Se le había pasado un poco la euforia, pero sonreía mucho. Me interrogó sobre mis viajes por el espacio y le hablé de Belson y de Juno, aunque no mencioné la estrella de Juno. Fue divertido hablar con Myra así, recostados en un cómodo sofá con una copa de buen whisky, viendo su semblante distendido por una vez y su cuerpo apaciguado. De vez en cuando flexionaba los dedos de una mano o movía un poco un hombro, agradablemente sorprendida. Quería saberlo todo sobre la endolina, así que le conté lo que sabía. Cómo la habíamos encontrado en las fisuras de la impenetrable obsidiana de Belson, cómo aprendí a concentrarla y conservarla. Era una maravilla estar en el amplio salón de Myra, con las ventanas abiertas a la calle neoyorquina, ya apenas iluminada, enmudecida por un silencio de agosto; yo con mis calcetines blancos limpios, la piel limpia, el pelo teñido y la barba teñida y peinada y una camisa nueva sobre mi pecho musculado, dejando salir la vieja culpa por mis poros, dejando que se disipara en la noche, rumbo a Fomalhaut y más allá, hacia los confines exteriores.

Cuando me fui a la cama un poco antes de la medianoche, la luna en la ventana del dormitorio brillaba tan llena como una moneda de plata de cien dólares. La noche anterior había sido su compañero de órbita en una especie de funk sublunar; y aquí estaba ahora: un fugitivo, un pirata, desposeído pero cansado y feliz, a punto de dormirme en un apartamento de Nueva York, con ganas de cantar himnos a la alegría de mi nueva vida. «Porque él se alimentó de rocío de miel y bebió la leche del paraíso.» Coleridge. Otro drogadicto. Qué puñetas. Dormí un montón de horas como un bebé.

Cuando me desperté, los pájaros cantaban. Myra estaba despierta y me había conseguido napolitanas, café espresso y tres habanos frescos. Guevaras.

Me puse los vaqueros y una camiseta gris y salí descalzo a la cocina con idea de hacer una tortilla con plátano frito. Había café en la estufa de leña. El resplandor amarillo de la mañana entraba por la ventana de la cocina, tan quieto y humano como en un Vermeer. La taza de café era Spode y estaba decorada con dos ranitas verdes mirándose amistosamente; me reconfortó mirar aquellas ranas y aquella porcelana. Myra llevaba un mandil vaquero y caminaba como si flotase, como si nunca hubiera dormido con las articulaciones ardiendo, como si se hubiese pasado la infancia saltando a la comba, jugando al pilla-pilla y bailando. Llevaba el pelo recogido en un moño en la nuca, sus ojos color avellana sonreían.

—Te pongo más café —dijo.

Me acordé de cuando era una niña de dos años, encantadora y cariñosa como pocas en el mundo. Había olvidado lo mucho que quería a mi hija.

—Cariño —le dije a Myra—, ¿conoces a una actriz llamada Isabel Crawford? Estuvo en el último *Hamlet,* interpretaba a la madre.

Myra hizo una mueca de concentración y luego asintió lentamente.

—¿Británica?

—Escocesa. De cuarenta y tantos. Muy atractiva.

—¿Es amiga tuya?

—Exacto. ¿Sabes algo de ella? Necesito pistas. No consigo localizarla.

—No, papá, lo siento. No tengo ni idea. Podrías llamar a su agente.

—Lo intenté anoche con tu teléfono. También llamé a su director y a su peluquero. No hubo suerte. Ellos también querrían saber dónde está.

Myra asintió cortésmente mientras le contaba aquello. Cuando terminé, trató de actuar con naturalidad, pero noté que elegía sus palabras con cuidado.

—Papá. ¿Por qué no le pegas un telefonazo a mamá? Está en Nueva York.

Se me tensó el estómago. Traté de sonar natural también. Aquello empezaba a parecer una escuela de interpretación.

—¿Ah, sí? —dije—. ¿Dónde se hospeda?

—Donde tú antes, papá. En el Pierre.

¡Joder!, pensé. *¿Anna en el Pierre?* No le pegaba nada.

—¿Qué puñetas hace tu madre en Nueva York? Siempre decía que odiaba este sitio.

—Vino a cenar hace unas noches, papá. Dijo que se aburría en el norte y bajó a hacer unas compras. —Me miró—. ¿Por qué no le propones comer juntos o algo?

Por un instante se me antojó una idea seductora. Pese a su talante de estibador, Anna tenía una conversación increíble. Nunca he disfrutado tanto hablando con una mujer. Y nunca tuve problemas para excitarme con ella (tal vez porque su sexualidad no representaba una amenaza). Pensé, de pie allí con Myra, en lo agradable que sería mantener relaciones sexuales con Anna, como una lluvia después de una sequía de tres años. Pero luego pensé en aquella maldita faja abriéndose con un chasquido y en aquella ira justificada y dije:

—Myra, sencillamente no es buena idea. Ahora mismo no. Sé lo que tienes en mente, hija mía, y admito que podría tener sentido, pero prefiero evitarme el trauma ahora mismo. Sigo teniendo el espíritu frágil, y ver a Anna podría hacerlo añicos.

Myra hizo un mohín.

—Está bien, papá. Es tu vida.

—Desde luego, cariño. Vaya si lo es.

CAPÍTULO 12

No hubo manera de dar con Isabel en Nueva York. Llamé a todo aquel a quien me atrevía a llamar y no recabé más información de la que ya tenía: Isabel se había marchado a Londres seis meses atrás, con *Hamlet*. *Hamlet* cerró cuatro meses después y nadie había vuelto a saber nada de ella desde entonces, ni su agente ni sus amigos. El agente estaba tratando de convencerla para que interpretase a la madre en *A Electra le sienta bien el luto* (una chaladura de casting para una mujer sin hijos y de figura adolescente como Isabel). Lo mismo podía estar en Estambul que en Santa Fe o en Aberdeen. Lo dejé por el momento y me centré en los negocios.

Me ha costado más de cincuenta años ordenar mis prioridades y darme cuenta de que el amor es más importante que el dinero. ¡Mira que tardar media vida en comprender semejante cliché! Y ahora que lo sabía, las circunstancias me obligaban a poner el dinero por encima de todo. Era hora de vender la endolina.

Primero localicé a mi amiga Millie Shapiro en un pequeño estudio en la Calle 57 Oeste. Millie es una maquilladora jubilada que había llegado a lo más alto en su profesión. La conocí a través de Isabel; ambas eran fanáticas de los gatos. Millie era gruñona e inestable, pero me lavó con pericia el tinte barato del pelo, me lo volvió a teñir de un castaño oscuro y me dejó canas las sienes. Le olía fatal el aliento, pero cuando al acabar me miré en su espejo agrietado se me escapó un silbido. También me recortó el pelo y la barba en plan estrella de cine, algo muy diferente a mi estilo habitual, más tosco y funcional. Me dio un par de gafas con montura negra y me sugirió que cambiase los puros por una pipa y que llevase anillos. Descarté la idea de la pipa de inmediato; desconfío muchísimo de los fumadores de pipa y, en general, de la gente con aire de profesor.

Myra había logrado juntar sesenta mil dólares en efectivo y me había comprado en una tienda de artículos militares una riñonera para guardarlos. Pagué a Millie, le pregunté por enésima vez si tenía alguna idea de dónde podía estar Isabel, le rogué que no me delatase y me fui. Buena gente, Millie; confiaba en ella.

Hice caso a su sugerencia y me compré un par de anillos elegantes en una tienda de bisutería. Completé mi metamorfosis en una tienda de ropa para hombres: vaqueros ajustados estilo occidental, botas militares y una camisa de seda roja. En el espejo de la tienda era como si me hubiesen enviado los de la agencia de casting para interpretar a un *gigolo* entrado en años, lo cual resultaba cómico, teniendo en cuenta mis problemas recientes. De todos modos, la mayoría de la gente me conocía por las portadas de *Time* y *Newsweek,* y en esas fotos no tenía barba y llevaba una de mis famosas camisas de leñador. Era conocido como un «excéntrico de aire juvenil»: la barba, la camisa roja y los anillos despistarían a la gente siempre que pudiese soportar seguir llevando aquellas pintas.

En realidad, supuse que no me estaban buscando con mucho empeño. Baynes tenía la *Isabel* y el uranio, y sabía que no había forma de que consiguiese otra nave espacial. Me tocaba mover ficha. El movimiento que tenía en mente era un jaque mate. Fui a Grand Central y compré un billete de Pullman a Columbus, Ohio.

El tren tenía un coche salón con butacas, revistas y mesitas para poner tu whisky con soda. El mobiliario estaba desgastado: cortinas verdes raídas en las ventanas churretosas, un mural descascarillado en una de las paredes y la tapicería de ese verde horrendo marca de la casa de los ferrocarriles estadounidenses. Pero me sentí a gusto de inmediato en aquel vagón. Fui el primer pasajero en entrar y elegí un asiento junto a la ventana en la silla menos desgastada. Eran las diez y media de la mañana; pedí una jarra de café con tostadas y me acomodé, haciendo tintinear los anillos de mi mano izquierda, atusándome de vez en cuando la barba recién recortada con una agradable sensación de anticipación en el estómago.

Al rato entraron en el vagón un par de curas y se sentaron con pompa en la otra punta. Luego entró una mujer bajita y atractiva y se sentó sola. Empecé a cambiar de planes. Desde la ojeada a los muslos de aquella preciosidad de fantasía que salió de mi vida en New Hope, Pensilvania, viajo con la expectativa inconsciente del sexo. Es una expectativa que, hasta el momento sobre el que escribo, nunca se había cumplido. Había tenido oportunidades de joven cuando iba a revisar una mina de carbón, una fusión o una posibilidad de compra de materias primas: el trigo de Kansas, por ejemplo, o la leña de Carolina del Norte. Pero siempre metía la pata de alguna manera o la fastidiaba o me paralizaba la timidez al ver un par de piernas cruzadas bajo el dobladillo de una falda. La verdad pura y dura es que las mujeres me excitan tantísimo que me siento impotente ante ellas. ¡Dios, lo que me pueden gustar los culos, los pechos, el vello púbico y el dulce sabor de unos labios vaginales! Los muslos. Las corvas.

¡Una reacción tan tremenda a una mujer bajita y guapa que entra en un vagón de tren! En fin. Llevaba mucho tiempo sin sexo. Acababa de regresar del espacio exterior y de una época de jardinero solitario en un planeta resbaladizo. Un período de impotencia previo. Habían pasado tres años desde mi última experiencia genuina con una mujer. Al verla allí, rondando los cuarenta, con aquellas espléndidas piernas y una cara inteligente, el pelo castaño claro y una blusa blanca que favorecía sus generosos pechos, dejé de preocuparme al instante de ponerme al día con las noticias del mundo mientras cruzaba el país. Dejó de importarme lo que hubiera sucedido en materia de política, guerra, energía, espectáculos o catástrofes durante mi ausencia; quería compartir cama con aquella mujer. Llevaba en el vagón unos treinta segundos y ya estaba enamorado.

Las pequeñas patas de gallo. ¡Qué hermosura! Su espalda recta, su trasero sólido y firme bajo la falda. ¡Espléndido! Cigarrillos de marihuana L&M en cajetilla dorada y un mechero a juego colocados con seguridad en la mesita junto a su asiento. *Quel délicatesse!* Pidió un pernod con agua en voz baja y echó un vistazo rápido por el vagón, haciendo una ligerísima pausa donde yo estaba. ¡Dios mío, cómo me encantan todas esas cosas que hacen las mujeres! ¡Lo que me llega a gustar una mujer neoyorquina civilizada que viste bien, tiene una voz cálida y sabe pedir una bebida en un tren! Deberían erigirse monumentos a tales mujeres. A tomar por saco los generales, almirantes, presidentes, artistas y mesías; una mujer civilizada y adulta con educación y un trasero firme vale más que todos ellos.

También me daba miedo. Cincuenta y tres años, pirata, y ya me estaba entrando el pánico al darme cuenta de que si quería que sucediera algo entre nosotros tendría que provocarlo yo. He perdido a mujeres hermosas frente a cualquier mindundi por culpa de este miedo, me he quedado paralizado como un tonto porque en el fondo temía no ser deseado y he permitido que un vendedor de seguros bobo, calvo y aburrido se marchase del brazo de una mujer que me he pasado una hora admirando. Y tanto. Por muy relajado que se me vea entre actrices y coristas, puedo convertirme en un preadolescente tartaja en cuanto salgo al mundo real. Y, joder, soy un multimillonario apuesto y un corderito a la hora de hacer el amor; un amante delicado y afectuoso cuando no me atormenta la impotencia psicosomática.

Todo aquello bullía en mí antes de que llegase mi café, antes de que el tren empezara a moverse. Un minuto a lo sumo. Sabía que era mejor que me diera prisa antes de que las cosas se complicaran aún más. Antes de que aquel vendedor de seguros entrase y se sentara a su lado.

Me levanté y fui hacia ella, lo suficientemente rápido como para no sentir mi falta de aplomo.

—Hola —dije—, me gustaría tomarme el café contigo. Está a punto de llegar.

Traté de no pensar en mi camisa roja, mis anillos, mi barba teñida.

Me miró sin ningún signo de alarma y sentí que se me aligeraba el corazón de inmediato.

—Claro —contestó.

Me senté con sorprendente naturalidad y me presenté como Ben Jonson, usando el nombre de mi Benjamin favorito en las artes. Ella era Sue Kranefeld, profesora de historia en Berkeley.

—¡Estupendo! Puedes contarme lo de las guerras púnicas y por qué Alejandro Magno no vivió más tiempo.

—Me especializo en historia estadounidense —dijo, y con eso pareció zanjar el tema.

Tal vez pensó que yo estaba siendo irónico, pero lo decía en serio. Aprendí mucho sobre el comunismo escocés gracias a Isabel.

Su pernod y mi café llegaron al mismo tiempo y, justo cuando me lo servían, el tren salió de Grand Central.

—La verdad es que me encanta esto —comenté—. Me encanta emprender un viaje. Creo que podría pasarme toda la vida haciéndolo.

—¿Viajas mucho?

Se puso agua en su pernod y lo observamos mientras se enturbiaba.

Me entraron ganas de contarle que acababa de regresar de las estrellas, surcando años luz de vacío, pero respondí que viajaba siempre que podía y que me dedicaba al diseño de centrales eléctricas de carbón y madera. Normalmente no me gusta mentir, pero, en un tren, mentir es parte del ambiente.

Ella se animó.

—Eso me interesa. He estado en Nueva York investigando el pánico de los invernaderos de los años veinte, y tiene mucho que ver con el carbón.

—Sí —respondí, contento de tener algo en común de lo que hablar un rato.

Su perfume olía a camelias. Aquella voz suave era realmente espléndida, flexible como una galleta de avena. Tenía un aire de maestra, pero ¡qué agradable! Y cuánto me excitaba. Lo que yo quería decirle, evidentemente, era: «Me encantaría follar ahora mismo, si no te importa». Y lo habría dicho, de haber pensado que tenía alguna posibilidad. Dado que no la tenía, tuve que decir otra cosa, y me decidí por lo siguiente:

—El negocio del carbón sería muy distinto si lo hubieran planificado bien. No había necesidad de bombear toda esa sopa negra al exterior.

Hablar por hablar.

—Fueron codiciosos —dijo ella—. Cuando empezaron a calefactar y a mover ascensores con carbón en la década de los veinte lo hicieron a gran escala. Murió gente. Murieron cosechas. Probaron con filtros y precipitadores, y el ganado fenecía en los campos. Ahí comenzó el efecto invernadero.

Aquello estaba poniéndome nervioso y no tenía claro cómo detenerla. Había adoptado un tono profesoral y me estaba impartiendo una lección. Me la imaginaba dándole la vuelta a sus fichas mentalmente.

—El uranio habría sido menos peligroso —dije indeciso, con la esperanza de que no supiese nada sobre uranio—. Incluso el plutonio.

—Claro —replicó ella como si fuera un estudiante retrasado—, pero Denver llegó en el peor momento.

—Justo antes de unas elecciones —dije.

—¿Trabajas para la mafia?
—Trabajo para Belson Mines.
—Oh. ¿Le has visto?
Su voz, gracias a Dios, abandonó el aula y regresó a nuestro vagón. Fuera, detrás de su preciosa cabeza de pelo castaño, había más árboles y menos edificios de apartamentos en ruinas.
—Claro —dije—, un montón de veces.
—¿Qué opinas de él?
—Creo que tiene buen fondo.
Ella se quedó pensativa un momento y se acabó su bebida.
—¿Quieres un poco de mi café? —dije. Tenía una jarra grande allí en medio.
Ella negó con la cabeza.
—No.
Y llamó al camarero para pedir otro pernod. Me serví otra taza de café.
—¿Qué piensas tú del señor Belson? —dije con toda la naturalidad de la que fui capaz.
Ella se encendió un porro y miró por la ventana.
—Es un hombre atractivo, pero parece… frenético, por lo que he leído. Y tonto.
—Suena bastante acertado —dije—. Sé que tiene buen corazón.
Se giró y me miró.
—Creo que se parece un poco a ti, a juzgar por las fotos. ¿Sois parientes?
—Primos. Me gustaría invitarte a comer a las doce. ¿Te parece?
—Claro.
Me sonrió amablemente.
Por la ventana se veían campo, árboles y un cielo azul. El tren se bamboleaba eróticamente y mi pelvis también. *Qué coño,* pensé, y dije lo que quería decir.
—La verdad es que eres una mujer guapísima.

Lo siento, Isabel.

—Gracias —contestó Sue.

Tenía unas pecas claras en los brazos y ni una sola arruga en ninguna parte. Le habría besado cada una de aquellas pecas. Me juré entonces que lo haría, quizá mientras cruzábamos Pensilvania.

Miré de reojo a los curas; uno tenía la mano en la rodilla del compañero y se inclinaban el uno hacia el otro con gran intimidad. Qué coño. Para eso están los trenes.

Se tomó otra copa antes del almuerzo y me preocupó que el alcohol pudiera convertirse en un problema, pero solo bebió una copa de vino con su quiche de espinacas. Teníamos el vagón comedor para nosotros solos y, durante el postre, extendí la mano y cogí la suya. Se inclinó hacia mí y dijo:

—No puedo esperar hasta esta noche para irme a la cama contigo.

—Muy amable, señorita —dije.

Pero estaba nervioso de repente. Qué horrible sería que no se me levantara después de todo aquello. Me vino a la mente la idea de que una dosis de morfina me vendría bien, pero con esa ocurrencia también vino un destello de lucidez poco común: la única forma de salvar la situación era contarle la verdad sin dilación.

No había nadie sentado cerca. Me incliné un poco hacia adelante y le dije:

—Sue, me da vergüenza decir esto, pero tengo un problema sexual. —Ella me miró—. La última vez que me acosté con una mujer fue hace más de un año y tuve un gatillazo.

Ella había adoptado una actitud un poco distante y se encendió un cigarrillo.

—Ben, eres un hombre muy atractivo y me gustas. Pero no me gustan las complicaciones ni los bochornos.

—Sue —dije—, a mí tampoco. Pero no será ni complicado ni bochornoso.

Ella debió notar el regocijo en mi voz. Sentado allí mismo en el vagón comedor con un par de platos de postre entre medio, viéndola encenderse un porro de marihuana verde y cerrar luego su pequeño mechero, observando las pecas de sus brazos y la dulce curva de su cuello y oliendo su perfume, sentí la respuesta inconfundible y eufórica.

Me incliné hacia adelante y dije:

—¡Aleluya, Sue! ¡Tengo una erección!

Ella sonrió distante.

—Es primera hora de la tarde, Ben. He traído un libro que necesito leer…

—Vamos, Sue. —Me levanté con cuidado, un poco encorvado al principio—. Volveré por ti en unos dos minutos.

Encontré a un empleado del tren, le di un billete de cincuenta dólares y le dije que hiciera la cama en mi compartimento. Luego volví al comedor. Sue estaba bebiendo lo que parecía un doble de bourbon. Por un momento, el recuerdo de mi madre de pie en el fregadero con un martini, de su rostro arruinado, estuvo a punto de frenarme en seco. Pero me recompuse. Mi miembro, aunque disciplinado por la necesidad de recorrer de un extremo al otro los pasillos del tren, seguía vivito y coleando y listo para volver a unirse al resto de mi cuerpo. Me acerqué a Sue, me incliné hacia donde estaba sentada y la besé cálidamente en la mejilla. Luego en los labios. Ella me devolvió el beso con algo de cautela. Tenía razón: era bourbon. Su boca sabía a bourbon y eso me electrizó los huevos de una manera especial. Estaba listo para la violación, el éxtasis, las lágrimas. Y, en efecto, ella se levantó y recorrió conmigo dos vagones de ferrocarril hasta que entramos en mi compartimento. Y, en efecto, la sábana estaba abierta blanca y pulcra como pocas cosas. Había un pequeño jarrón con tres claveles rosados en el lavabo; las cortinas de encaje atenuaban la luz de las ventanas. Enseguida nos habíamos quitado la ropa. Podría haber gritado de orgullo por mi querido miembro; podría haber colgado de él nuestra ropa.

Lo único que puedo decir es que aquello fue de lo más fácil que he hecho en mi vida, tan fácil como beber agua fría en un día caluroso. Dios, qué mujer más encantadora y relajada. Un poco borracha, pero pensé: *¿Y qué, si es lo que ella necesitaba?* Hicimos en la cama todo lo que se nos pasó por la cabeza. Se disolvió el peso de mi espíritu inquieto, en parte era un peso que ni siquiera sabía que estaba allí, y al acabar fue como encontrarse en gravedad cero allí tendido. En caída libre. Ojalá pudiéramos vivir toda nuestra vida en instantes como ese. Al fin abrí las cortinas, después de dormitar ambos un rato, y copulamos al anochecer mientras las colinas de Pensilvania pasaban bajo una luna de agosto.

Al día siguiente Sue tenía resaca y vomitó en el pequeño lavabo. Por lo visto, se había ido al coche salón mientras yo dormía y se había pasado tres o cuatro horas bebiendo antes de acostarse.

—¡Qué locura! —dije, exasperado por su aspecto y por el ruido que hacía en el lavabo. Tenía el pelo sudado, y a la luz de la mañana pude ver un michelín que le sobresalía de la cintura. Tenía venas azules en las corvas.

—Soy alcohólica, Ben —me dijo mientras se lavaba la cara.

—No me lo puedo creer —dije—. Estás en demasiado buena forma para ser una borracha.

—Es que empecé hace solo un año. Después de divorciarme.

—¿Cómo te encuentras? —le pregunté.

—Tengo un dolor de cabeza terrible.

—Puedo solucionarlo —le dije, y saqué uno de los sobrecitos de mi maletín—. Toma. Disuélvelo en un vaso de agua.

Obedeció. Se secó la cara y siguió hablando.

—No llegué a tener un orgasmo con mi marido hasta que empecé a emborracharme.

Me quedé mirándola. Después de un minuto se sentó en la cama y suspiró. Ambos guardamos silencio. Entonces dijo:

—¡Oye! Se me ha ido el dolor de cabeza.

Su voz parecía más animada, y con la cara recién lavada y peinada volvía a tener buen aspecto.

Me lavé, me vestí y desayuné en silencio mientras ella se tomaba un *bloody mary*. El paisaje matutino por la ventana empezó a levantarme los ánimos. Los problemas de Sue eran sus problemas; ella no me había supuesto un problema en lo que nos interesaba. Pedí más tostadas y café y recité una oración silenciosa de agradecimiento hacia Fomalhaut.

Al mediodía pidió un par de tragos, esta vez martinis, y para la una ya estábamos en la cama de nuevo. Por un instante temí el fracaso, pensando que tal vez necesitaba la fuerza de la abstinencia para impulsarme. Pero el miedo se disipó con el saludo de mi cómodo miembro. Ser hombre es algo extraordinario y maravilloso.

Durante el almuerzo, a las dos y media, habló de que el carbón, si se minase y distribuyese correctamente, podría abastecer de energía al mundo entero. Asentí sin entrar en detalles de lo que yo sabía sobre el tema (bastante más que cualquier profesor). El efecto invernadero era una molestia ínfima en comparación con las peleas entre las familias de la mafia. Estábamos en el siglo XXI, por el amor de Dios. Pero la mafia funcionaba igual que lo habían hecho la General Motors y la Iglesia católica en el siglo XX. Era una asamblea de burócratas guiados únicamente por su lealtad a la institución.

Bueno, gente así gobernaba el mundo en la Edad Media. La gente que lo gobierna ahora no es muy distinta. Las leyes de la Iglesia significaban más para la Iglesia que la felicidad de la humanidad. La mafia, ídem. La General Motors, ídem. ¿Belson Industries, ídem? Sí, a veces. Una corporación es más inteligible que la vida: uno puede aprenderse más fácilmente sus reglas y vivir de acuerdo a ellas.

Empecé a hablar.

—El problema del carbón, Sue, es que es pesado y sucio. Es difícil sacarlo del suelo y es difícil enviarlo donde se necesita. Puedes gasificarlo o triturarlo y mezclarlo con agua y enviarlo a través de tuberías, pero las tuberías son una invitación al sabotaje. Hace treinta años, durante las guerras de pandillas, se cortaron tuberías como quien corta lazos navideños.

Me di cuenta de que estaba hablando con más vehemencia de lo que pretendía. ¿Por qué puñetas estaba cabreado?

Ella me había escuchado atentamente, con un libro abierto en su delicado regazo. Yo estaba apoyado contra el respaldo verde de mi silla gesticulando con el puro. No llevaba los anillos porque me tenían harto.

Cuando concluí, Sue se inclinó hacia adelante y me preguntó en voz baja:

—Ben, eres Ben Belson, ¿verdad?

La miré fijamente.

—¿Y eso por qué?

—Bueno, para empezar, llevas el pelo teñido. Me di cuenta anoche. Y hablas como un magnate.

Lo pensé un momento y estuve a punto de decir que era más pirata que magnate, pero ¿de qué coño servía ponerse a la defensiva?

—Vale —convine—. Pero, por el amor de Dios, no se lo cuentes a nadie. Soy un prófugo.

Ella se rio.

—¿Un prófugo? Qué manera más pintoresca de hablar. ¿Es que el Gobierno te ha declarado proscrito o algo así?

—Me ha declarado pirata. Me han quitado la ciudadanía y me han convertido en un pirata. Ha sido L'Ouverture Baynes, el muy hijo de puta.

—Yo voté a Baynes para presidente —dijo ella.

—No deja de ser un hijo de puta. —Bebí un poco de café, cabreado—. Yo también le voté. Para que la cuña apriete, tiene que ser del mismo palo.

—Exacto.

—Pues sí —dije mirando la bebida que tenía Sue delante. Llevaba desde el desayuno dándole vueltas a una idea—. Oye, ¿para qué vuelves a California?

Ella cerró su libro y le dio un sorbo a su copa.

—Para escribir sobre mi investigación. Necesito publicar.

—¿Tienes que dar clases?
—Tengo seis meses de excedencia.
—Pues mira, yo tengo dos intereses en la vida: el crecimiento espiritual y la resurrección económica. Voy a Columbus para ganar dinero, para poder arrebatarle a Baynes mi nave espacial. Si te quedases conmigo, podría continuar mi crecimiento espiritual.
Sue arqueó las cejas.
—Déjame pensarlo bien, Ben.
—Claro.
Bueno, yo también necesitaba pensarlo. Un problema era Ruth, mi pelirroja y maternal piloto espacial. Elegí Columbus y Lao-tzu Pharmaceuticals en parte porque Ruth vivía allí y tenía la idea de quedarme con ella un tiempo. Y el hermano de Ruth era Howard, el biólogo molecular, cuya ayuda necesitaría antes de ir a ver a aquellos astutos chinos. Ruth me tenía cariño, y yo le tenía cariño. Me preocupaba qué ocurriría si apareciera en Columbus con una nueva pareja.
¿Por qué complicar tanto las cosas, como diría Anna? Como diría Isabel. Como pronto diría Sue. Orbach no hizo esa pregunta; la respondió. La razón por la que complicas tanto las cosas, Ben Belson, es que estás tratando de conseguir el amor de tu madre y la atención de tu padre. Como ambos están muertos, es complicado de lograr. Tenía que admitir que algo de verdad había en eso; hay metas más simples en la vida que sacudir a los muertos de su sueño.
De pronto, Sue se pronunció.
—Pues sí, Ben. Me gustaría quedarme en Columbus contigo.

De mutuo acuerdo, Sue y yo nos separamos un rato. Encontré un ejemplar de *Newsweek* y leí su sección de energía. Otra vez había un artículo sobre el plutonio, esa maligna sustancia transuránica. *Newsweek* admitía que Buenos Aires había caído en la trampa, pero afirmaba que el plutonio estaba ahora guardado bajo llave. Hablaban de los reactores reproductores chinos y de toda la energía barata disponible en los almacenes, pero no mencionaban lo que un microgramo de plutonio podía hacerle a un pulmón humano.

Había otro artículo de *Newsweek* lleno de falsas esperanzas sobre la distribución del carbón. Yo sabía demasiado bien cómo se movía el carbón como para tener fe en ello. Si Estados Unidos se recuperaba, sería a base del uranio de Juno, que nos daría energía para el próximo milenio y más allá. Percibía su poder con la misma claridad con la que sentía mi potencia sexual.

Eso me hizo volver a pensar en Sue. Me miré el reloj. Debíamos llegar a Columbus en veinte minutos. Dejé la revista y regresé al coche salón para buscarla. La había dejado leyendo en el comedor. No estaba allí. No había nadie más que los dos sacerdotes, que seguían en conversación susurrada, la mano de uno en la rodilla del otro.

Me dirigí rápidamente hacia el coche cama, abriéndome paso entre un par de maleteros; empezaba a enfurecerme lo que estaba seguro de encontrar. Y lo encontré.

Cuando abrí la puerta de nuestra habitación, la olí. Me entraron ganas de recoger uno de sus zapatos tirados por el suelo y golpearle en la cara con el tacón. Estaba tirada en la silla hecha un desastre, con la cara roja y arrugada, completamente borracha. Podría haberla despertado, pero ni lo intenté.

CAPÍTULO 13

Dejé a Sue en el tren y no me sentí culpable. Si eso era lo que quería hacer con su vida, era asunto suyo; yo no estaba dispuesto a bailarle el agua a una fracasada, responsabilizarme de despertarla, darle su endolina, arrastrarla conmigo a Columbus y escuchar sus disculpas. Ella sabía lo que yo quería de ella, y yo empezaba a ver qué era lo que quería Sue. Unos años atrás me habría lanzado de cabeza, pero ahora no.

En la estación fui directamente a un teléfono público, saqué de mi cartera el dólar para una llamada local y el papel que Ruth me había dado a bordo de la *Isabel* con su número de teléfono y su dirección, y me quedé unos segundos con la cartera desgastada y el papel en una mano. En la otra, el pequeño dólar de latón. ¿Qué hacía abandonando a una mujer y lanzándome a otra? En aquella estación de trenes mal iluminada en Columbus, Ohio, a más de cien kilómetros del pequeño pueblo donde nací, empecé a recordar mis noches en Belson. Me hormigueaban los hombros y las corvas con el recuerdo de la hierba estableciendo su conexión interestelar con mi yo físico. Notaba sensibles los talones; recordaban las raíces que los habían penetrado. Me salió un suspiro de lo más hondo y vi a una anciana que estaba junto a mi vidífono dar un pequeño respingo y volverse para mirarme alarmada un momento. ¿Acaso volvía a tener pinta de san Juan Bautista? ¿Había suspirado como una bestia borracha, tal y como decía Isabel que suspiraba en sueños?

Aquí estaba, a punto de embarcarme en otra dudosa aventura sexual, a punto de jugar con la vida de una persona que había mostrado más preocupación por mí de la que yo había mostrado por ella, que tal vez me amaba en secreto, quién sabe, y yo iba a efectuar aquel movimiento cuestionable mientras tomaba las medidas necesarias para encontrar a Isabel, ganar dinero, sacar el uranio de mi nave espacial y alejarlo de L'Ouverture Baynes. Todo esto sin acabar en la cárcel. ¿Qué estaba haciendo? ¿Dónde estaba mi calma de Belson, mi paz de Belson? Me miré la mano. Me temblaba. Volví a meterla, junto con la billetera, el papel de Ruth y el dólar, en el bolsillo. Me alejé del teléfono, salí de la estación y me interné en la llovizna de Ohio.

Caminé cinco manzanas hasta el Hotel John Glenn. Cuando llegué estaba empapado y dejé un reguero de gotas de agua por la alfombra azul del mostrador mientras me registraba. El recepcionista me miró. Lo ignoré y firmé, pensando en las noches de Belson.

Salí por un momento de aquella ensoñación cuando me preguntó si prefería una habitación con calefacción, explicando concisamente que el John Glenn contaba con un espléndido horno de carbón nuevo. Capté en su voz una insinuación de que no me lo podía permitir. Tampoco es que fuese precisamente una inferencia desatinada, teniendo en cuenta mi desaliño y mi falta de equipaje; pero cabrones como este no tienen por qué hacer sentir incómodos a sus clientes.

Como no respondí de inmediato, dijo:

—Quizá prefiera una de nuestras individuales sin calefacción, con mantas gruesas.

Lo miré.

—Venga, hombre. Quiero una suite y quiero calefacción. —Mi voz era ronca.

Se limitó a observarme.

—¿Cuál es su mejor suite?

—Tenemos la Galería Neil Armstrong en el tercer piso…

—¿Qué es una galería?

—Tres habitaciones y una terraza.

—¿Tiene calefacción?

—En todas las habitaciones.

—Me la quedo.

Estaba sobrevalorada, y el sofá gris del salón tenía manchas de café en los reposabrazos, pero había sitio para moverse y un salón cocina de los que a mí me gustan. La bauticé como la Sala de la Hierba Belsoniana y decidí usarla para la meditación.

Tuve que quitarme la ropa mojada y no tenía nada seco. La suite estaba cálida, así que me desnudé, escurrí la ropa, la colgué en la barra de la ducha en el cuarto de baño y me paseé descalzo. Resultó reconfortante; me transportó a mis noches en Belson.

Había una alfombra oriental debajo de la mesa del comedor. Empujé la mesa contra la pared y me tumbé desnudo boca arriba en la alfombra. El suelo estaba caliente y la alfombra era gruesa, con un ligero olor a humedad. Al rato volví a sentir el hormigueo en la espalda que había notado en la estación de tren, del cuello a los talones. Las voces confusas en mi cabeza y la ira que había empezado a acumular mientras me registraba en el hotel empezaron a abandonarme. Acabé por quedarme dormido.

Desperté entrada la tarde y me quedé allí sopesando el estado de mis asuntos durante un rato. Lo primero que necesitaba era dinero. Más efectivo para complementar lo que Myra me había dado, y luego ya una suma cuantiosa. Me levanté del suelo y fui al baño a revisar mi ropa. Seguía húmeda. Fui al vidífono junto al sofá del salón y ajusté la lente en un primer plano para que no se me viera desnudo. Me senté, toqué el interruptor del teléfono y le dije que me conectase con un banquero que conocía. Su teléfono de casa. De hecho, trabajaba para mí, ya que poseía alrededor del cuarenta por ciento de su caja de ahorros y préstamos. Y me debía un favor.

Con el pelo teñido y la barba no me reconoció. Me identifiqué, le dije que guardara silencio sobre mi presencia en Ohio y que me transfiriera medio millón en billetes grandes de su caja de ahorros y préstamos. Para rellenar la riñonera.

—Pensaré en algo sobre lo que darte una hipoteca, Gordon —le dije—. Trae documentos.

Gordon carraspeó y pareció adoptar una actitud humilde.

—Señor Belson —dijo con algo de la arrogancia soterrada que el recepcionista del hotel había mostrado conmigo—, no estoy seguro de que esté en mi mano. Por mucho que desee complacerle…

—A mí sí que va a complacerme sacarlo a hostias del negocio de los préstamos por los restos, imbécil de los cojones —repliqué—. Tráigame esos billetes mañana por la mañana o va a acabar barriendo calles para ganarse la vida. —Mediocre presuntuoso. Era uno de esos tipos estilo Warren G. Harding, con canas en las sienes y modales paternalistas. Probablemente más joven que yo. Pídele que infrinja una ley y se convierte en un catequista—. Traiga ese dinero en persona. Si no lo hace, dese por arruinado.

Se hizo un breve silencio. Lo miré fijamente y me dejé invadir por la rabia.

—Lo siento, señor Belson…

Su voz sonó quejumbrosa.

—Olvídelo —dije—. Le veo mañana a las diez.

Me sentía legitimado, dispuesto a vituperar la estúpida avaricia y las conductas impropias en general.

Gordon parecía aturdido; de repente yo también me sentía un poco aturdido.

—Nos vemos por la mañana —dije y colgué.

Luego volví a cruzar el comedor y salí a la terraza. Resultó ser un recuadro de permoplástico de dos metros y medio por dos con una alfombra de césped artificial. Pues vaya con Neil Armstrong. Como la frasecita esa del primer paso. Qué poca sensibilidad. Tenía menos vida la frase que aquel césped artificial. Al menos yo había anunciado los primeros pasos humanos en Belson con un alarido y un brazo roto.

Pero ¿dónde estaba mi paz, mi paz de Belson? Me temblaban las manos de rabia. La llovizna se había calmado, pero no me quedé en la terraza. Había empezado a pensar en Neil Armstrong y en aquellos descendientes insulsos de sonrisa falsa como él, que cada vez tenían más poder en el mundo. El Hotel John Glenn... John Glenn había orbitado como un feto hace cien años, agazapado en el vientre de la ballena más por motivos publicitarios que por razones de ingeniería, y la gente de Ohio le había permitido promulgar leyes para todos. Qué despropósito. ¡Menudo presagio! Tal vez lo habría votado por ser un piloto de pruebas sensato de mediana edad antes del circo de la NASA, pero no por sus órbitas, aquellos movimientos de peón en el juego impío que mi país estaba jugando con Rusia en aquel momento. ¡Qué idiotas éramos y qué peligrosos, con nuestras armas y nuestra paranoia!

Aquellas cavilaciones sobre Estados Unidos y sobre su larga tradición de locura no me estaban haciendo ningún bien. ¿Por qué estaba tan cabreado? Me picaba la nariz. Me estaba resfriando.

Los pantalones cortos del cuarto de baño, unos pantalones azul cielo que había usado en el viaje de ida y vuelta hasta la mitad de la Vía Láctea, estaban lo suficientemente secos como para ponérmelos porque los había colocado sobre un radiador siseante. Me duché con rapidez, me enfundé los pantalones y fui al vidífono del salón con determinación renovada. Por un instante me entraron ganas de llamar a Ruth, pero me lo quité de la cabeza. Le pedí a la máquina que me diera el número de su hermano. Lo conseguí al primer intento.

—Howard —le dije—, tenemos que vernos, y no le vayas a decir a nadie que estoy en Columbus.

*

Para cuando Gordon llegó a mi habitación con el dinero, yo me había serenado un poco. Intentó mostrarse animado y amigable, pero no me lo tragué. Firmé un préstamo hipotecario con él por una casa que tengo en Key West y lo mandé a paseo. Luego embutí lo que pude del dinero en la riñonera, enrollé el resto con habilidad de tahúr y me lo metí en los vaqueros. Cuando me puse el cinturón fue como ajustarme una cadena de bicicleta alrededor de la cintura, pero no conozco mejor manera de transportar activos líquidos. Para trincármelo tendrían que partirme en dos.

Howard llegó pocos minutos después de que Gordon se hubiese marchado y lo recibí con un abrazo. Me alegraba de volver a ver a alguien de la *Isabel.*

—Bueno, capitán —dijo—, te veo sano, pero me gustabas más rubio.

—A mí también. Espera, que te traigo una copa.

Serví un par de copas de vino chino. El salón tenía una chimenea falsa y un par de sillones rojos de respaldo alto; nos sentamos frente a frente.

—¿Te volviste a casar, Howard? —le pregunté.

Él negó con la cabeza lentamente.

—Después de que la nave aterrizase en Florida y el tribunal nos dejase libres me emocionaba la idea de encontrar una nueva esposa. Me sentía… —Estaba encorvado sobre su copa de vino y la sostenía con ambas manos—. Me sentía como un marinero llegado al puerto, no sé si me entiendes. —Apuró el vino—. Pero no pasó nada.

—¿No conociste a ninguna mujer?

—Cuando lo pensé bien, me pareció demasiado lío para nada. Cogí el autobús a Columbus. —Sonrió avergonzado—. Supongo que me estoy haciendo viejo. —Me lo quedé mirando—. Tengo cuarenta y cuatro años.

Me entraron ganas de aporrearlo con uno de los troncos artificiales, pero no hice nada. El pobre llevaba seis divorcios a sus espaldas. A lo mejor sabía lo que se hacía.

Me levanté y fui al dormitorio. Cuando volví a mi silla le entregué un paquete.

—Howard, necesito que alguien competente analice esto.

—Parece droga —dijo él.

—Es endolina. Quiero saber si se puede duplicar.

—Conozco a la persona idónea. Un profesor de la Universidad de Ohio. —Sostuvo el paquete en la mano como si lo sopesara—. La endolina no tenía esta pinta en Belson.

—Di con una manera de concentrarla.

La conversación me tenía cada vez más irritado. Además, mi resfriado empezaba a empeorar. Me excusé nuevamente, fui al dormitorio a por un pañuelo y me soné la nariz con fuerza. Tenía la garganta irritada y me picaba la piel. Saqué otro paquete de endolina, tomé una pizca y me la tragué con el resto del vino.

—Capitán —gritó Howard desde la otra habitación—, ¿volvió a cantar la hierba?

Me fastidió la pregunta.

—Sí, una vez.

Asintió.

—Te quedaste por la hierba, ¿verdad? Para poder escucharla de nuevo.

—Quería fortalecerme.

—Eso podrías haberlo hecho en Juno.

—Mi estilo de vida puede llegar a ser muy autodestructivo.

Se rio como si le estuviera tomando el pelo, aunque desde luego no era el caso.

—¿Sabes una cosa? —dijo—. Yo también quería quedarme.

Me quedé en la puerta y miré unos instantes su cara triste y sus hombros encorvados. Se le veía viejo. Entonces pregunté:

—¿En Juno o en Belson?

—En Belson.

Ya, pensé, furioso. *Pues ponte a la cola.*

Desperté antes del amanecer con la sábana empapada en sudor y la nariz y la garganta como si me las hubiesen rellenado con estropajo. Tenía la cabeza como un bombo. Me levanté tambaleándome, me encontraba fatal. Tomé un poco de endolina con un vaso de agua caliente y luego me volví a la cama y esperé. Tras unos minutos, las frenéticas palpitaciones cesaron y noté que la fiebre disminuía, pero el barroco mundo de la víspera de una enfermedad envolvía mi espíritu.

Al final volví a dormirme, o algo parecido; di vueltas y me peleé con las sábanas, que parecían no querer alisarse ni a la de tres. Me recuerdo sentado en la cama en algún momento de aquella mañana, después de que hubiera salido el sol, gritando «¡Su puta madre, su puta madre, su puta madre!», tratando de que la sábana me tapara los dedos de los pies. «¡Su puta madre!» Alguien en el piso de abajo golpeó el techo, así que, furioso, me callé.

Dormí hasta las diez y me sentí mejor cuando desperté, de nuevo con las sábanas mojadas. Llamé al servicio de habitaciones y pedí cuatro huevos pasados por agua y un *bloody mary.* Luego me puse los vaqueros y la camisa roja, fui al salón y llamé a Lao-tzu Pharmaceuticals.

Me pasé como una hora de departamento en departamento hasta que pude hablar con alguien importante, es decir: con alguien chino. Era una vicepresidenta junior del Departamento de Desarrollo y adepta del Resurgimiento Cultural Nacional: Flor de Peral Loo. Una joven de unos treinta años, el flequillo negro sobre un rostro inescrutable como una bola de billar. Aunque tenía buena dentadura, hasta donde pude ver. Estaba sentado con las persianas bajadas y en penumbra para asegurarme de que no me reconocieran.

—Señorita Loo, me llamo Ben Jonson. Soy profesor de bioquímica en Stanford y he desarrollado una sustancia analgésica que creo que le interesará.

—Entiendo —dijo ella—. La División de Investigación de Lao-tzu International no está aquí en Columbus. Está en Bogotá.

Me estaba empezando a subir la fiebre de nuevo y por un momento estuve a punto de colgar y volver a la cama a beber *bloody marys.* ¡Malditas chinas estiradas! ¡Putos negocios! Pero me recompuse lo mejor que pude y traté de sonar encantador.

—Por supuesto, pero la investigación está completada. Solo hace falta que la pruebe. No se trata de investigación, propiamente.

—Lo siento, señor Jonson, no disponemos del personal ni del equipo en Columbus para hacer lo que usted dice.

—Mire, tienen un Analizador Shartz, ¿verdad?

—Tenemos varios.

—Eso es lo único que necesita por ahora. —Estornudé de repente—. Llevamos un año realizando pruebas en la universidad. Mata el dolor igual que la morfina y no es un narcótico.

—Señor Jonson, no estoy segura de que Lao-tzu…

—¡Vamos, señorita Loo! —exclamé—. Me parece usted una mujer inteligente. Esto le llevará media hora y puede suponer la píldora más rentable desde el Glandol, o el Valium de liberación prolongada. Desde Fergusson, por el amor de Dios. ¿Acaso le parezco un lunático?

—La verdad es que sí, señor Jonson —dijo Flor de Peral tajante.

Cuando me di cuenta, estaba mirando una pantalla de vidífono en blanco. Me había colgado.

—¡Hija de puta! —solté, y empecé a estornudar.

Luego el estornudo se convirtió en tos. Me levanté, fui al baño y tosí, estornudé y escupí copiosamente en el váter, deteniéndome de vez en cuando lo justo para gritar «¡Su puta madre!». El del piso de abajo golpeó de nuevo el techo. Me imaginé a un farmacéutico regordete y calvo pegando con un palo de escoba. Seguí tosiendo, inclinado y agarrándome el estómago. Me goteaba la nariz.

Al final la tos remitió. Llamé al servicio de habitaciones para pedir dos *bloody marys* y luego alcancé el botón de rellamada del teléfono para contactar con Flor de Peral de nuevo, pero me interrumpió otro ataque de tos. *Qué coño,* pensé, y llamé a Ruth.

Apareció con un aspecto dulce, rolliza y un poco despeinada. *¡La buena de Ruth!,* pensé, y mi corazón se enterneció al verla allí frente a mí.

Me miraba sin acabar de tener claro quién era, por lo visto.

—¿Ben?

—Exacto, Ruth —respondí afectuosamente, con una voz que delataba mi resfriado porque se me había taponado la nariz—. Estoy en Columbus.

Seguía mirándome. Luego, de repente, pareció casi atónita.

—Ay, Ben, pensaba que nunca te volvería a ver…

—Estoy en el John Glenn, Ruth. —Justo entonces llamaron a la puerta—. Espera un segundo. —Dejé el teléfono y fui hacia la puerta, la abrí y cogí la bandeja de bebidas que traía el camarero. Saqué un billete de cincuenta de mi bolsillo vaquero, se lo entregué y volví al teléfono—. Ruth, no sabes cuánto bien me hace verte.

Me bebí de un trago uno de los *bloody marys* y resoplé.

Ruth parecía preocupada.

—¿Estás borracho, Ben?

—Estoy enfermo, querida Ruth. He cogido un catarro. Un catarro… interestelar.

Ella pareció aliviada.

—¿Quieres que te lleve sopa caliente? Salgo a trabajar dentro de veinte minutos, y podría pasarme por ahí…

—Ruth —la interrumpí—, quiero algo más que sopa. Me gustaría vivir contigo una o dos semanas mientras supero esto. Necesito conseguir una línea de vidífono mundial y necesito un juego de pesas… —Volví a estornudar—. ¿Cómo lo ves?

Ruth titubeó, empezó a decir algo. Luego reformuló:

—¿Estás bien, Ben? ¿Es que la policía...?

—Los he despistado, Ruth, como decían los periódicos.

—Ah. Ben, te veo extraño. ¿Conseguiste dejar la morfina? Estaba empezando a cabrearme de nuevo.

—Sí. Cambié mucho en Belson. ¿Puedo quedarme una semana en tu casa?

Me miró en silencio un momento. Luego negó con la cabeza.

—Ben, es demasiado tarde para eso. Vivo con un hombre. Puedo llevarte algo de comida y un médico si lo necesitas...

Aquello fue un revés para mi vanidad, pero logré disimularlo.

—Ya me las arreglaré, Ruth.

Ella sonrió con tristeza.

—Lo siento, Ben.

Después de hablar con Ruth, me tomé otro *bloody mary* y me recreé en la antigua melancolía de la infancia; luego me la sacudí de encima. Qué cojones, ya era hora de comportarme como un adulto. Basta de probar alternativas. Había negocios que atender y una Isabel que localizar. Presioné el botón de rellamada en el teléfono dos veces y volví a hablar con Lao-tzu.

—Por favor, quiero hablar con Flor de Peral Loo —pedí.

La cabeza de la pantalla desapareció y fue reemplazada por la secretaria de Flor de Peral. Me pasó con Flor de Peral con cierta reticencia.

Cuando me vio, pareció dispuesta a colgar de nuevo.

—La División de Investigación de Lao-tzu está en Bogotá, Colombia, señor Jonson.

Mantuve la compostura, aunque tenía ganas de lanzarle un cenicero a aquella cabeza sin cuerpo.

—Señorita Loo —empecé—, estaré en su oficina mañana por la tarde. ¿De verdad desea que visite primero a Parke-Davis?

—Mañana estaré reunida todo el día.

Su rostro era un modelo de antipatía impávida.

—Me pasaré de todos modos —contesté, y colgué.

La cabeza y los hombros desaparecieron de la pantalla.

Acto seguido me puse a dar vueltas por la habitación furioso, maldiciendo a China en general y a los burócratas chinos en particular. Lo que Lao-tzu Pharmaceuticals necesitaba era tener al frente a alguien como Arabella Kim, con su rostro arrugado y sus dientes manchados de tabaco. Eran aproximadamente las doce y quería hacer un par de cosas en Columbus (como conseguir un juego de pesas) antes de ir a Lao-tzu por la mañana, pero empezaba a verlo improbable. Aquel resfriado, o lo que fuera que tuviese, era de los malos. Me notaba pegajoso por el sudor y me ardían la nariz y la garganta. Tomé endolina y eso alivió el dolor, pero no hizo nada contra el catarro en sí. Sabía que lo que necesitaba era una transfusión de hierba belsoniana, pero eso era inviable. Me metí en la cama, apagué el puro en un cenicero, me puse una almohada sobre la cabeza y me quedé dormido. Mientras me iba durmiendo me pregunté un momento por Sue, ¿dónde estaría el tren cuando se despertó y vio que me había largado?

Me levanté entrada la tarde con fiebre, aturdido y ajeno al mundo. Sabía que estaba enfermo, pero también que solo era un catarro. Me preocupaba algo más profundo, una soledad antigua. Había instalado una línea mundial privada en la habitación, así que podía comunicarme con bastante seguridad por medio de microondas encriptadas con cualquier teléfono del mundo. Así podía hacer terapia. Me senté en la cama, recoloqué las sábanas, me volví a encender el puro y llamé a Orbach.

Orbach apareció con su habitual solemnidad.

—Hola, Benjamin —dijo—. Bienvenido de vuelta al mundo.

—Orbach, ¿puedes dedicarme una hora? Están pasando cosas.

Negó con la cabeza.

—Lo siento. Tengo a un paciente a punto de llegar. Puedo pasarte con mi sustituto…

—¡Orbach! —exclamé desesperado—. No quiero hablar con un ordenador. Dame veinte minutos.

Orbach me miró con tristeza.

—De verdad que lo siento, Benjamin —dijo—. Puedo darte hora para el mediodía del jueves.

—No quiero el jueves. Pásame con tu ordenador.

—Me alegra verte de vuelta sano y salvo, Benjamin —dijo el Gran Orbach.

Se oyó un ligero clic y la pantalla se volvió de un blanco lechoso. Luego, el altavoz emitió la voz sintetizada de Orbach.

—Hola, Benjamin. Podemos hablar, si te apetece.

—Pues claro.

—Suenas furioso —dijo la voz.

—Quisiera hablar con mi madre —dije torvamente. Por qué no.

—Tu madre está muerta, Benjamin.

—He oído que las máquinas podéis fingir.

—No conozco su voz —dijo la máquina—. Conozco partes de su personalidad, por tus comentarios en la oficina. Tal vez puedas ayudarme.

Asentí. No era la primera vez que me ofrecían la oportunidad de hacer aquello, pero la había rechazado porque se me antojaba demasiado retorcido.

—Para empezar, era una mujer. En cierto sentido.

—Vale —dijo la voz de Orbach, ahora femenina.

—Quiero que seas ella a los treinta y cinco años más o menos, cuando yo era adolescente. Su voz tenía un temblor nervioso. Nació en Columbus, Ohio, en 1987 y tenía acento de allí. Era una borrachuza narcisista y hacía por hablar con desenfado, pero siempre se le notaban el egocentrismo y la preocupación.

Se hizo un silencio y luego la máquina dijo, con una voz femenina apacible y temblorosa:

—¿Sueno ahora como tu madre, Benjamin?

—Se acerca bastante —dije con gravedad.

—Si tienes una foto, puedo ponerla en pantalla y animarla.

—No estoy seguro… —dije.

Pero estaba seguro. Fingí en un intento de engañar a la máquina. Llevaba la foto de mi madre en la cartera; hacía treinta años que la llevaba y nunca se lo había contado a nadie. Alargué una mano hacia la mesilla de noche, cogí la cartera, la abrí, saqué una tarjeta holográfica policromada y la apreté. Y allí estaba mi madre con un vaso en una mano y un cigarrillo en la otra, mirando a cámara con condescendencia. Fruncía el ceño a medio camino entre la ironía y la ansiedad. Necesitaba peinarse. La miré durante un buen rato, sin tener muy claro qué estaba sintiendo.

—Sostenla frente a la lente de visualización, por favor. —Era la máquina la que hablaba, pero me sobresaltó; había logrado parecerse mucho a la voz de mi madre.

Sostuve la foto frente a la pequeña lente en la parte inferior del equipo y, al cabo de un instante, el rostro apareció en la pantalla. Me recosté en la cama con la cabeza apoyada ligeramente en la pared, y le di caladas a mi puro. Me sudaban las palmas y tenía la boca seca.

—Hola, madre.

El rostro se movió de manera bastante natural, hablando.

—Hola, Benny —dijo.

Aquello era espeluznante. Me asustó.

—¿Estás borracha, madre?

—Lo justo —replicó—. Son las diez de la mañana.

—Ah —dije. De alguna manera, me había desinflado—. ¿En qué año estamos?

Miró el reloj. Mi madre siempre llevaba reloj, igual por eso yo nunca lo llevé hasta hace poco. Hasta que dejé a Isabel.

—Es 8 de junio de 2024. Y me encuentro fatal.

—Detesto verte beber y fumar así, madre —dije—. Me pone nervioso.

Me miró y luego dio una calada a su cigarrillo.

—No eres más que un niño, Benny. No tienes idea de lo mal que me siento. Y tu padre no ayuda…

Algo de mi cabreo iba volviendo.

—¿Alguna vez le has pedido ayuda?

—¿De qué iba a servir eso? No tienes idea de lo que es tratar con ese hombre...

—¡Joder, madre! —grité—. Nunca te has fijado, ¿a que no? Nunca me has visto tratando de conseguir que hable conmigo…

Y me callé, sorprendido al notarme la voz tan temblorosa como la de la mujer que tenía delante.

—De bebé te mecía en su regazo. Pero después, cuando te volviste ruidoso y siempre andabas con las uñas sucias…

—Madre, estás intentando echarme la culpa. Me cago en tu alma.

Ella soltó una risotada, una carcajada cruel y autoindulgente.

—Eras hiperactivo, Benny. Y ruidoso. Una criatura insufrible...

La miré diciendo para mis adentros: *Solo es una máquina, un ordenador en la oficina de un analista en la Tercera Avenida de Nueva York. Ni siquiera es su voz. No suena ni parecida, en realidad.* Aun así, me vi a mí mismo como un niño pequeño de uñas sucias, ruidoso e inquieto, y detesté al niño que veía, detesté lo que aquella voz mecánica me había dibujado tan descarnadamente.

—¡Madre! ¡Para ya!

Me miró y dio un sorbo perspicaz a la copa que tenía en la mano.

—Madre. —Oí el dolor en mi voz como si perteneciese a otra persona—. Solo era un niño.

Pareció no oírme.

—No debería haber tenido hijos.

—Yo no te pedí nacer —repliqué.

Rio, un poco más relajada esta vez, y apuró su bebida.

—Fuiste un incordio incluso antes nacer, Benny. Casi me arrancas el hígado con los pies. —Parecía pensativa—. Todo el embarazo así: eras un amasijo de pies y codos.

—¡Joder! —grité, sentándome en la cama. Se me cayó la sábana. Estaba desnudo frente a ella, con todo al aire—. ¡Joder, tú tenías que ser mi madre!

No sé cómo, se había agenciado otra copa —de ginebra, imagino— y le dio un largo trago.

—A decir verdad, Benny, fuiste un error. Bebí demasiado el día de la boda y me tomé el Fergusson que no era.

—¡Orbach! —le chillé a la máquina—. ¿Cómo vas a saber eso? No eres ella.

La imagen de mi madre seguía en pantalla, ahora inmóvil, y entró la voz de Orbach, sintetizada mecánicamente.

—Se puede inferir —dijo la voz con gravedad— a partir de tus recuerdos y sueños. La terapia no te manipula. Escuchas de boca de tu madre lo que tú mismo crees que es cierto.

Me recosté en la cama de nuevo y ya iba a echarme la sábana por encima cuando cambié de opinión. Me recreé unos segundos dándole unas profundas caladas al puro, y luego dije:

—Pónmela otra vez y deja que hable.

—Benny —dijo ahora mi madre con más alegría—, a tu manera eras bastante majo, pero nunca fuiste consciente de por lo que yo estaba pasando. Cuando tenía resaca me babeabas con tus besos e intentabas meterte en la cama conmigo por las mañanas. Y cuando tenías dos años andabas siempre abrazándote a la pierna de tu padre hasta que yo te arrancaba de ahí. No eras como los demás niños, con buenos modales y capaces de entretenerse por sí mismos. Siempre querías atención, y yo tenía mis propios problemas. Tu padre me ignoraba. Las esposas de los otros profesores de la facultad me marginaban. La vida era muy difícil para mí.

La observé con fascinación horrorizada, recordando cada una de aquellas frases tomadas de aquí y de allá. A medida que continuaba bebiendo y hablando, su rostro se iba volviendo más relajado y agradable. Parecía más joven, y de repente vi que sus pechos seguían firmes bajo su bata azul pálido, y no eran los pechos caídos de anciana de aquella noche en que la sorprendí sentada con las velas encendidas.

—Sé que he bebido un poco más de lo que se esperaba de mí para ser la mejor de las madres —dijo—, pero a otras madres sus esposos les ayudan un mínimo.

Ahora le echas la culpa a él, pensé. *La cosa es echar las culpas. Como yo con Isabel.* Me debatí un momento, perdido entre la confusión interna y mi madre parloteando en la pantalla. De todos modos, no era ella de verdad, solo una copia. *Y yo tampoco,* pensé. *Yo tampoco soy mi madre, pero en lo que es amor, voy por el mismo camino.*

—A mí me tocó criarte —dijo—. Él no movió un dedo. Ni uno solo.

—¡Madre —grité desde la cama—, no me vengas con monsergas! Podrías haberme querido de todas formas. Podrías haber dejado que yo te quisiera…

—Benjamin —dijo poniéndose firme—, tienes una erección. Tápate.

Bajé la mirada. Era cierto. Me quedé mirándomela unos instantes, deslumbrado. No me daba vergüenza; me fui empalmando aún más.

—Bueno —comentó con una voz incalificable, a medio camino entre la coquetería y la censura—, me alegra ver que eres normal. Es más de lo que puedo decir de tu padre a este respecto.

Me la quedé mirando en la pantalla.

—¡Cállate! —exclamé—. Por favor, cállate de una vez.

Se le empezaron a poner los ojos vidriosos.

—Benny, nunca sabrás lo que han sido para mí todos estos años. Dios sabe que lo he intentado. He intentado ser buena esposa y madre y a nadie le importo un pimiento.

—Madre, a mí sí me importabas. Intenté quererte y me apartaste, igual que papá. Menudo equipo de mierda formabais…

—No hace falta hablar así —replicó—. Has olvidado que te cuidaba, que te daba de comer…

—Eso no es así, madre —contesté—. Me dabas espaguetis Franco-American de lata. La mitad de las veces ni te molestabas en calentarlos. —La miré—. Estabas demasiado borracha.

Ella bajó la mirada hacia su regazo un momento y luego dio otro trago. Su voz se había vuelto grave y sus ojos parecían mirar hacia adentro, como aquella noche en el sofá, con las velas.

—Benjamin, puedes insultarme todo lo que te dé la gana con ese lenguaje soez, pero el caso es que soy tu madre y que lo hice lo mejor que pude contigo.

Me senté en la cama, notaba que me iba a estallar algo dentro de la cabeza.

—Ni fue lo mejor ni fue suficiente —dije.

Nos quedamos callados durante un largo instante, mirándonos. Caí en la cuenta, pasmado, de que ella era mucho más joven que yo. La belleza y la debilidad se combinaban en su rostro y anunciaban ya una ruina incipiente. Mi odio por aquel rostro no tenía límites; quería aplastarlo entre mis manos como un pomelo podrido.

A todo esto, mi miembro seguía erecto. Madre me miró unos segundos en una especie de contemplación chiflada y muda. Luego dijo:

—Yo te lavaba los bajos cuando eras pequeño y bonito, Benny. Cómo te gustaba.

—Madre —dije—, yo no era un juguete. Cuando me tuviste, Dios no te estaba dando algo para que te entretuvieras.

Ella sonrió levemente, engreída.

—¿Por qué se te ha puesto tan duro el pene, Benny?

—¿Tú por qué crees? —chillé sin poder evitarlo—. Por ti no es. Tú no eres nada.

Estaba sentado en la cama con los pies plantados en el suelo. Me incliné hacia delante de golpe y apagué el teléfono con una mano. Su cara, con aquella sonrisa engreída y coqueta, desapareció en el limbo electrónico que la había generado.

Me terminé mi puro despacio y volví a llamar a la máquina de Orbach. Ahora la pantalla estaba en blanco.

—Espero que te encuentres mejor, Benjamin —dijo la máquina con la voz normal de Orbach.

—No lo sé. No estoy tan enfadado.

—¿Y ves las cosas más claras?

—Sí. He tenido una erección mientras la miraba.

—¡Felicidades! —dijo la máquina—. ¿Te gustaría hablar con tu padre?

Cogí otro puro y lo sostuve unos instantes. Luego negué con la cabeza.

—Mi padre está muerto.

—Sí —respondió la máquina—, está muerto.

—Entonces yo creo que ya basta.

A la hora me había bajado la fiebre y tenía la cabeza despejada. Estaba oscureciendo y la lluvia había cesado. Miré el reloj. Las ocho en punto. Saldría hacia Lao-tzu por la mañana y antes necesitaba hacer algunas averiguaciones. Y tenía hambre.

Llamé al servicio de habitaciones para pedir una hamburguesa y un vaso de *ginger ale*. Luego llamé al único taxi local y lo reservé para las ocho de la mañana. Colgué, pulsé el botón «Biblioteca» en el vidífono y me puse a buscar toda la información disponible sobre Lao-tzu. Había bastante, la mayor parte en la Biblioteca Popular de Shanghái.

Encontré dos historias de la compañía que se remontaban a sus orígenes en un callejón de Nankín en el siglo XIX y libros sobre el fundador. Había informes anuales y folletos informativos de acciones en inglés y chino, y muchas obras misceláneas sobre el negocio de la droga en China. Lo puse todo en espera.

Siguiendo una corazonada, revisé Ciencias Políticas de EE. UU. y también di en el clavo: una película holográfica llamada *L'Ouverture Baynes: El hombre de su tiempo,* y un libro de la Universidad de Kentucky: *Campañas Políticas de Kentucky en los años 2050.* Mandé imprimir los textos de ambos.

Mi hamburguesa llegó en un plato de peltre con uvas, daditos de queso y aliño al roquefort con montones de lechuga de apariencia siniestra: era un sándwich del Renacimiento Papal, claramente. Firmé la factura, encendí la tele y cambié el canal para que reprodujese el material que tenía en espera en el vidífono.

Tiré la lechuga y me puse a comer mientras daba inicio una introducción al negocio ético de drogas en China. Salió una toma panorámica de Chang An en Pekín y multitudes de chinos sanos y prósperos. «¡Bienvenidos a China!», proclamó una voz edulcorada. Suspiré, di un trago de *ginger ale* y volví a llamar al servicio de habitaciones para pedir una jarra de café. Iba a necesitar mucha cafeína para tragarme todo aquello.

Justo cuando llegaba mi jarra de café llamó Howard para contarme que había recibido el informe sobre la endolina. No había forma de analizarla por completo y mucho menos de sintetizarla. Estaba encantado. Le agradecí su ayuda y le dije que tenía que ponerme manos a la obra. Luego le pedí al vidífono que seleccionase toda la información sobre analgésicos y la leyera en voz alta en inglés. Serví una taza de café y me acomodé en mi silla.

En Lao-tzu, por la mañana, el secretario de Flor de Peral me comunicó gélidamente que su jefa estaba en medio de una conferencia. Le dije que esperaría, me acomodé en un sillón y abrí mi ejemplar impreso de *Política de Kentucky*, que me había llevado específicamente a dicho efecto. Encendí un puro. Debían de haber pasado treinta años desde la última vez que alguien me hizo esperar a la puerta de un despacho, calentando silla como un vendedor de videosferas porno, pero lo llevé bien. Flor de Peral entró poco más de una hora después con un magnífico vestido color lavanda y tacones. Me vio sentado allí y desvió la mirada con estilo, a punto de entrar apresuradamente en su oficina. Buenas piernas.

Jugué mi mejor baza de inmediato: le hablé en chino, con los modales propios del Renacimiento Tradicional.

—Graciosa flor del arqueado peral —dije, y se quedó clavada en el sitio—. Me dirijo a usted indignamente y mi lengua forastera es torpe en el chapurreo de la suya. —En realidad, estaba hablando chino a las mil maravillas, y Flor de Peral, a juzgar por su expresión, era consciente—. Sin embargo, mi pobre discurso podría añadir riqueza a las arcas rebosantes del ilustre Lao-tzu.

—Tiene diez minutos —dijo Flor de Peral.

La seguí a su despacho con un paquete de endolina en la mano.

Tardaron cuatro días en hacer su primera oferta. Fue ridículamente baja, como les expliqué a Flor de Peral y a su jefe. A aquellas alturas ya habían averiguado quién era yo y estaban empezando a tomarme en serio. También sabían, cómo no, de lo que era capaz la endolina. La querían. Vaya si la querían. Solo de pensarlo notaba un cosquilleo en mis cojones capitalistas.

Duplicaron la oferta al día siguiente, y les comuniqué de nuevo lo que quería. Trescientos millones por los cincuenta kilos de endolina y la opción del cuarenta por ciento en importaciones.

Eso no lo aceptaron, como imaginaba.

Al día siguiente nos reunimos en una sala más grande, con tapices de seda gris. Había una persona nueva entre ellos, una mujer muy mayor con un vestido azul recién llegada en avión desde Pekín. Flor de Peral me la presentó como Tórtola Soong y supe de inmediato quién era.

Le hablé en chino.

—Me llena de orgullo dirigirme a la distinguida presidenta de la empresa farmacéutica más formidable del mundo.

Asintió sin sonreír.

—Pide usted demasiado por su endolina. Un dolor de cabeza es un dolor de cabeza. La aspirina ya cumple.

Eso era justo lo que quería. Sentí el corazón ligero. Es reconfortante comprobar que la investigación da sus frutos.

—Estoy por completo de acuerdo —repuse—. A menudo compro aspirina de Bayer, una buena compañía, o de Norwich, aunque esa empresa supera de sobra en ventas a Lao-tzu en toda Europa, Escandinavia y la Costa de Oro. Upjohn también ofrece una aspirina excelente y única que se encuentra en el doble de tiendas estadounidenses que el producto de Lao-tzu, por meritorio que este sea. Dan ganas de llorar al pensarlo.

Tórtola Soong me miró pensativa, con una copa de vino de ciruela en la mano. Flor de Peral y su jefa estaban sentados en el sofá. Yo en una butaca.

—También hay que tener en cuenta —comencé— esas compasivas ayudas para la artritis fabricadas con un analgésico como componente. Por desgracia, Tao, el ilustre remedio de nueve vías para la artritis, ha perdido millones de dólares frente a Anacin en los últimos siete trimestres. La nueva planta en Río de Janeiro para la fabricación de Tao se verá obligada a cerrar, a un coste bochornoso, si esta tendencia no se revierte. Se habla abiertamente de motines entre los operarios. Cabe preguntarse qué efecto podría tener añadir la endolina, en cantidades mínimas, a esta desafortunada competencia con Anacin. Luego hay que contemplar la anestesia ligera para cirugías menores, y el mercado hospitalario…

Tórtola Soong estaba encendiéndose un cigarrillo igual que lo haría Humphrey Bogart.

—Compraremos —dijo.

Me entraron ganas de abrazarla.

—¡Espléndido! —dije en inglés—. Firmemos los documentos aquí mismo mañana.

Tórtola Soong asintió y le dio un sorbo a su vino.

—Entiendo que actualmente no tiene la ciudadanía, señor Belson.

—Muy lamentablemente cierto —dije en inglés, todavía con las cadencias del chino en la cabeza—. Ahora mismo no tengo ninguna nacionalidad. —Titubeé—. Es posible que usted y yo estemos pensando lo mismo.

Gracias a mi investigación sabía que Tórtola Soong no solo era presidenta de Lao-tzu International; también formaba parte del Comité para la Ampliación del Pueblo. El Departamento de Inmigración.

—Es posible. ¿Le gustaría ser chino?

—Tórtola Soong, ¡es usted maravillosa! —exclamé—. Nos entendemos muy bien.

—Sí —dijo ella sin sonreír, con voz suave y ronca—. Estoy segura de que liberarse de cargas legales ayudará a sus planes. Nuestras embajadas protegen al pueblo, señor Belson.

—Ah, eso lo tengo claro —dije exultante.

Había planeado este objetivo, pero no estaba convencido de que fuese a funcionar. Siendo chino dispondría de abogados; podría usar todo un abanico de tribunales multinacionales y mundiales para recuperar la *Isabel.*

—Sí —dijo Tórtola Soong—. Así nuestro contrato quedará a salvo de la burocracia. Y de la publicidad.

—Estoy totalmente de acuerdo, Tórtola Soong —dije—. ¿Tengo que pasar algún examen? He leído a Confucio y las enseñanzas del presidente Mao. Tengo un par de caballos Qin junto a mi campo de croquet en Atlanta, y mi amada, Isabel Crawford, es maoísta.

Estaba eufórico y de un humor jocoso. Y la verdad es que me estaba cayendo bien Tórtola Soong, en cuyos ojos empecé a detectar diversión.

—No será necesario nada de eso —dijo Flor de Peral cortante—. No es más que una formalidad con el Comité de Ampliación, en Pekín. La República Popular no exige demostraciones por parte de sus futuros ciudadanos.

Tórtola Soong la ignoró y esbozó una sonrisa.

—Los caballos Qin suelen ser exquisitos. Me agrada su buen juicio.

—Gracias —dije—. Gracias por venir desde China.

Los formularios fueron enviados a Columbus por Transpacific Xerox, y a la tarde siguiente ya era chino. Firmé tres documentos en presencia de testigos, hice una reverencia ceremonial y prometí ser ordenado en la disposición de mi hogar. ¿Por qué no? Podría haber firmado mi nombre en letra, pero mi profesor de chino me había enseñado caligrafía y lo hice así, usando un pincel:

Me convertí en compatriota de Confucio y de Mao con unos cuantos trazos. El mundo es un pañuelo, siempre que conozcas a las personas adecuadas. Un Belson chino, nada menos.

Sin embargo, era consciente de que mi condición de chino favorecía que el contrato de la endolina fuera más seguro para ellos. Los documentos estuvieron listos justo después de los papeles de naturalización. Los firmé alegremente. Ahora no solo era chino, era un chino rico.

Después de salir de Lao-tzu con una tarjeta de plástico que me identificaba como ciudadano chino, mi taxi me llevó a la Sucursal de Shanghái del Banco del Pueblo, donde abrí algunas cuentas. Había recibido un cheque de diez millones de Lao-tzu, como muestra de buena fe y para que pudiera pasar el tiempo hasta que se completara la transferencia de fondos. El único obstáculo residía en cómo lograr que Lao-tzu obtuviera la endolina de la *Isabel.* No recibiría más efectivo hasta que eso sucediera. Dado que la República Popular tenía muchos representantes en Washington, y dado que ni siquiera L'Ouverture podía enfrentarse al Departamento de Estado en lo que a relaciones con China respectaba, confiaba en que la obtuvieran en una semana. Le había dicho a Flor de Peral dónde encontrarla en la cabina de la *Isabel.* No cabía duda de que Flor de Peral era de esa clase de personas que sabe hacerse con lo que le corresponde legítimamente.

De vuelta en el hotel, llamé a Londres; primero a un actor retirado que conocía y luego a una agencia teatral. No hubo suerte en ninguno de los dos casos. Tenía una filial de Belson Tile & Marble en Fleet Street. Llamé a su director y le dije que averiguase lo que pudiera sobre una actriz llamada Isabel Crawford. Le volvería a llamar la próxima semana. Sus ojos se abrieron de par en par al ver que estaba hablando directamente con su jefe.

—Por supuesto, señor Belson —contestó—. Pondremos todo de nuestra parte.

Una vez hube hecho todo lo que estaba en mi mano para encontrar a Isabel, llamé a George Kavanaugh, vicegobernador de Kentucky. Lo conocí cuando era bróker del carbón. Hablamos de Baynes, que estaba en campaña para las elecciones de noviembre.

—¿Es imbatible? —pregunté, tras las formalidades.

—Quizá —dijo George—. Su última victoria fue aplastante.

—¿Quién se postula en su contra?

—Mattie Hinkle. Demócrata liberal.

—¿Qué posibilidades tiene?

—Las de un chino.

—Ojo con lo que dices, George —repliqué—. A mí no se me puede hablar de los orientales de esa manera.

—Algunos de mis mejores amigos son chinos —contestó George.

—Te creo. ¿Cuál es el programa de Hinkle? ¿Qué promete?

George se rascó la cabeza.

—Joder, Ben, yo qué sé. Reformas, supongo. Debería intentar atacar a Baynes desde la izquierda. —De repente me miró fijamente—. ¿Tú no te escapaste de los marines o algo así, Ben? ¿En Florida?

—Fueron dos policías privados, George, y fue en Washington. ¿Desde la izquierda, has dicho?

—El desempleo podría valer. —Hizo una pausa y sonrió—. Madre mía, Ben, no paras. Betty dice que deberías hacer cine.

—No tengo tiempo, George. ¿Cómo puedo ponerme en contacto con la tal Mattie Hinkle?

—Prueba en Miyagawa & Sumo, en Louisville.

—Entendido, George. Gracias por la información. Y no le cuentes a nadie que te he llamado.

—Soy una tumba, Benny. De todos modos, ¿desde dónde llamas?

—Estoy alojado en un hotel. En Los Ángeles.

Miyagawa & Sumo era una agencia de publicidad. Me identifiqué como Aaron Fine, usando el nombre de mi amigo y contable. Les dije que representaba a una organización que respalda causas liberales. El hombre al teléfono era un empleado de la agencia a quien claramente el asunto le aburría.

—Tenemos sumas impresionantes a nuestra disposición, para candidatos clave —le expliqué con calma.

—¿Ah, sí? —Pareció más interesado—. ¿Puedo preguntar el nombre de su organización?

—Sumas del orden de cincuenta millones de dólares —dije.

Me miró y dejó su taza de café.

—Esa cifra es difícil de creer.

—¿Me ve cara de loco?

—No, señor…

—Mire, me gustaría hablar con Miyagawa o con Sumo.

—Están ambos en una conferencia —dijo por segunda vez. Esta vez parecía menos seguro.

—Bien —dije—, voy a colgar y a hacer que mi banco envíe un millón para la campaña como muestra de buena fe. Luego volveré a llamar y quiero hablar con ambos.

Colgué.

Llamé al Banco Popular y pedí que enviasen un millón a Louisville. En medio minuto saldría un cheque certificado por una ranura en el teléfono de la agencia. Volví a llamar y, efectivamente, estaba hablando con dos japoneses educados. Para entonces ya me había inventado una organización.

—Represento a los Amigos de los Pobres. Nos hemos interesado en la campaña de Mattie Hinkle.

Ambos asintieron juiciosamente y el más bajito habló.

—La señora Hinkle le agradece su contribución.

—No es nada. Lo que a los Amigos de los Pobres les preocupa en este momento es la postura de la señora Hinkle sobre el uranio inocuo.

—¿Uranio inocuo? —dijo el más bajito. Di por hecho que era Sumo.

—El uranio almacenado en la nave espacial en Washington. El uranio que el senador Baynes no va a permitir que se use en plantas de energía.

—¿Dice que es uranio inocuo?

—Se lo puedo explicar más adelante. Lo que nos interesa ahora a los Amigos de los Pobres es la postura de la señora Hinkle sobre ese uranio.

Ambos carraspearon un poco y luego admitieron que la señora Hinkle no tenía opinión sobre el uranio de la *Isabel.* Estarían encantados de que los ilustrara a ambos sobre el tema.

—Volveré a llamarles —contesté, y colgué.

A la mañana siguiente, Flor de Peral llamó para contarme que habían retirado la endolina de la *Isabel* y que estaba en la Embajada de China en Washington. Pregunté por Baynes.

—No se inmiscuyó —me dijo Flor de Peral con frialdad.

Estaba un poco más accesible ahora que yo también era chino, pero aún proyectaba mucho desagrado.

—¿Baynes no trató de interferir?

—No estaba en la ciudad. Mis colegas trataron con el Departamento de Estado.

—Flor de Peral, ¿puedo ir esta tarde a buscar mis trescientos millones?

—Doscientos noventa millones de dólares —respondió ella.

—Vale. ¿Puedo recogerlos hoy?

Flor de Peral pareció irritada con el asunto. Noté que le dolía en su alma de actuaria desprenderse de semejante suma de dinero. Se había quedado boquiabierta cuando Tórtola Soong aceptó mis condiciones, aunque debía entender el mercado de medicinas lo suficiente como para apreciar el impacto que tendría la endolina.

—Señor Belson. Lao-tzu le está pagando más de sesenta mil dólares por cada treinta gramos de endolina. Creo que deberíamos intentar comercializar antes de…

—Vamos, Flor de Peral. Sabes que se me entrega el dinero en cuanto tu embajada recibe la endolina. Nuestra embajada. En un kilo hay noventa mil miligramos. Recuperaréis la mitad de vuestra inversión en seis meses. Tenéis la exclusividad en importaciones. Es un chollo.

Ella se encogió de hombros, cansada. Fue el primer gesto humano que le vi y me enterneció.

—Vamos, mi querida Flor de Peral. Esto va a duplicar tus negocios. Serás una heroína en la empresa. No te eches atrás.

Y de repente, para mi sorpresa, me dedicó una sonrisa desde la gran pantalla de mi vidífono.

—De acuerdo, señor Belson. Tendré su cheque listo.

¡Qué dientes más bonitos tenía!

*

Flor de Peral se había descongelado lo suficiente como para ser francamente agradable. Me felicitó en chino e hizo una recatada reverencia cuando me dio el pequeño cheque de plástico. Empezaba a hacer frío y llevaba un jersey color lavanda ajustado y pantalones de Synlon.

—Flor de Peral, ¿te gustaría desayunar conmigo?

Estábamos sentados en su oficina, grande y aséptica. Detrás de su escritorio había una enorme fotografía del equipo de fútbol olímpico chino.

—Estaría bien —contestó, lo cual me dejó prácticamente atónito. No me lo esperaba para nada—. Hay una cafetería en el segundo piso.

Eran alrededor de las diez y media de la mañana y teníamos la sala para nosotros solos. Yo tomé higos y una tetera de té verde; Flor de Peral tomó café y una pasta de hojaldre. Al terminar, observé un momento la variedad de fotos de brillantes frascos de pastillas en las paredes y le sonreí.

—Te queda muy bien ese jersey.

Por insensible que pudiera parecer Flor de Peral, pareció captar las vibraciones de mis palabras.

—¿Sí? —replicó con frialdad.

¿Qué coño?, pensé.

—La verdad es que eres una joven muy elegante. Hace un precioso día de otoño. ¿Por qué no me dejas que te lleve a dar una vuelta en mi taxi?

Flor de Peral debía de tener unos veintitantos; me di cuenta de que hacía una eternidad que no tocaba la piel firme de una mujer realmente joven. Su melena china negro azabache brillaba bajo los fluorescentes y su piel era impecablemente blanca.

Por desgracia, cuando formulé mi pregunta sus ojos se volvieron de algo parecido a la obsidiana de Belson.

—Señor Belson —dijo en el tono que se usa para los lunáticos—, ¿qué tiene en mente?

Estuve a punto de recular, pero tenía que ir a por todas.

—Sexo.

Ella puso sus manitas blancas firmemente sobre la mesa, se inclinó hacia mí y habló con total claridad.

—Mira, viejo —dijo en el inglés más nítido que haya escuchado jamás—. Mira, viejo loco arrogante. No quiero que tu cuerpo roce siquiera el mío.

—Qué pena —dije, tratando de agarrar a puñados la compostura que se me escapaba a raudales por todas las ventanas de la gran sala.

Me vi reflejado en sus ojos: un torpe anciano caucásico que pretendía mancillar su cuerpo con manos lujuriosas.

—Me vuelvo a mi oficina, señor Belson —dijo, tan distante como Fomalhaut.

Se levantó y se fue, no sin antes pagar la cuenta.

Supongo que a todos nos viene bien una cura de humildad, siempre que se administre en pequeñas dosis. Tardé unos tres minutos en recuperarme y recordar que en realidad no era un viejo asqueroso y que mi cuerpo estaba en excelente forma. Además, era rico, amable y bueno con los niños. Ayudaba a los oprimidos. Hacía unos *fettuccine* deliciosos. Le caía bien a Ruth. Anna estaba enamorada de mí, probablemente. Isabel también, si es que aún me recordaba. Había curado a Myra.

Saqué el cheque del bolsillo de la camisa y releí las cifras. Empecé a sentirme mejor.

Llevaba años sin adquirir valores chinos, nunca había tenido asiento en la bolsa de Pekín y sabía muy poco sobre cómo evadir impuestos chinos, pero no quería invertir mi dinero en nada estadounidense, por miedo a que Baynes lo bloquease. Tendría que conseguir un abogado chino, un bróker chino y un contable chino, para empezar, y en aquel momento no quería malgastar mi tiempo haciendo averiguaciones. Unos cinco años atrás hice un estudio exhaustivo sobre el oro, y no existe nada más cómodamente internacional. Así que eché un vistazo rápido a los precios actuales, suspiré un poco y compré doscientos cincuenta millones de dólares en oro chino. Eso significaba que en Zúrich se agregaría un nuevo número a una lista. Siempre me da respeto la simplicidad del oro. Trece mil cuatrocientos por onza troy. Y mira que solo sirve para empastes de muelas.

Los otros cuarenta y ocho millones fueron a parar a tres cuentas bancarias: una china, una japonesa y una escocesa (por cuestiones sentimentales). Con la cuenta china y mi nombre chino compré una tarjeta American Express con quinientos mil dólares para viajar.

Cuando regresé al hotel esa tarde, mi tarjeta de pasaporte ya estaba en la ranura del teléfono, con un holograma ceñudo de mi rostro en un lado y los símbolos carmesí de la República Popular en el otro, junto con la información habitual: fecha y lugar de nacimiento, advertencias sobre viajar a Rusia, Cuba o Brasil. Me metí la tarjeta en la billetera, llamé a Miyagawa & Sumo, y les dije que quería hablar con Mattie.

Me pasaron de inmediato con ella. Apareció en la pantalla una mujer de mediana edad de aspecto expeditivo, fornida, con gafas y pelo corto. Tenía un aire de severidad maternal, pero hablaba con voz suave.

—Mi agencia no encuentra ningún registro de «Amigos de los Pobres» —dijo sin rodeos—. ¿Cómo explica eso, señor Fine?

Tenía contemplada aquella posibilidad, dado que Miyagawa y Sumo habían tenido tiempo para investigar.

—Mire, señora Hinkle, voy a serle sincero. No me llamo Aaron Fine, soy Ben Belson. Quiero que derrote usted a L'Ouverture Baynes para poder recuperar mi nave espacial.

Ella me miró impasible a través de sus gafas un instante y luego dijo:

—Bastante descarado por su parte, señor Belson.

—Tiene toda la razón. Ilegal en todos los sentidos.

—Tengo entendido que ni siquiera es ciudadano estadounidense.

—Así es —dije—. Me quitaron la ciudadanía.

Decidí que la mejor defensa era no defenderme en absoluto. Hinkle tendría que tomar su propia decisión si quería que yo le comprase las elecciones.

Hizo un mohín y pensó un momento.

—El señor Miyagawa me dijo que hablaba usted de varios millones.

—Cincuenta. Puedo dárselos en oro. Cinco millones de golpe. Le proporcionaré un número de cuenta en Zúrich; transfiéralo donde desee.

—La gente cumple largas condenas de cárcel por menos —contestó ella.

—Eso es verdad.

—¿Cómo puedo saber que no es precisamente esa su intención? ¿Cómo sé que no están grabando esta llamada?

Estaba encendiendo un puro mientras ella decía esto. Di una larga calada y luego lo dejé en un cenicero del hotel.

—Bueno, uno nunca puede estar seguro. De todas formas, no creo que mi teléfono esté pinchado. Para responder a su primera pregunta, ¿por qué voy a querer tenderle una trampa? ¿Para que Baynes la derrote? Sabe usted tan bien como yo que su victoria está garantizada.

Hizo un nuevo mohín profesoral.

—Tengo otros enemigos —dijo.

—No lo dudo. Tendrá que evaluar los riesgos. Sabe quiénes son sus enemigos; tendrá que averiguar por qué podría yo trabajar para ellos.

Asintió.

—¿Puedo llamarle en otro momento?

—No. Lo siento. Mantengo mi paradero en secreto. La llamaré mañana al mediodía. ¿Voy abriendo esa cuenta suiza?

—No —respondió ella—. Usted limítese a llamar. Doy un discurso en la reunión de la HCA al mediodía, así que llame a las once.

—¿Qué es la HCA? —pregunté.

—Las Hijas de la Confederación Americana —dijo Mattie Hinkle.

Me quedé inquieto unos instantes, retorciéndome las manos con nerviosismo. Luego decidí seguir adelante pese a lo que había dicho Mattie. Ingresé mi código de Despacho Bancario en el teléfono y pedí a Shanghái que enviase un crédito de veinte millones a Ginebra bajo el epígrafe AMIGOS DE LOS POBRES PARA MATTIE HINKLE y una notificación a Miyagawa & Sumo.

Si no había novedades en una semana, enviaría el resto.

Dormí como un bendito aquella noche y soñé con dinero. No con gráficos en tablas de producción, ni con apuestas en el futuro del maíz, ni siquiera con cuentas bancarias, sino con hermosos billetes de un verde intenso y con brillantes monedas recién acuñadas. Por un momento durante aquella noche fui un bebé envuelto en billetes flamantes de mil dólares, como si de pañales se tratase. Gorgoteaba de alegría al tacto de aquel rico dinero mientras los adultos pasaban despacio por mi lado, pisando como en un mar de melaza, vestidos con sobrios trajes grises y marrones, desdeñando mi infantil atuendo de dinero en efectivo. Yo les sonreía a todos.

CAPÍTULO 14

Seguramente, una parte de mí se lo había esperado desde el principio. Cuando al día siguiente vi a los cuatro marines plantados en el vestíbulo al pie de la escalera, la escena tenía un aire de *déjà vu.* Hijos de la gran puta. Los miré y me quedé paralizado. Cuando uno me agarró del brazo derecho, reaccioné e intenté zafarme. No funcionó. Supongo que me creía uno de los hombres más fuertes del país; aquello supuso un duro encontronazo con la realidad. Aquel joven con su afeitado perfecto era más grande que yo en todo. Sentía sus dedos en mi antebrazo como rocas. Los otros tres parecían cortados más o menos por el mismo patrón.

Cuando pasamos del mostrador hasta la puerta, el recepcionista desvió la mirada y se centró en unos registros. Delante del hotel había un jeep militar a gasolina. Me senté atrás con un marine a cada lado y nos alejamos por Broad Street mientras la gente de la acera nos miraba.

En el jeep recuperé un poco la compostura.

—Señores —dije—, ¿dónde me llevan?

—A la base aérea. —Fue todo lo que saqué en claro del único que parecía saber hablar. Ostentaba galones de sargento.

—No deberían hacer esto —dije yo—. Soy ciudadano chino.

Como si hablase con una pared.

Recorrimos unos treinta kilómetros hasta la Base Aérea Kissinger, me subieron a un jet F-611 y me llevaron a Washington a cuatro veces la velocidad del sonido. Solo diré que volar así es toda una experiencia. La *Isabel* era capaz de surcar el espacio a doscientas veces la velocidad de la luz, y la luz va lo suficientemente rápido como para dar siete vueltas a la Tierra en un segundo; pero aun así, ese pequeño jet blanco se antojaba cien veces más rápido. ¡Fium, Pensilvania! ¡Zoom, zoom, Nueva Jersey! ¡Zoom, Maryland! ¡Flip, Washington! Buenas tardes, senador.

Me habían puesto uno de esos trajes espaciales blancos para la altitud e iba esposado a mi asiento; me sentí como un muñeco de nieve clavado en el suelo sobrevolando la estratosfera en aquel platillo militar. Cuando redujimos la velocidad para aterrizar, las fuerzas *g* me aplastaron el cuerpo como la mano de la muerte. Estaba sentado y sujeto en una pequeña cabina con un mal cuerpo horrible, me sentía como un bobo infantiloide y era incapaz de decir nada a nadie. Ni siquiera escuchaba mi propia voz con el rugido de aquellos propulsores despilfarradores de combustible. Putos militares. Podrían haberme mandado de vuelta en un Pullman y haberle ahorrado las molestias a todo el mundo. Pero tuve que admitir a regañadientes que aquel método dejaba en buen lugar a Baynes, el muy hijo de puta. Era una operación con clase.

Cuatro soldados de la policía militar en la Base Aérea de Washington me quitaron el traje blanco y me subieron a otro jeep. Me llevaron directamente al Centro de Detención Reagan, donde Baynes me esperaba, vestido muy elegante de *tweed* gris. Miré el reloj: menos de dos horas desde que me habían recogido. Ojalá llevaran el correo con la misma diligencia.

—Hola, L'Ouverture —dije frotándome las muñecas; un policía acababa de quitarme las esposas.

Estábamos en una habitación sin ventanas con paredes revestidas de acero, sentados en unos bancos de madera frente por frente a través de un panel de plástico; nuestras voces llegaban a través de altavoces. Aquello carecía de humanidad; me habría sentido más cerca hablando con él por vidífono.

—¡Ben! —contestó L'Ouverture sacudiendo la cabeza con falsa consternación—. ¡Qué incordio! ¡Qué desperdicio del dinero de los contribuyentes!

—Eso es exactamente lo que estaba pensando yo. ¿Cómo me has encontrado?

Baynes volvió a sacudir la cabeza.

—Ben, fue de lo más simple. Has dejado pistas por todas partes. La gente te reconoció en Filadelfia y llamó al FBI. La embajada China presentó un informe. —Me miró con una especie de desconcierto—. Ben, no entiendo cómo alguien tan descuidado ha llegado a ser tan rico.

Noté que me ruborizaba. Otra vez en mi mundo de fantasía, con mis jueguecitos. Tom Sawyer gana las elecciones.

—Deja de restregármelo por las narices —dije—. ¿Qué es lo que quieres de mí?

—Quiero saber de dónde ha salido ese uranio, Ben.

—Lo suponía, y no te lo voy a decir.

L'Ouverture se inclinó hacia mí con los codos en las rodillas. Llevaba una camisa Oxford color azul claro y vi unos gemelos plateados. Juntó las yemas de sus largos dedos negros.

—Esa no es manera de hablar, Ben —dijo. Me dedicó una sonrisa amistosa—. Si no me lo dices, pasarás el resto de tus días en este edificio.

—El Gobierno chino...

—El Gobierno chino no sabe dónde estás, Benjamin, y tampoco creo que le importe. Tórtola Soong es una mujer muy atareada. Tiene preocupaciones más importantes que tu paradero.

Otra sonrisa.

—¿De qué se me acusa?

Baynes echó la cabeza atrás y se rio estirando exageradamente sus largos brazos. Luego se ajustó los puños y volvió a apoyar sus codos huesudos en las rodillas.

—¡Uf! —dijo—. Resistencia a la autoridad, en dos ocasiones. Agresión a un agente de policía, en cuatro. Importación ilícita de drogas peligrosas. Consumo de las mismas. Fraude telefónico. Cruzar las líneas estatales como extranjero no registrado. —Se rio de nuevo—. Tengo amigos míos en el estrado que, solo por incendiar Aynsley Field, te meterían diez años de trabajos forzados.

Me lo quedé mirando, sin más. ¿Qué iba a decir? Sabía que con Tórtola Soong se equivocaba, al menos en parte, aunque solo fuese porque Lao-tzu me necesitaba para futuros suministros de endolina; pero no le iba a contar eso a Baynes. Esta vez no le iba a contar nada a Baynes.

—Bien, L'Ouverture, parece que tienes todos los ases.

Él asintió y sonrió torvamente.

—Tú repartiste, Ben.

—L'Ouverture, ahórramelo. Te daré el sesenta por ciento de mi uranio…

Me miró con toda tranquilidad.

—No lo quiero.

—¿No lo quieres? Dios mío, pero si equivale a la fortuna de un rey.

Negó con la cabeza.

—Ya soy un rey, Benjamin.

Lo miré. Desde luego vestía como un rey.

—Triplicará tu riqueza, L'Ouverture. Colocará a Estados Unidos de nuevo en lo más alto.

Me miró con calma.

—¿Quién eres tú para hablar así? Eres chino.

—Venga ya. Eso es circunstancial, no una elección política. Podemos ser socios. Belson & Baynes.

Permaneció allí un rato, muy sereno y cívico. Finalmente habló.

—Me gustan las cosas tal y cómo están. Disfruto de mi trabajo, Benjamin. Estados Unidos está funcionando muy bien con sus leyes energéticas, y yo ayudé a redactarlas.

—Y sacas provecho de ellas.

—Son buenas leyes, para los recursos que tenemos.

Me limité a observarlo sin sentir nada. No había manera de acceder a aquel hombre, y lo sabía. No quería ser socio de nadie, y la única forma de negociar con él ahora sería contarle lo de Juno y cómo llegar hasta allí. Pero luego, reflexionando, me di cuenta de algo que había pasado por alto antes: si realmente quisiera saber de dónde venía mi uranio, lo habría averiguado interrogando a la tripulación. Podría haberlos encarcelado por conspiradores o por piratería y presionarlos hasta que alguien cantase. Y no lo había hecho.

—En realidad, no quieres saber dónde obtuve ese uranio —dije.

Me miró y sonrió cansado.

—Qué perspicaz eres, Benjamin.

—Solo quieres que las cosas sigan como están.

—Dicho mal y pronto.

Me quedé allí sentado unos instantes. Finalmente dije, cansado:

—¿Puedes conseguirme unos puros?

Sonrió.

—Mandaré una docena de cajas.

Se irguió en toda su estatura al otro lado del panel de plástico. ¡Qué altura más tremenda y qué ágil y flexible era para su edad! Taimado hijo de puta.

—Sacre Fidels —dije. Y luego—: ¿Alguna vez usas máquinas Nautilus, L'Ouverture?

Sonrió mirando hacia abajo.

—A diario. —Se estiró la chaqueta y se palpó los bolsillos con sus enormes manos, alisándolos—. Ahora tengo que irme.

Me puse de pie.

—¿Qué vas a hacer con la *Isabel*?

—Por mí, puede quedarse donde está. Hemos soldado la escotilla. Y tapado los ojos de buey. Está bajo vigilancia perpetua.

—¿Como la Tumba del Soldado Desconocido?

—Exacto.

—¿Y se quedará en Aynsley, sin más?

—No me interesa el fútbol.

Se volvió para marcharse.

—L'Ouverture, ¿cuándo voy a salir de aquí?

Se volvió hacia mí y negó con la cabeza compasivamente.

—Benjamin, te lo diría si lo supiera.

Asentí. Todo parecía extrañamente natural, aquella conversación con el grueso panel transparente en medio.

—Sé que me vieron en Filadelfia —dije—, pero ¿cómo te enteraste de que estaba en Columbus?

Guardó silencio durante un minuto antes de hablar. Luego dijo:

—Sue Kranefeld. Llamó a mi despacho.

El Penal Reagan es un lugar deplorable, una especie de pensión carcelaria. Me asignaron una celda con un pequeño televisor y una ducha de agua fría. Había una biblioteca y, gracias a Dios, un gimnasio. Hacía pesas, usaba una máquina de pectorales dos veces al día y a veces hacía flexiones. Me tenían en Aislamiento Diplomático, es decir: nada de visitas, nada de periódicos y nada de noticias en mi televisor. Estaba en Washington, pero no sabía si la población conocía mi paradero. A la semana dejé de preocuparme.

Detesto admitirlo, pero una parte de mí se acostumbró a la cárcel. Pasé al ritmo psíquico con el que había vivido en Belson y lo único que de verdad echaba de menos eran mis hortalizas. Saqué de la biblioteca la colección completa de cuentos de Henry James y pasé mis días entre ejercicios, lecturas y partidas de ajedrez. En el nivel ocho. En el gimnasio había una cabina de rayos uva, y reforcé mi bronceado belsoniano, que se había desvanecido bastante. No se me permitía hablar con otros prisioneros (aunque siempre saludaba en el gimnasio a un árabe afligido que entrenaba en la máquina junto a la mía) y eso me venía bien. Desde los nomeolvides de mi padre, conocía el juego del Robinson Crusoe espiritual; experimentaba una dulce tristeza al jugarlo una vez más.

A veces, por la noche, veía la televisión, cuando me cansaba de los jugueteos éticos de Henry James y de la gente que respondía a crisis morales con frases inconclusas. El canal de televisión chino emitía una dramatización de treinta partes de la historia europea, filmada en Pekín, y me enganché. No era la historia europea que me habían enseñado y resultaba entretenido verla desde una perspectiva china. Una noche de domingo, después de cenar salchichas de Frankfurt y alubias, estaba sentado en mi litera bebiendo café de una taza de plástico y mirando distraídamente un segmento del siglo XVI en Inglaterra, cuando un detalle de la reina Isabel me llamó la atención. Su forma de andar me pareció extrañamente familiar. Miré fijamente. Parecía mi Isabel con una peluca roja. Me enderecé y subí el volumen. Era Isabel, con encaje, perlas y seda pesada, con el aspecto de una auténtica reina, aunque era ridículo oírla doblada al chino con una voz chillona.

La versión china de Isabel era una especie de ninfómana virginal. Mostraban cómo ponía cachondos a Essex, a Cecil y a Raleigh. Drake se la intentaba tirar. Todo aquello me perturbó mucho, y casi me da algo cuando vi la escena en la que se la veía en la cama con Essex, ambos desnudos, y ella lo distraía a base de charla. Me entraron ganas de darle una patada al idiota que interpretaba a Essex, agarrar a Isabel por su hermosa cintura y darle a probar las mieles del flirteo. Me habría reventado a cabezazos contra la pared por aquellos cinco meses de impotencia. Allí estaba yo en mi celda, mirando fijamente su imagen electrónica con una erección, la única erección que su cuerpo me había provocado, tan inútil ahora como un avión en la luna.

Había sido pasablemente feliz con Henry James, el ajedrez y las pesas hasta entonces, pero todo cambió. Quería salir de la prisión y volver a la vida. Estábamos a finales de octubre; llevaba seis semanas en el penal, sin juicio a la vista y sin noticias de nadie. Salí de mi ensueño de Robinson Crusoe como si me hubiese quitado un par de calcetines sucios y me topé con la realidad. Fue horrible. Estaba en prisión, caliente, cabreado y listo para irme, pero no podía salir. Cuatro paredes. Barrotes en las ventanas. Guardias. Salchichas de Frankfurt, alubias y café instantáneo.

La cosa continuó durante dos semanas y habría terminado conmigo si no me hubiesen dejado salir, de pronto y sin previo aviso. El ocho de noviembre. Dos guardias entraron en mi celda después del desayuno y me dijeron que hiciera las maletas. Tardé tres minutos, cepillado de dientes incluido. Me condujeron hasta un escritorio donde firmé papeles, recuperé mi billetera, me advirtieron que «tuviese cuidado» y me metieron en una camioneta negra a carbón y gasolina. No sabía qué cojones estaba pasando, pero sospechaba que tenía algo que ver con las elecciones. La cárcel por lo menos estaba bien climatizada; fuera todo era hielo gris. Por más contento que estuviese de salir, una parte de mí lamentaba dejar el calor de la cárcel. Pasamos junto al monumento a Washington, que se alzaba sombrío en la atmósfera invernal, y luego, a las pocas manzanas, miré por una calle lateral y vi algo que se alzaba con orgullo hacia el cielo por encima de altos edificios, cubierto de nieve: ¡la *Isabel*! Aquello me animó. Le lancé un beso al pasar.

Se detuvieron en la embajada china y los guardias me llevaron por una puerta trasera, donde cuatro soldados chinos me guiaron hasta una sala con ventanas tintadas y muebles modernos. Dos mujeres chinas me tomaron las huellas dactilares, en rojo. Una alta, de unos treinta años y que parecía estar al mando, me entregó formularios de papel de arroz para que los firmase.

—¿Qué es todo esto? —pregunté en inglés.

La mujer sacó un cigarrillo de su vestido, lo encendió y me echó el humo.

—Le llevo a casa, señor Kwoo.

—¿Kwoo? —Casi me da un patatús—. ¿Qué coño es eso de Kwoo? —Aún no había firmado los papeles—. Deme un cigarro, si no le importa, y luego me explica qué quiere decir con «llevarme a casa» y lo de señor Kwoo.

Me dio un cigarro y lo encendió con un mecherito electrónico rojo.

—Kwoo es su nombre chino —me explicó.

—Eso no es lo que dice mi pasaporte.

—Tenemos un nuevo pasaporte. Nos pareció conveniente cambiar su identidad. —Su rostro parecía duro, pero la voz era bastante agradable. Si obviamos la severidad, era una mujer hermosa—. Estados Unidos no quiere que salga usted de sus fronteras. El senador Baynes querría mantenerle encerrado hasta... ¿Cómo lo dicen ustedes?

—Cuando se congele el infierno. Hasta que los cerdos vuelen. —Empecé a caminar de un lado para otro con las manos en los bolsillos de los vaqueros—. De todos modos, no pensaba abandonar ninguna frontera. —Pero ya había caído en la cuenta: me llevaban a China. Pues mira, era mejor que la cárcel. Y a lo mejor estaba allí Isabel—. ¿«Casa» es China?

La mujer asintió.

—Vale, vale. Necesitaré algo de ropa. —Los vaqueros de la cárcel y la camisa que llevaba eran lo único que tenía—. ¿Esto tiene que ver con la endolina?

—Nuestro interés en usted no es farmacológico, señor Kwoo. Es su otra mercancía la que ocupa nuestra atención. Nos ha llevado a hacer grandes esfuerzos para sacarlo de la cárcel.

Mierda. Querían los campos de uranio de Juno. Por un momento me estremeció la idea de un recóndito calabozo chino. ¿Y si habían vuelto a poner de moda la gota china? Los desastres nucleares eran un escándalo para la República Popular y las ancianas que la presidían; había pueblos radiactivos y arrozales arruinados esparcidos por toda aquella vetusta geografía. En aquel contexto, mi bienestar significaba muy poco.

—¿Tórtola Soong está detrás de esto? —inquirí.

—La señora Soong es la vicepresidenta del Distrito de Honshu. Desconozco su postura con respecto a su caso.

—De acuerdo. Iré a China. ¿Cómo llegamos?

La mujer cogió otro cigarrillo y lo encendió con el extremo del primero.

—Iremos en barco, señor Kwoo.

—Está bien —dije. Apagué mi cigarrillo en un platito de jade—. Pero dígame, ¿qué significa «Kwoo»?

La mujer bajita habló en voz queda.

—Es una antigua palabra del mandarín. Indica una moneda antigua. Podría traducirse como «dinero».

La miré y me acaricié la barba.

—Vaya, ustedes sí que saben poner nombre a los recién nacidos. Acepto Kwoo.

Ben Kwoo.

Fue un jet chino el que nos llevó al Embarcadero, en San Francisco. Esta vez mi traje estratonáutico era bermejo. Tenía una válvula en la mascarilla, así que pude tomar té oolong a través de una pajita durante el vuelo de dos horas. Mi amiga fumadora iba sentada detrás de mí, pero no decía gran cosa por nuestro intercomunicador. Intenté que me hablara de su familia, pero no quiso. Sorbí mi té y medité un poco. Luego hice algunas flexiones de rodilla justo cuando sobrevolábamos las Montañas Rocosas y empecé a pensar en formas de volver a la búsqueda de Isabel desde dondequiera que acabásemos en China.

Nos estaba esperando un Mercedes gris; circulamos en silencio desde el aeródromo hasta un muelle. El coche se detuvo en la pasarela de un carbonero con los lados herrumbrosos. En la proa, PRS KEIR HARDIE rotulado en rojo. ¡Era un barco escocés!

—¿Y esto? —pregunté a la fumadora empedernida que tenía por compañera. Estaba subiendo por la pasarela junto a mí, el pelo corto alborotado por la brisa marina—. ¿Por qué no navegamos en un barco chino?

—Teníamos esto a mano —replicó subiendo con rapidez a bordo.

Mi camarote estaba listo, así que me condujo directamente hasta allí. Cuando entré se me alegró el corazón. La salita tenía un biombo con estampado de campanillas azules; había mesas de nogal y pufs de seda azul. A lo largo de un mamparo había una cocina con nevera, un robot de cocina molecular y un congelador.

—¿Cuánto va a durar el viaje? —La miré—. ¿Y cómo se llama usted?

—Me llamo Garceta Blanca. Muchos me llaman Jane. Tardaremos dos semanas en cruzar el Pacífico.

Había una barra con tallas en relieve de aves en la madera, dos decantadores de cristal y copas. Me acerqué y olí uno de los decantadores. Whisky escocés, sin duda. Empecé a servirme.

—¿Quiere una copa, Garceta Blanca?

—Jane —contestó—. Estoy de servicio.

—Como desee.

Llené mi vaso de hielo y lo agité. Todavía llevaba puesto mi traje estratonáutico rojo. Di un trago y sonó la sirena del barco, fuerte, clara, emocionante. No hay nada en este mundo que suene mejor que la sirena de un barco.

—¿Zarpamos?

Jane asintió y la cubierta empezó a vibrar bajo nuestros pies. Di otro sorbo de whisky añejo mientras separaba las piernas en una pose de marinero.

—Jane, ¿quién me asignó estos aposentos? No fue usted, ¿verdad?

Me miró con frialdad. Si de ella dependiese, me habría encerrado en los compartimentos de lastre. Se encogió de hombros.

—Fue Tórtola Soong —respondió—. Su socia de Lao-tzu Pharmaceuticals.

—Sí —dije, y bebí—. Que Dios la bendiga.

Pensé en Arabella Kim y en su parcela en Washington. Viejas madres chinas las dos, valían su peso en oro. A lo mejor, después de todo, el matriarcado tenía su gracia.

Jugué mucho al ajedrez en solitario durante los siguientes días y luego, cuando ya nos internamos bastante en el Pacífico Sur, empecé a tomar el sol en cubierta. Leí algunas novelas chinas del siglo XXI, pero su exceso de vigor me agotó. En aquellos libros todo el mundo era productivo y valiente, y solo se hacía el amor solemnemente y a oscuras, después de una boda confuciana. El puritanismo es como la rueda: si alguna vez se perdiera, no tardarían en inventarlo de nuevo.

No tenía acceso al equipo de comunicaciones del barco, cosa que quizá fuese lo mejor. Aún no estaba listo para hacer negocios. Me las arreglé para que uno de la tripulación me prestase algunas revistas escocesas recientes y me entretuve con historias de amor en los pantanos y broncas en comunas de las tierras bajas. Seguía faltándole chicha, pero mejor que lo de los chinos era. Tenía más huevos.

El barco surcaba el Pacífico azul como en un sueño, dejando una estela a su paso en aquella superficie impresionante. Por la noche, las estrellas estaban magníficas, casi tan brillantes como desde mi asiento en la *Isabel*. En el punto más meridional del trayecto, divisé Fomalhaut cerca del horizonte.

Nadie hablaba mucho conmigo y yo no estaba por la labor de hacer amigos. De todas formas, probablemente cumplían órdenes. Había otros pasajeros, todos ellos pertenecientes a familias chinas acomodadas. Por lo visto, el Keir Hardie lo utilizaban las personalidades más altas en la jerarquía del Partido. Por mucho que se vituperasen mutuamente de cara a la galería, los chinos y los escoceses podían ponerse de acuerdo cuando se trataba de lujo. Ninguna novedad.

Comía a solas y usaba palillos. La cantina de los oficiales me daba lo que pedía, y una vez me dijeron si quería probar un haggis. Decliné educadamente. No tenía televisión ni periódicos y no me importaba. A bordo todo era calma amodorrante, y me parecía bien. Pero iba todos los días al gimnasio del barco y hacía flexiones por mi cuenta, preparándome para lo que pudiera venir.

A veces veía a familias de pie a lo largo del pescante, embozadas en sus abrigos pesados, contemplando el mar. Los niños me conmovían, tan solemnes y orientales, con sus flequillos y sus apacibles ojos negros. A veces un niño me miraba de reojo cuando rondaba cerca con uno de mis atuendos capitalistas descocados, pero nunca entablamos conversación. Me habría gustado adoptar a seis o siete de aquellos niños. Me habría encantado cocinar un asado para aquella tropa y enseñarles a jugar al ajedrez.

En fin. Los niños son rehenes de la fortuna, como dijo Bacon. Pero ¿qué vas a hacer si no con tu tiempo?

Me imagino muriendo de un infarto en el salón de una suite, agarrándome el hombro palpitante y murmurando: «¡Eh, espera un momento, deja que le dé una vuelta!» Tendré noventa años y aún estaré en forma, pero me faltarán un hogar, una familia, una profesión. Ser magnate no es una profesión. Lo único que hago es ganar dinero y perseguir mujeres. Y viajar. «¡No he hecho nada con mi vida!», diré en esa suite, retorciéndome en la cocina con el último estertor, y luego caeré muerto sobre la trucha ahumada.

Una tarde, al principio de mi segunda semana allí, llamaron a mi puerta. Estaba en la mesa haciéndome un gambito de rey a mí mismo en el tablero de Myra. Me levanté y abrí la puerta. Era Jane, con un vestido de seda rosa. Se estaba encendiendo un cigarrillo.

—Hola —dije.

—Hola. Vengo por esa copa.

—Claro. Entra.

Era uno de esos vestidos tradicionales ajustados con una abertura en un lateral. La cantidad de pierna que mostraba al entrar por la puerta era alarmante; una voz en mi interior dijo de inmediato: *Ten cuidado.*

—Me pillas en medio de una partida —comenté.

Asintió y se sentó en mi puf color lavanda. El pelo negro le brillaba y en los labios llevaba carmín; tenía la cara blanca como la muerte y redonda como la de una china, con unos párpados de pulcro pliegue mongólico. Parecía el cartel de una película del siglo XX. La dama dragón. Me observó en silencio. Volví al sofá y encendí un puro. Llevaba mi uniforme de preso, desgastado y cómodo desde que había empezado a lavarlo por la noche y a tenderlo en cubierta. Si llovía y no se secaba, me ponía mis pantalones de seda roja estratonáutica e iba a pecho descubierto como un trapecista italiano. Jane me estaba mirando como Fu Manchú habría mirado a un espía norteamericano cautivo. *Tenemos formas de hacerle hablar, señor Belson.*

—Me gustan los hombres grandes —empezó.

—Usted también es alta —respondí—. ¿Qué va a pasar cuando atraquemos en China? Qué va a pasar conmigo, me refiero.

—Le interrogarán y le darán alojamiento. Depende de su cooperación, principalmente.

Se encendió otro cigarrillo con la colilla del primero, y luego la apagó en uno de mis ceniceros de jade. Se hizo un silencio solo interrumpido por el ronroneo de los motores del barco. Volví a mi partida.

Pretendía un mate del pasillo con la torre, pero no era capaz de despejar la apretada fila de los peones. Me incliné hacia adelante e intenté concentrarme. Justo cuando di con el movimiento que quería, volvió a hablar:

—Nunca he tenido un amante estadounidense —comentó.

Moví un caballo a alfil cinco y la miré por encima del tablero.

—Ya no soy estadounidense.

—Chorradas. Es usted lo más estadounidense que he visto en mi vida. Como Abraham Lincoln.

—Salvando las distancias, pero le agradezco el cumplido. Lincoln fue un genio y un hombre con corazón.

Me miró como si estuviese evaluando una obra de arte menor.

—Un estadounidense grande con un alma triste y grande. —Cruzó las piernas con el sonido que produce la seda tensa—. Como tú.

—Yo siento más afinidad con Billy el Niño —contesté nervioso—. Pero gracias de todos modos. Si aquel actor no hubiera disparado a Lincoln en el teatro, hoy viviríamos en un mundo distinto. ¿Y si hubieran tiroteado al presidente Mao en los cincuenta?

—El presidente Mao cometió muchos errores.

—Puede ser. Pero Mao era lo que necesitaba China. Tuvisteis suerte de contar con él tantos años.

—Eso si no te los pasabas en reeducación.

—Vale, vale —dije—. ¿Dónde va a atracar este barco?

—En el puerto de los Vientos Celestiales, distrito cuatro.

—Primera vez que oigo ese nombre.

—Recién construido por el Pueblo. —Me miró de nuevo en silencio. Volví al tablero de Myra e intenté concentrarme. De repente dijo—: Me gustaría mantener relaciones sexuales contigo.

—Jane, cariño —la volví a mirar—, tengo la cabeza en otras cosas. No estaría centrado.

Ella me ignoró y se levantó perezosamente. Arqueó los brazos por detrás de la espalda y se desabrochó el cuello del vestido. Tengo debilidad por los antebrazos de las mujeres guapas, así que no pude evitar fijarme en lo hermosos que eran los suyos. Firmes y blanquísimos. Mientras la observaba con fascinación reticente, se dejó caer el vestido hasta los tobillos y dio un paso para acabar de desembarazarse de él. Se quitó las sandalias. Llevaba bragas rojas y un fino collar de oro. Su cuerpo era blanco como la nieve, sin imperfecciones. Pechos y pies pequeños y blancos. Se me estaba poniendo dura.

—Venga ya, Jane. No estoy de humor para este tipo de cosas. Tengo cincuenta y tres años, ya no soy un chaval, y estoy enamorado de una actriz escocesa.

Se acercó al sofá y se sentó a mi lado.

—Quítate los pantalones.

—Venga ya, Jane —dije presa del pánico.

Tenía los mejores hombros que había visto en mi vida. Parpadeé inquieto.

—No hay nada que temer —me dijo. Y luego—: ¿También tienes rubio el vello púbico?

—Se me ha vuelto muy gris.

—Recuéstate en el sofá y yo te desnudo.

—Jane, en serio, eres una mujer preciosa. Como para volver loco a cualquier hombre, pero a mí no me va este…, este rollo de *gigolo.* Las cosas tienen que surgir naturalmente.

Se rio al oírme la palabra *gigoló.*

—No tiene nada de malo que me hagas un servicio. A los hombres chinos les gusta. A muchos se les enseña en el colegio.

Me envaré al oír la palabra «servicio». Me entraron ganas de salir corriendo a la cubierta o encerrarme en el baño, pero mi perverso miembro estaba ahora tan rígido que no era capaz de ponerme de pie con los vaqueros ajustados de la cárcel.

—Señor Kwoo —dijo Jane con calma—, cuando lleguemos a China necesitará un informe positivo por mi parte. Podría causarle dificultades si digo que se encuentra confuso mentalmente.

¡La hostia!, pensé. *¿En serio voy a tener que hacerlo como una puta? ¿De verdad puede un hombre presa del pánico satisfacer a una mujer?* Mi miembro respondió afirmativamente a aquella

consulta silenciosa; no se amilanaba. Hijo de puta ansioso. Me sentí traicionado por el mismo que me había traicionado a la inversa con Isabel.

La observé detenidamente. Sin duda, tenía un cuerpo precioso, aunque parecía frío como el hielo. Y me encantaron las bragas rojas. *Qué coño,* pensé. Si de niño dormía con un caballo.

—Vale, Jane, pero vamos al dormitorio y hagamos las cosas bien.

—Aquí ya sirve —respondió.

Empezó a bajarme la cremallera de los pantalones.

—Mira —dije apartándole las manos—, ya lo hago yo.

Me los desabroché con cuidado, me bajé los pantalones y luego los calzoncillos. Ya iba descalzo. Fui a levantarme.

Ella ya se había puesto de pie. Me empujó con la mano en el pecho con una fuerza sorprendente para alguien de su estatura, y volví a quedarme sentado.

—Usted recuéstese, señor Kwoo. Tiene un pelo precioso, con tanto rizo.

—Joder, Jane, no soy una cortesana. No puedo...

—Claro que puedes. Tú recuéstate y relájate.

Me ruboricé, creo. Parecía tan decidida que se me antojó peligrosa. Tenía los pezones firmes como pequeños marines.

—Vale —dije derrotado—. Vale.

Me recosté incómodamente doblando las rodillas para adaptarme al sofá.

Ella ya se había quitado las bragas, y se me montó a horcajadas como si fuera ella un lobo de mar y yo una pelandusca. No me gustó nada, pero mi sexualidad iba a lo suyo, operaba en la sombra como un fanático del Antiguo Testamento. Culebreé a mi pesar y empujé un poco con la pelvis.

—¡Eso es! —me susurró y empezó a menearse con ganas. Yo hice lo propio.

Empezó a besarme con la boca abierta; olía a alcohol. Sus pezones se aplastaban contra mi pecho. Empecé a agobiarme. Ella se apartó justo a tiempo y pude ver una mueca de concentración sobrenatural en su rostro, con los ojos fijos en el techo y el sudor en su frente de porcelana, el flequillo pegado. Aquella visión me dejó bloqueado.

—No pares ahora —dijo.

Volví a embestir. De cintura para abajo era un sátiro, pero el resto de mi ser contemplaba aquello con alarmada distancia.

—¡Sí! —siseó Jane, no a mí sino al techo.

Se me agarró a los hombros y di un respingo cuando me clavó las uñas. Acto seguido se aflojó toda y cayó sobre mi pecho.

No sé por qué aquel orgasmo suyo no me provocó otro a mí, pero el caso es que no fue así. De pronto experimenté una necesidad física más urgente aún que la de respirar cuando te asfixias. Empecé a dar embestidas contra el cuerpo muerto.

Jane se puso rígida de golpe y me apartó de un empujón.

—Pero ¿qué coño…? —dije fuera de mí.

—Yo ya he acabado —me dijo.

—Pero yo no —repliqué alargando una mano para agarrarla. Reculó ágilmente. Yo me incorporé furioso. Empezaban a dolerme los huevos—. Te puedo violar.

—Antes te parto la cara. No se te va a olvidar.

Se quedó allí plantada sudando como una gimnasta olímpica y la creí. Me recosté en el sofá. Tenía mucha práctica con la frustración sexual (tanto en el piso de Isabel como después en el Pierre), así que me desinflé por un momento.

—Como quieras, Garceta Blanca —le dije.

—Así es como lo quiero —me contestó.

Se inclinó con elegancia hacia la mesa junto al puf y cogió un cigarrillo. Estaba de espaldas.

Salté del sofá y la agarré por la cintura antes de que le diese tiempo a incorporarse. Tuve cuidado de no hacerle daño ni romperle ningún hueso, pero en diez segundos la tenía apuntalada en el suelo. La miré a la cara. Estaba sonrojada pero serena.

—Si me violas haré que te metan en la cárcel.

—A Tórtola Soong le caigo bien —le repliqué, respirando agitado—. Si lo intentas, te llevará ante el Comité Central.

Era un farol, pero se ve que funcionó. Su semblante perdió algo de compostura por primera vez.

—Pues que usted lo disfrute, señor Kwoo.

—Me llamo Ben Belson —dije—. Y no voy a violarte.

Y era cierto. Mi miembro por fin había plegado velas.

Jane se cuidó de volver a pisar mi camarote el resto del viaje. No la volví a ver hasta una fría mañana cuando me la crucé en cubierta después del café y luego me puse a escudriñar a través de la bruma desde el castillo de proa y divisé la costa de China. Ahí estaba. A pesar de mis aprehensiones e incertidumbres, la emoción era exquisita; navegar por el Pacífico y de repente ver China a lo lejos en la niebla es una experiencia que te llega directamente al tuétano y te produce un hormigueo en la parte trasera del cráneo que es como un chute de morfina. Estuve un momento observando y luego me puse a hacer saltos de tijera junto a la borda, con mis pantalones rojos de astronauta, descalzo en la resbaladiza cubierta de metal. Hay quien los llama *jumping jacks.* Di palmadas por encima de la cabeza y salté abriendo y cerrando las piernas, saludando a China. Sonó la sirena del barco. Paré y contuve la respiración. Estábamos girando a estribor y noté un palpitar tremebundo cuando las hélices se ajustaron a un nuevo rumbo. Avanzábamos directamente hacia la costa de China.

El Keir Hardie atracó en un largo muelle gris esa tarde. La lluvia se había convertido en aguanieve y hacía un frío glacial. Yo no tenía abrigo. La ciudad del muelle parecía Cleveland en el siglo XIX: fábricas siniestras y polvo en el aire. Junto al muelle descansaban estibadores culi sentados en barriles, con sombreros y abrigos a lo Genghis Khan, fumando lo que podría haber sido opio. El barco atracó en remoto y cuando terminó, de repente, en el lateral de una cabina de plástico se iluminó una gran pantalla roja con un rótulo como de neón: BIENVENIDOS A LA REPÚBLICA POPULAR DE CHINA. Me castañeteaban los dientes. Me había echado una manta sobre los hombros y llevaba puestas las zapatillas electrónicas, pero sin calcetines (los había perdido en algún momento antes del Penal Reagan), así que se me estaban congelando los dedos de los pies.

Una de las miembros de la tripulación me encontró así, pegándole un trago a mi decantador. Se me acercó con cautela, como quien examina a un oso pardo enfermo.

—Como no vaya con cuidado —me dijo, pronunciando «coidado»—, le va a entrar neumonía en los pulmones.

—Es que no tengo abrigo ni calcetines, querida, ¿qué se le va hacer? —le contesté.

—Yo le traigo algo contra el frío. Espere.

Correteó hacia una escalera y bajó. Al minuto volvió con una chaqueta, dos pares de calcetines, un par de manoplas y un gorro.

—Mi compañero tenía esto por ahí —me dijo al entregármelo.

La chaqueta parecía bastante pequeña, pero se lo agradecí de todo corazón, volví a mi camarote y logré ponerme todo. Me sobresalían las muñecas de las mangas del abrigo y no se me abotonaba por la parte del pecho, pero las manoplas eran lo suficientemente elásticas y el gorro me entraba. Tenía una ridícula borla roja en lo alto que conseguí arrancar con los dientes y meterme en el bolsillo. Me miré en un espejo del armario antes de volver a salir. Aquello era un espanto, con los pantalones de seda roja y demás, pero qué cojones; salí a cubierta con la cabeza alta.

Jane me estaba esperando; esta vez llevaba un uniforme militar con el largo abrigo gris y charreteras. Una insignia de comandante y una gorra gris de guarnición. Parecía la emperatriz de Austria, o una Greta Garbo china en *Ninotchka.*

—Bueno —comenté con bastante compostura, teniendo en cuenta mi atuendo y el suyo—. Así que eres soldado. No tenía ni idea.

—Tú pareces un payaso —dijo, no sin cierto regocijo.

—Guárdate el sadismo para las tropas, Garceta Blanca. A mí no me das miedo.

Encendió un cigarrillo y no dijo nada. Un momento después bajaron la pasarela y la primera oficial abandonó el barco. Había cuatro suboficiales con rifles en el muelle. Debían de haber subido mientras yo me cambiaba de ropa. Uno firmó un papel que el oficial les entregó, lo devolvió, gritó algo a los otros y luego los condujo por la pasarela hasta donde estábamos. El líder saludó a Jane, que le devolvió un saludo indiferente con la mano en la que sujetaba el cigarrillo.

Marchamos por la pasarela y pisamos la antigua tierra de China. Yo no marchaba exactamente, sino que avanzaba pesadamente debido a los dos pares de calcetines de lana que llevaba embutidos en las deportivas. Mi llegada a China estaba siendo aún más ridícula que mi llegada a Aynsley Field en nave espacial. En fin. La dignidad nunca ha sido mi objetivo en la vida.

Tenían una limusina oficial, un auténtico Cadillac negro de los noventa con elevalunas eléctrico y una partición de cristal; hasta donde yo sabía, el único de ese modelo en Estados Unidos se encontraba tras una vitrina del Smithsonian. Dos banderas del Ejército Popular ondeaban desde las aletas. Un sargento abrió la puerta y subí. Si existe algo que podamos denominar un coche de multimillonario, este lo era; me sentí de inmediato como en casa.

Dos soldados se subieron atrás con Jane y conmigo y se sentaron en los asientos auxiliares. Nos alejamos del muelle en silencio. Los culis desocupados fumaban sus largas pipas y nos miraban a través de la lluvia helada. Me arrellané contra el tapizado de cuero y encendí un puro. A lo tonto, había recuperado mi dignidad.

Condujimos unos ocho kilómetros dejando atrás edificios industriales hasta llegar a campo abierto. El aguanieve había remitido; el día iba avanzando. Había casas rodeadas de campos cuidados a la perfección. Los tejados de teja rosa brillaban mojados. Vi niños jugando frente a un granero; se detuvieron para saludar mientras pasábamos. Les devolví el saludo. Los ancianos llevaban tractores grises a vapor o jeeps nucleares rojos; había vehículos por todas partes. Pasamos por una casa con una mesa en el patio delantero donde cuatro mujeres mayores tomaban el té, chismorreando con las cabezas juntas. Los cerdos olisqueaban por los alrededores de la casa. Había un anciano sentado en el porche con un abrigo leyendo un periódico. Todo el mundo era chino. *¡Un país entero lleno de chinos!*

Unos kilómetros más adelante pasamos por una fábrica de cuatro plantas pintada de azul brillante. Detrás se estaba poniendo el sol. Había cientos de coches eléctricos en un aparcamiento cerca de la puerta, una estampa que no se veía en Estados Unidos desde hacía sesenta años.

—¿Qué fabrican ahí? —le pregunté a Jane.

—Aviones de juguete. Para exportar.

Dios mío, pensé. *Myra tiene uno de esos. Lo compré en F. A.O. Schwartz.*

Resultó que nuestro destino era otro aeropuerto. En una sombría sala de espera institucional, me puse un traje estratonáutico limpio, esta vez amarillo, y me llevaron sin ceremonias a un jet Confucio 433. Jane volvía a ser mi compañera de viaje. Aplastó su cigarrillo mientras el piloto aceleraba por la pista; se cubrió el flequillo con su casco mientras ascendíamos como una flecha de Apolo, dejando atrás una llanura que se extendía treinta kilómetros desde el mar y terminaba en una vasta cadena de montañas azules, ahora resplandecientes al sol poniente.

—¿Adónde vamos? —pregunté por el intercomunicador.

—A Pekín —respondió Jane—. A la Ciudad Imperial.

Aterrizamos a oscuras unas horas después. Ahora me sentía adormilado y necesitaba comida y descanso. Mi asiento en el avión estaba diseñado para una raza más pequeña que yo, y tenía el culo dolorido. No me había metido nada en el cuerpo desde aquel café del desayuno. Cuando empezamos a descender le pregunté a Jane si podría comerme un sándwich en el aeropuerto.

—No hay tiempo para eso, señor Kwoo —dijo mientras girábamos en una curva de aterrizaje.

Dos mujeres soldado nos llevaron desde el avión hasta un Mercedes eléctrico negro. Me rugía el estómago. Encendí un puro. Circulamos por una oscura carretera del aeropuerto y luego a través de hileras de casas de la periferia con alguna que otra tienda de comestibles bien iluminada en una esquina donde los ancianos hacían sus compras. ¿Dónde estaban los jóvenes? Cruzamos la Avenida Chang An y entramos en un distrito céntrico con algunas luces pero no mucha gente. Solo eran las nueve y media, y aquello parecía ser la plaza del Florecer de la Paz, en el centro exacto de la ciudad. A pocas manzanas de Tiananmén. Todos debían de estar en casa viendo la tele. Me complació ver a alguien que parecía borracho, dormido en un banco cerca de una librería cerrada. ¿Un turista estadounidense? Pasamos de largo. A pocas manzanas de la plaza nos detuvimos frente a lo que parecía un hotel.

—¿Dónde estamos? —pregunté.

Jane respondió en chino:

—Te hospedarás en la Casa del Amor entre Camaradas.

Me llevaron por un sombrío vestíbulo con cuatro recepcionistas en un mostrador. Entramos en un tosco montacargas, mantuvimos la mirada fija al frente mientras subíamos dieciocho plantas hasta que se detuvo chirriando. Se abrió la puerta. El suelo del pasillo era de linóleo gris, lleno de colillas. Un geranio muerto en una maceta agrietada cerca de una ventana con rejas a mi derecha; giramos a la izquierda, atravesando puertas metálicas hasta el final del pasillo. La puerta tenía cuatro cerraduras. La chica que nos había acompañado sacó cuatro llaves electrónicas y desbloqueó las cerraduras una por una sin equivocarse. Se apartó. Jane empujó la puerta, que daba a un cuarto individual. Del techo colgaba una bombilla pelada de veinte vatios que iluminaba la habitación de hotel más fea que había visto en mi vida. Una cucaracha correteó por un zócalo roto; el ambiente olía a col.

—¿Qué coño intentas hacer conmigo, Garceta Blanca? —dije.

Me miró un momento y luego habló en inglés.

—Deberías haber sido más cooperativo. A bordo.

—Ya verás cuando Tórtola Soong se entere de esto.

—Tórtola Soong disfruta ahora mismo de unas largas vacaciones en el Tíbet, en un monasterio sin vidífono. Estará allí meditando indefinidamente. Me han confiado tu caso.

La miré fijamente.

—Bienvenido a China —dijo Jane, y me cerró de un portazo.

Me quedé paralizado en aquella fría habitación perfumada de col. En la penumbra distinguí una cómoda de roble, una silla de respaldo recto y una cama hundida. Un inodoro sin tapa en un rincón y un lavamanos sucio con un grifo en el otro. No había teléfono ni televisión ni bañera ni ducha. No había comida. La única ventana tenía unos barrotes de tres centímetros de grosor.

Logré dormir, no sé ni cómo, con la ropa puesta. Había una pastilla de jabón amarillo y me lavé bastante bien por la mañana; luego usé la toalla húmeda para quitar algo del polvo de la ventana. Miré entre los barrotes: dieciocho plantas hasta un parque. Se parecía a Gramercy Park, de hecho. Me dolía la espalda y tenía miedo. Me dolían las articulaciones y temblaba de frío. Hice diez minutos de abdominales y flexiones de rodilla tratando de no pensar en el desayuno. Tratando de no pensar en absoluto. Costaba creer que me hubiesen traído a China solo para dejarme morir de hambre.

Cuando terminé y me estaba secando el sudor con la otra toalla, empezaron a abrir las cerraduras de la puerta. Esta vez me esperaban dos hombres con uniformes de suboficial. Me escoltaron en silencio hasta el ascensor y pulsaron el botón de subida. Llegamos a una especie de ático en el vigésimo sexto piso que resultó ser la cafetería. Había algunos ancianos sentados en mesas tomando té.

Los guardias continuaron flanqueándome mientras me dirigía al mostrador. La comida estaba apilada en bandejas de acero e iluminada por bombillas titilantes. Cogí seis huevos duros, una taza de arroz blandengue y una taza de té negro. No había ni crema ni azúcar.

Tomé asiento junto al balcón con vistas a Gramercy Park y pelé mis huevos bajo la mirada de los guardias. Los noté tremendamente secos al masticar, y cuando intenté tragarlos con té me derramé un poco por la barba porque me temblaba la mano. *No aflojes, Belson,* me dije. Pero algo me estaba reconcomiendo las raíces del alma. Sabía qué era lo que había empezado a desear en cuanto vi aquel cuarto, aquella cucaracha correteando, aquella cama horrible. Morfina.

Cuando terminé, los hombres me llevaron de vuelta al ascensor. En el vestíbulo, otros dos soldados nos esperaban, ambos con rifles, y los cuatro me escoltaron fuera del edificio y cruzamos la calle hacia otro con un gran letrero que decía ROPA DEL PUEBLO Y AYUDAS A LA SALUD.

Dentro, un hombre regordete de mediana edad me examinó.

—¿Señor Kwoo?

—Así es.

—Bueno, desde luego, más elegante de lo que va lo voy a dejar.

Hizo un visaje ante mi traje espacial amarillo.

—¿Me van a hacer un traje?

—¡Pues claro! —dijo en inglés—. El mejor de los trajes. Lo conocemos por los periódicos, señor Kwoo, y sabemos de su importancia.

Muchas gracias, pensé, recordando mi habitación de hotel.

Me acompañaron los cinco a una trastienda donde había una gran caja de metal, una especie de ataúd vertical.

—Usted entre —dijo el hombre—. Funciona a las mil maravillas. Un sueño absoluto.

Entré. Accionó un interruptor y oí un zumbido. Un rayo invisible debía de estar escaneando mi cuerpo, creando un mapa de contornos.

—Ya lo tenemos —dijo, y lo apagó.

—¿Cuánto tarda? —pregunté.

—Unos diez minutos. ¿Le gusta el azul medianoche? Para los pantalones, me refiero.

—¿Qué tal unos vaqueros? —propuse.

—Lo siento. Esto no es Los Ángeles. Yo tenía en mente franela. Haremos cuatro o cinco camisas en diferentes tonos pastel, y luego, para rematar, una chaqueta sencilla de plumón en seda gris.

—Que no parezca italiana. Y necesitaré zapatos.

—Lo siento, señor Kwoo —me dijo—, pero nuestro equipo de fabricación de zapatos no funciona. Podemos darle calcetines nuevos para esas...

Miró mis pies con desagrado.

—Adidas —dije.

—Estoy seguro de que son maravillosas para correr.

Se dio la vuelta y fue hacia una pared donde colgaban rollos de tela uno encima del otro, estiró los bracitos y bajó con destreza uno de tela gris bien pesado. Me sonrió con benevolencia y arrastró la tela hacia una gran máquina gris, la dejó caer suavemente en una tolva en un extremo y presionó con delicadeza un botón verde en el lateral. Se oyó un leve zumbido durante unos quince segundos, un clic y luego otro zumbido más fuerte. Unos pantalones doblados salieron deslizándose y cayeron en una bandeja de esmalte rojo. El hombre se acercó.

—Perfecto —dijo—. Una pieza soberbia. Japonesa.

Me los entregó.

Me quité los pantalones espaciales allí mismo y me puse los de franela. La tela era de buena calidad, pero se ajustaban a mi escueto trasero como un guante.

—¡Dios! Qué ceñidos.

El hombre regordete me miró con un mohín.

—A ver —dijo—, esta máquina los hace ajustados, eso es verdad.

—¿No funciona bien? No he visto a nadie en las calles vistiendo así. Los hombres llevan sus buenos pantalones comunistas holgados.

Se ruborizó un poco.

—Para serle sincero, estoy bajo las órdenes del ejército. De la comandante Feng.

Le clavé la mirada.

—¿Garceta Blanca?

Me miró con impotencia.

—Sí, señor Kwoo. Garceta Blanca Feng. Lo vamos a vestir como… como a un cortesano.

—¡La madre que me parió! —dije.

Sentí en lo más hondo que mi vida, mi vida cansada y loca, daba un giro completo, con una especie de clic predestinado. *Pues nada, a ver en qué acaba esto,* pensé.

Me hicieron una chaqueta de plumón gris y uno de esos gorros a lo Genghis Khan, con orejeras. Todo de mi talla y con buena pinta. Ropa mucho mejor que la que pudiese comprar en Nueva York. La verdad es que nada de lo que se hace en Estados Unidos es de primera categoría salvo las teles y las patatas fritas. Me refiero a los televisores en sí, porque nuestros programas son para cretinos.

Fuera hacía un frío helado, así que agaché la cabeza y eché a caminar hacia el hotel. Uno de los guardias me agarró del brazo y me detuvo.

—Vamos a otro sitio —dijo en inglés.

—Por mí, bien —respondí.

Recorrimos cuatro manzanas por calles llenas de chinos. Hombres, mujeres y niños, y todos me observaban educadamente. La mayoría parecían bien vestidos y bien alimentados. Algunos llevaban bastones de paseo con empuñadura de oro. Entre ellos vi algún que otro grupo de japoneses, trajeados y con abrigos de Chicago de doble botonadura y grandes solapas. Me hicieron fotos como seis veces; llamaba la atención por mi altura, la ropa y mi escolta armada con rifles. La calle por la que discurríamos estaba llena de coches negros y taxis rojos. Había vendedores de dim sum y de té en las esquinas. Había librerías y quioscos de periódicos en cada manzana. Algunas personas caminaban leyendo. El ajetreo me animó, me devolvió mi amor por las ciudades. Avancé con energía y mis escoltas tuvieron que apurarse para seguirme con sus abrigos pesados, sus rifles y sus piernas cortas. El sol brillaba ahora con ganas y las calles estaban limpias, bordeadas de árboles y bullendo de actividad. Empecé a silbar. *Così fan tutte.* Pasamos por un parque con abuelas y niños y columpios. Árboles por todas partes, qué diferente de Nueva York. Brillantes carteles de teatro adornaban una valla. Uno grande de *Macbeth* me llamó la atención, pero no me detuve a leerlo. La arquitectura era aburrida, antigua y estalinista, pero el ambiente de Pekín era vivo, mucho más de lo que recordaba. Había soldados y marineros de ambos sexos, chicas bonitas, señoras mayores estilo Arabella Kim con bolsas de la compra llenas de apio y tomates, amantes. De vez en cuando pasaban limusinas eléctricas con banderas rojas que transportaban a miembros del Partido. Pasamos por un vendedor de shaomai con una pila de libros en una carretilla. Al fijarme mejor vi las *Obras Completas de León Tolstói* y las novelas de James M. Cain al lado de los dumplings. Todavía me quedaban algunos dólares estadounidenses en la cartera; compré una copia de *Mildred Pierce* en chino y la metí en mi bolsa de la compra.

Después doblamos una esquina junto a una zona de obras y nos topamos con un enorme edificio de mármol blanco al fondo de un parque donde patrullaban un montón de soldados armados. El edificio tenía unas treinta plantas de altura y una entrada como de mausoleo turco. Encima de la entrada colgaba una inmensa pancarta de seda con ideogramas en negro: La defensa del Pueblo es el deber del Partido. En el césped se alzaban estatuas de Mao de tres metros de altura y una decena de sus sucesores, en torno a un Misil Balístico Intercontinental de esos que llevan una docena de bombas R. *Dios mío, esto es el Pentágono chino,* pensé. La sede de la mayor potencia militar de la historia.

La valla era de hierro forjado y medía seis metros de altura. Nos detuvimos en una caseta de vigilancia donde cuatro mujeres de semblante austero con uniforme militar revisaron los papeles de mis guardias y luego, con mirada firme, nos dejaron pasar. Me observaron como si me hubiesen encontrado en un montón de escoria. Me saqué un puro del bolsillo y comencé a encenderlo. Una de las mujeres me lo arrebató de la mano.

—Prohibido fumar —dijo en chino con voz gutural.

—Devuélvamelo. No lo enciendo.

Mi voz sonó de lo más hostil; si no me hubiese visto rodeado de culatas de rifles le habría soltado un puñetazo.

—Cuando se vaya —me croó, y colocó el puro en una mesa metálica en la caseta de vigilancia.

Mierda, pensé. Solo me quedaba uno, y los chinos no comerciaban con revisionistas cubanos.

Recorrimos un crujiente sendero de grava bordeado de peonías, que florecen como locas aquí en invierno. Me agaché y toqué el suelo. Caliente. Dios mío, debían de usar alambres eléctricos para calentarlo. No había visto semejante derroche de energía en toda mi vida. El sendero se prolongaba unos cuatrocientos cincuenta metros a lo largo y no había ni una envoltura de caramelo a la vista. Césped verde y brillante por todas partes también dentro del recinto, y ni una paloma sobre las estatuas. Relucían al sol.

Dos obreros estaban sacándole brillo al metal en la entrada cuando llegamos. Se apartaron, saludaron con la cabeza respetuosamente a mis guardias y entramos en una enorme antesala de estilo románico con arcos cruzados. Esta daba paso a una sala aún más grande, un vestíbulo de ocho pisos de altura con ventanas estrechas por las que entraban haces de luz que hacían resplandecer, como en un bosque, las columnas de mármol rosa que había por todas partes. Era tremendamente vulgar, pero impresionaba. Una especie de imitación de catedral con suelos de mármol rosa, candelabros de cristal y el eco de oficiales caminando con botas militares. Un grupo de hombres pulía el suelo en una punta mientras hombres y mujeres de elegante uniforme caminaban de un pasillo a otro como oficiales prusianos en época de Federico Guillermo. Unos seis corredores desembocaban en aquella gran sala, de modo que el tráfico era intenso.

Giramos a la izquierda y nos adentramos en un largo pasillo, esta vez solo de tres pisos de altura pero igualmente iluminado por candelabros de cristal. Lo recorrimos, pasando por delante de carteles que celebraban victorias: la Campaña de los Urales de 2007, donde los chinos habían derrotado a la mitad del ejército ruso en una semana; la Misión de Paz Japonesa de 2037, donde la Gran Flota del Pueblo navegó hacia la Bahía de Tokio para explicar a la Dieta que Japón debía poner fin al rearme. Al final de dicho pasillo había algo que me detuvo en seco. Un cuadro antiguo, sencillo y realista, de un joven Mao casi delgado agachado junto a una choza con un cuenco de arroz patéticamente pequeño en la mano y los ojos oscuros de cansancio. A su lado estaba sentado Lin Biao. La leyenda decía «La Larga Marcha». Podría haberme echado a llorar. ¡Qué hombres, qué hombres aquellos!

Mis guardias me cogieron del brazo y me llevaron hasta un ascensor.

—Hijos de puta, ¿es que no tenéis ningún respeto?

Pero lo dije en inglés, así que nadie intentó responderme.

El ascensor era rápido; nos llevó directo a la cima del edificio y salimos a un pasillo alfombrado de rojo donde dos mujeres guardias nos revisaron de nuevo antes de relevar a mis guardias masculinos, que parecían fascinados por aquel lugar. Les ordenaron que diesen media vuelta y volvieran a su base. A partir de aquí me vigilaban ellas. Las dos nuevas guardias me llevaron por la alfombra roja hasta una sencilla puerta de madera de teca y llamaron. Un ordenanza me hizo pasar.

Miré a mi alrededor. Estaba en una especie de oficina exterior, parecida a la sala de espera de un médico, con sillas de estilo escandinavo y revistas en mesitas de café. El ordenanza me llevó a la otra punta de la sala, hasta una puerta de teca, y llamó con suavidad. Esperamos un minuto hasta que se abrió. Una mujer de mediana edad con una estrella de general en el cuello me miró fijamente.

—Dios mío —dijo en inglés—, es Belson.

Así comenzó uno de los episodios más extraños de mi desconcertante vida: mis cinco semanas como prostituto chino. La cosa no dejaba de ser fascinante. Ellas no eran monstruos; eran oficiales del ejército trabajadoras y competentes: las Subjefes del Estado Mayor del Ejército de la República Popular China. Muchas eran muy atractivas. Había un dormitorio al final del pasillo de una de sus salas de conferencias, decorado según la idea china de lo que debía de ser la alcoba de un macho occidental. Había una enorme chimenea de piedra en un extremo con una cabeza de alce encima y rifles falsos cruzados junto al hogar. En el centro de la habitación, una enorme cama metálica. Era un lugar ridículo, pero mucho más agradable que la Casa del Amor entre Camaradas, y los filetes que me hacían llegar desde la mesa de las oficiales superiores eran espléndidos. Siempre y cuando me comportase adecuadamente con aquellas damas, podía quedarme allí y me dejaban en paz por la noche. Nadie me preguntó por el uranio, la *Isabel* ni la endolina. Había poca conversación; lo único que me dijeron fue que Garceta Blanca me había encomendado a su cuidado.

Así que intenté adaptarme lo mejor que pude. Debían de mezclar pastillas para la erección trituradas en mi comida y mi bebida; me pasaba casi todo el tiempo empalmado, quisiera o no. Mi salud física era excelente y un montón de horas al día me encontraba tumbado, a menudo completamente ajeno al movimiento de mis caderas y a las sensaciones de mi pene magullado, complaciendo a esta general o a aquella otra, cerrando fuerte los ojos y recitando versos de Shakespeare mentalmente:

Por el amor de Dios, sentémonos en el suelo
Y contemos tristes historias de muertes de reyes...

A veces mis pensamientos se veían sacudidos por el orgasmo de mi pareja. Me había convertido en un consolador pensante, en un prisionero melancólico de mis sueños adolescentes.

A veces, cuando estaba solo en la habitación, me alejaba del bar con una copa en la mano y me miraba en el gran espejo. El trabajo me había hecho perder cintura y tonificado mi abdomen incluso más que las máquinas Nautilus, y conservaba el bronceado. Conservaba en las fosas nasales el olor a jazmín y a piel ajena. A veces me venía a la mente un verso de Yeats:

En los sueños empiezan las responsabilidades...

Y me preguntaba cuánto tiempo duraría. Siguiendo una moda antañona en el oficio de la prostitución, me iba a dormir borracho cada noche y amanecía tan resacoso que mis dos o tres primeras clientas bien podrían haber sido una prolongación de los desagradables sueños de aquella noche. ¡Mis *clientas,* madre mía! Ni tenía endolina ni tenía morfina. Comía, bebía, dormía y copulaba. Había dejado de hacer ejercicio, ya que mi trabajo era suficiente ejercicio. No. Había dejado de hacer ejercicio porque ya no me sentía como un hombre. Siempre me devolvían la ropa interior perfumada, y a veces alguna de mis amantes me enviaba flores a la habitación. Cuando bebíamos juntos, la mujer servía las bebidas. A la mayor de todas, una brigadiera enjuta de cincuenta y pico, le gustaba darme de comer los postres con una cucharita. Yo los devoraba con avidez.

Todo aquello terminó tan rápido como había empezado. Un jueves por la mañana, la semana antes de Navidad, mis primeros visitantes fueron un par de policías de uniforme gris y con brazaletes rojos. Eran corteses y manifiestamente listos. No tenía ni idea de adónde me iban a llevar, y no es que me importase demasiado; mi principal sensación fue de alivio al despertarme con el pene fláccido. Me vestí y me marché sin desayunar.

El día era inclemente a más no poder, un día de enero de Chicago en Pekín, con hielo por todas partes en las calles. Todos menos yo llevaban abrigos gruesos, botas y enormes gorros. Por suerte, el automóvil esperaba estacionado cerca del edificio y entré sin llegar a congelarme. La sensación era de treinta bajo cero. En el coche me alegró verme de nuevo entre hombres; sentía que podría vivir sin mujeres para siempre. Me recosté en el centro de mi asiento.

Fue un viaje largo. Tardamos una hora en salir de Pekín y seguimos un camino sinuoso entre árboles pelados cubiertos de hielo durante otra hora, luego giramos por un sendero estrecho y empezamos a subir una serie de colinas. Al principio, unos arbustos raquíticos flanqueaban la estrecha carretera, luego nieve. Un quitanieves había dejado impolutas las aceras grises, aunque no se veían viviendas. Una hora después, la nieve estaba alta a ambos lados y avanzábamos a una velocidad de cuarenta y ocho kilómetros por hora a través de lo que parecía un túnel de nubes. Yo tenía un hambre asombrosa. Unos puntitos giraban delante de mis ojos contra el blanco inmóvil del mundo exterior. Era inquietante y pacífico, como un sueño compartido, y nadie abrió la boca en más de una hora. El conductor era un anciano chino delgado con una gorra de chófer; mantenía ambas manos en el volante y los dos ojos en la carretera. Grité cuando una liebre cruzó como una aparición. En el coche se estaba caliente; al rato me quedé dormido.

Me desperté cuando paramos. Por la ventanilla del conductor vi a dos guardias con los rostros cubiertos de manera que no se distinguía si eran hombres o mujeres, plantados como enormes piezas de ajedrez. El conductor abrió la puerta trasera con un interruptor; el aire helado me azotó la cara; uno de los guardias se inclinó hacia mí, mirándome desde un punto situado entre un cuello alto con bufanda y un enorme gorro peludo. La luz del sol relucía en una bayoneta. Miré fijamente aquellos ojos agudos y ambiguos; el guardia asintió, le dijo algo al conductor y cerró la puerta. Seguimos adelante.

Ahora estábamos en la cima de las colinas, atravesando el camino de nieve retirada a lo largo de una llanura. No había relieves ni señales de vida. Era como un Belson cubierto de nieve. Me estiré y me froté los ojos. Se me había ido el hambre, a saber por qué. El sol brillaba; avanzábamos a través de guirnaldas de niebla resplandecientes por una carretera totalmente recta. Diez minutos después pude ver a lo lejos el tejado rojo de una pagoda.

A medida que nos acercamos y disminuimos la velocidad, distinguí una casa o un templo del tamaño de la casa de mis padres en Ohio, con una breve escalerita de madera y una puerta sencilla. Habían retirado la nieve en un radio de unos quince metros. El tejado brillaba bajo el sol. En lo alto, un pájaro enorme, o la imagen de un pájaro con la cabeza bajo el ala. Una paloma.

Nuestro coche se detuvo frente a la escalerita. Nos esperaba un guardia alto con bufanda, sin rifle esta vez. Sostenía un abrigo enorme abierto para mí. Salí del calor del coche, me enfundé el abrigo y me tapé las orejas con el cuello. El guardia me cogió con firmeza del codo y me condujo escalera arriba. La puerta se abrió. Entré; el peso del abrigo le prestó gravedad a mi movimiento.

Me sentía asombrosamente tranquilo, y llevar aquel abrigo solo un minuto confirió dignidad tanto a mi espíritu como a mi presencia, como si se tratase de la túnica de un emperador manchú o de la capa mágica de Próspero.

Estaba en una salita sin muebles. El suelo era de teca; las paredes estaban decoradas con dibujos a tinta de aves.

Había una puerta ancha y lacada en verde en la otra punta de la habitación. Caminé hacia ella y, al abrirse, vi la luz del día y un follaje verde. Oí ruido de agua cayendo. En el umbral, levanté la mirada hasta una claraboya que rozaba la copa de un sauce. La luz centelleaba en el agua a través de helechos. Di un paso adelante y vi la superficie de una piscina. Una voz grave y femenina dijo:

—Pase, señor Belson.

—¡Tórtola Soong! —exclamé—. Tenía la esperanza de que fuera usted.

Pisé la grava, me giré hacia el espeso grupo de helechos, rodeé el estanque y su pequeña cascada. Un par de bultos repentinos me dieron un susto: las ranas habían saltado al agua al acercarme y ahora me observaban con húmedos ojos de burbuja mientras el resto de sus cuerpos oscuros flotaba bajo la superficie en la penumbra subacuática.

En el otro extremo del estanque, en una tarima de madera elevada entre sauces, estaba Tórtola Soong sentada en una silla de mimbre. Tenía el pelo blanco y llevaba un sencillo vestido negro. Parecía mucho más mayor y fragilísima. Tenía el rostro cetrino y a medida que me acercaba lo vi tremendamente arrugado alrededor de aquellos astutos ojos negros. Me miraba fijamente. En su regazo dormía un gato gris. Caminé hasta la silla frente a ella y la cogí.

Me miró unos instantes. Luego, dijo en inglés:

—Ahora está calmado, señor Belson.

—Sí. Han sucedido muchas cosas desde que nos conocimos. He tenido algunas experiencias que me han calmado. —Me pregunté si sabía lo que había estado haciendo en aquel cuarto de Pekín—. Espero que la vida la haya tratado bien a usted.

—Pues no —respondió.

—Lo siento —dije, sintiéndolo sinceramente—. ¿Es por la endolina?

—La endolina no me preocupa. ¿Quiere un té?

—Sí. Y comida también, si puede ser.

—¿En Pekín no le dieron de comer?

—Desde anoche, no.

Asintió.

—Será cosa de la comandante Feng. Le dije que le tratase bien, pero ella cree que ya no me importa. Se lo recordaré en su debido momento. —Pulsó un botón en el reposabrazos de su silla y oí un suave zumbido en otra habitación. Entró un niño de unos doce años, vestido con una bata negra idéntica a la de Tórtola. Se le plantó delante e hizo una leve inclinación—. Trae comida de la cocina, Deng —le dijo en chino. Luego a mí, en inglés—: No habrá carne, señor Belson, ya que yo no la como. Pero lo que tenemos es bueno.

No respondí y observé a Deng cruzar la grava y marcharse. Cuando se hubo ido, dije:

—Tórtola, rara vez estoy calmado. Toda mi vida he ido con prisas y ni siquiera tengo claro de para qué.

—Complica usted lo simple. Quizá porque lo complicado le resulta sencillo.

Una voz en mi interior decía: cliché barato. Sin embargo, si había alguien sabio en la Tierra era aquella mujer. Notaba su sabiduría en el aura de su presencia como un campo magnético.

—Me he aburrido de ganar dinero. Pero cuando paro, se ve que lo único que hago es dar bandazos y hacerle daño a otras personas, como a Isabel.

—La señorita Crawford es una persona fuerte y le puede sacar provecho a la experiencia.

—¿Usted conoce a Isabel?

—Examiné su historial cuando supe lo de su cargamento, señor Belson.

—¿El uranio?

—Sí.

—¿Y sabe dónde está Isabel ahora?

Tórtola Soong asintió, acariciando a su gato. El gato se estiró y bostezó.

—Tórtola Soong —dije agitado—, si me dice dónde está sería un alivio para mí.

—Señor Belson. No quiero jugar al gato y al ratón con usted y le deseo lo mejor en la vida. Pero no estoy lista para decírselo. Tal vez más adelante.

La miré fijamente.

—Tórtola Soong, amo a Isabel. Necesito saber dónde está.

Me miró con serenidad.

—Señor Belson, China necesita uranio inocuo. Nuestras fuentes de energía han causado mucho más dolor del que siente usted por su Isabel.

Su manera de decir aquello me preocupó.

—¿Ha pasado algo? —pregunté.

Retiró la mano del lomo del gato y apoyó los delgados brazos en su silla.

—Mientras usted cruzaba el Pacífico, hubo un accidente en el norte, cerca del pueblo de Wu. Se emitieron miles de metros cúbicos de gas radiactivo y murió mucha gente. Wu es mi pueblo natal y fui yo quien ordenó construir el reactor hace cuarenta años, como muestra de buena fe en mi política.

—¿Su política?

—Soy una de las promotoras del uso de la fisión nuclear en China, señor Belson. Acepté que el beneficio compensaría el coste en vidas humanas, por su contribución al futuro de China.

Percibí su dolor, aunque su rostro no lo reflejase.

—¿Y tenía usted familiares en Wu?

—Sí. Mi hija y tres hijos. Siete nietos. Ahora están muertos o moribundos en hospitales.

—Eso es insoportable —dije. Me entraron ganas de abrazarla, de intentar consolarla— ¿Se culpa usted?

Me miró.

—¿A quién voy a culpar si no? Apoyé la fisión nuclear. Mandé construir la planta cerca de Wu.

Me limité a mirarla. ¿Qué podía decir?

—¿Qué piensa hacer? —acabé preguntando.

—Voy a almorzar —respondió.

Deng había vuelto de la cocina con una cesta plana y una mesa baja. Colocó la mesa entre los dos y puso la cesta encima. Estaba llena de frutas y verduras. Otro chico, que podría haber sido hermano de Deng, le siguió con una tetera de cerámica y dos tazas. Colocó las tazas y sirvió.

—No sé cómo puede soportarlo —comenté observando al chico verter el té humeante y pensando en aquellos cadáveres y en el hospital provincial que se habría llenado de rostros destrozados, moribundos.

—Las cosas grandes son más simples que las pequeñas. No se complican. Me fui a un monasterio en el Tíbet y ayuné. Las necesidades llegan sin que nadie las pida, como los sueños. Necesitaba llorarlos adecuadamente y los he llorado. —Me tendió una taza de té—. Tenía planeado recibirlo en Pekín, señor Belson, para comprarle su uranio. Lamento haberlo hecho esperar tanto.

—No tiene importancia. Yo también he pasado por una especie de… purga. Espero que su dolor remita. Ojalá pudiese ayudar.

—Sé que habla en serio —dijo con calma, y sorbió su té—. El brócoli es nutritivo. Lo han cocido al vapor con ginseng.

Di un bocado. Estaba delicioso, recuperé el apetito de inmediato.

—¿Visitó Wu?

—Sí —contestó bebiendo té—. Llevé endolina a los supervivientes. No están sufriendo.

—Me alegra que haya sido de ayuda.

Terminé una flor de brócoli, luego cogí un melocotón grande y comí en silencio, observando el agua del estanque y los helechos verdes que lo rodeaban. Pensé en Juno, en todo aquel uranio inocuo, suficiente para alimentar nuestro mundo para toda la eternidad.

—Tórtola Soong, sigo amando Estados Unidos, a pesar de cómo me ha tratado. Y estoy locamente enamorado de Nueva York. No quiero que mi país sea el puesto avanzado de un imperio chino.

—Ahora tu país es China.

—Mi país de adopción. Y creo que podría ser buen confuciano, pero ahora mismo me gustaría instalarme en Nueva York con Isabel, si ella quiere, y dedicar el resto de mi vida a convertirla en una gran ciudad de nuevo.

Se quedó en silencio un momento. Luego dijo:

—¿Dando bandazos?

—A lo mejor soy capaz de hacerlo con calma —respondí con una pasión sorprendente—. He aprendido mucho en el último año, Tórtola Soong. A lo mejor estoy listo para disfrutar el resto de mi vida.

Notaba una gran claridad mental y ya no veía puntitos. Aquella era una de las salas más encantadoras en las que había estado y me sentía en compañía de mi mejor y más antigua amiga.

Ella asintió.

—El camino del exceso conduce al palacio de la sabiduría.

—¡Eso es de William Blake! Espero que sea cierto.

—Es cierto. De joven fui excesiva, como lo es usted, señor Belson, y me he vuelto sabia. Creo que, en mi caso, una cosa llevó a la otra. —Centró su atención en el gato—. Leí a Blake en la universidad, en Londres. De joven deseaba saberlo todo, ser infinitamente rica y llegar al Comité Central del Partido. He tenido cuatro maridos y los he alienado a todos. Ahora todos están muertos y los he olvidado. Pero conseguí lo que deseaba. —Me miró—. No he olvidado a mi madre ni a mi padre. Mi madre me pegaba a la mínima... —De repente, su viejo rostro se tensó de un modo alarmante—. A la mínima, señor Belson. Lleva muerta cincuenta años y aún la odio. Odio a mi padre por permitírselo, y él también lleva mucho tiempo muerto.

—Dios, cuánto la entiendo.

—Es muy frecuente. La cuestión es dominarlo y no dejar que te domine. —Hizo una pausa—. No se puede atraer la atención de los muertos, aunque muchos lo intenten.

—Ay, sí —dije, parpadeando—, muchos lo intentan.

Mi voz sonó extraña.

—Está llorando —dijo Tórtola Soong—. Por mucho que odie a mi madre, también la quiero. Es difícil que no sea así con una madre. Tal vez usted aún quiere a la suya.

Orbach había intentado decírmelo, pero no quise escucharlo (me negué a escuchar a mi instinto, a mi corazón o a lo que fuese). Miré a Tórtola Soong a través de las lágrimas. Me corrían por la cara, algunas salpicaban mi peluda manaza derecha, que sostenía un melocotón a medio comer. Veía el rostro de mi madre, perdido en su amor propio. El dolor inundó mi cuerpo, comenzando en mi estómago y extendiéndose por mi pecho y por los hombros hasta sacudir los músculos del abdomen y la cara.

Se fue calmando gradualmente. Oí de nuevo la cascada del estanque. Me incliné hacia atrás y me estiré. Notaba la potencia de mis miembros, la solidez de mi corazón. Tenía la barba mojada. Di un mordisco al melocotón y dejé que el jugo se mezclase con las lágrimas.

—Es usted un hombre extraordinario, señor Belson —dijo Tórtola Soong.

Asentí y tragué.

—¿Podría llamarme Benjamin?

—Benjamin —dijo ella—, quiero tu uranio.

Asentí.

—Puedes quedarte con la mitad.

Contestó con voz serena.

—No. Todo. China lo necesita.

La miré. Su rostro era imperturbable.

—No puedo hacer eso. Habrá suficiente para todos. Puedo enviar la *Isabel* de regreso.

Se limitó a mirarme.

—Podemos obligarte a decirnos dónde está el uranio. Hay drogas...

—Lo sé. Pero no son fiables.

—La tortura —dijo, como quien alude a una opción de compra de acciones.

Me estremecí.

—Lo sé, lo sé. Podrías torturarme y funcionaría. Pero así no conseguirías lo que hay en la *Isabel.* Eso está en Washington, y L'Ouverture Baynes no es tonto.

Tórtola Soong se había terminado su té, pero aún sostenía la taza. Se inclinó y la colocó en la mesa junto a la cesta.

—L'Ouverture Baynes abandonará el cargo la semana que viene. Fue derrotado en noviembre, Benjamin.

La miré y dije:

—¿Mattie...?

—La señorita Hinkle basó su campaña en cuentos sobre el uranio de la *Isabel,* apuntando a las necesidades de empleo en Kentucky. Será investida en enero. Podrás recuperar la *Isabel.* Quiero que la traigas a Honshu.

—Tórtola Soong, no puedo hacer eso. Puedo dejar que te quedes con la mitad. Hablamos de treinta toneladas. Con treinta toneladas puedes sustituir todo el U235 de China y te durará hasta que consiga más.

Mi corazón había empezado a latir fuera de control de nuevo al pensar que L'Ouverture había sido derrotado y que podría recuperar mi nave espacial.

—¿Por qué deseas que Estados Unidos sea poderoso?

La miré.

—Por lo que más quieras, Tórtola Soong, no nos hagas lo que los británicos os hicieron a vosotras, con lo del opio y toda aquella intimidación. No hace falta dominar el mundo de esa manera.

—En una casa sin amo hay peligro.

—Venga ya —repliqué exasperado—. Eso suena a cliché barato, además de fascista.

—Es de Confucio.

—Lo siento, pero sigue siendo horrible. Mira tu madre. Ella era ama, ¿no? ¿Y de qué sirvió?

Se veía que había metido el dedo en la llaga. Apretó los labios en silencio. Yo esperé.

—Estados Unidos despilfarrará el combustible —dijo—, igual que malgastó el petróleo de Texas y del Golfo Pérsico. Construyó altos edificios con ventanas selladas y dilapidó petróleo para enfriarlos en verano.

—Me recuerdas a L'Ouverture. Ya no tiene por qué ser así. Estados Unidos ha cambiado. Somos más civilizados, ya no perdemos el culo por juguetitos nuevos. La energía barata puede permitir tanto una vida hermosa como una vulgar con el mismo esfuerzo.

Su rostro se había suavizado un poco, pero ahora se volvió severo.

—Benjamin, la persona que me apoyó de niña y me consoló después de las palizas de mi madre fue mi tío abuelo, Too Moy. Los chicos que nos han servido son sus tataranietos y mis sobrinos. Son la única familia que me queda.

—Me alegra que tuvieras a alguien que te consolase. En mi caso fue un caballo llamado Juno.

—Cada cual se apaña con lo que tiene más a mano. Too Moy era muy viejo y cojeaba. Había visto a Mao en persona. Era un campesino. En Wu, nuestra energía hidroeléctrica provenía de la fuerza de las piernas humanas. Un hombre o una mujer se sentaba a horcajadas en un dispositivo parecido a una bicicleta de madera, sobre un arroyo, y pedaleaba para enviar el agua hasta los arrozales. En ocasiones, durante diez o doce horas al día. Ese trabajo brinda poca satisfacción y mucho dolor. Mi tío abuelo apenas caminaba y tomaba muchas aspirinas para los calambres de las piernas. Pude conseguirle medicamentos, y ayudaron, pero a veces se acostaba en su esterilla en la habitación detrás de la casa de mi madre y gemía. No hacía otra cosa que pedalear, y así se pasó más de cincuenta años. Con todo, era un hombre inteligente, con un corazón lleno de amor. Yo podría haberme convertido en una persona cruel sin ese amor.

—Es terrible pasar una vida así —comenté.

Su semblante seguía rígido.

—Sí. Todo el trabajo que Too Moy realizó en su vida podría haberlo hecho mejor uno de los motores con los que los estadounidenses cortaban el césped de sus jardines cuando era joven.

Asentí. No tenía nada que decir.

—Vosotros, los estadounidenses, no creasteis ese petróleo que empleabais en vuestros coches, en vuestros aires acondicionados, en vuestros cortacéspedes o en el plástico con el que envolvíais juguetes, bolígrafos y verduras. El petróleo lo creó el mundo por su cuenta cuando enormes helechos cubrían Texas y el Golfo Pérsico. Necesitó millones de años para hacerlo. Vosotros y los árabes lo desperdiciasteis en un siglo, en tonterías. Con aquel petróleo, mi tío abuelo podría haber tenido una vida más feliz. Había muchos como él en toda China. Cuando mi tío abuelo era joven, personas como tú en Estados Unidos llamaban a gente así «la amenaza amarilla» o «millones sin rostro». —Se inclinó hacia mí con una furia silenciosa—. Mi tío abuelo Too Moy no era una amenaza, y tenía rostro. No se refocilaba en su impotencia. Era mejor hombre que usted, señor Belson.

Me quedé inmóvil un buen rato, asombrado. Miré el agua, tratando de ver las ranas, pero ya no había ni rastro de ellas. Pasamos minutos en silencio. Pensé en contraargumentos, pensé en hacer alusión a los coches y aviones en los que los chinos me habían transportado, la vida lujosa de los miembros del Partido como Tórtola Soong, los automóviles con banderas rojas y la corrupción en el Ejército. Pero no podía sacarme de la cabeza a aquel tío abuelo. De alguna manera, mi visión se había vuelto muy clara;

me quité las gafas por instinto y me las metí en el bolsillo de la camisa. Lo veía todo con una nitidez preternatural, cada arruga en el rostro impasible de Tórtola Soong, cada hoja del sauce. En la otra punta del estanque, volví a ver los ojos de una rana, justo en la superficie quieta del agua gris, observándome.

—Tórtola Soong —le dije—, me gustaría ser tu hijo.

Ella no me miró.

—Ya no tengo hijos.

—Lo sé. Me gustaría que me adoptaras.

Ella levantó lentamente la mirada.

—¿Por qué?

—Necesito una madre.

Me siguió mirando un largo rato.

—A lo mejor solo estás intentando ganar la discusión.

—¡No, por Dios! —repuse con fervor—. Eso lo dejo, por ahora. Te quiero de verdad y quiero que seas mi madre, igual que Too Moy fue tu padre y salvó tu alma. —Hice una pausa y la miré, sin lágrimas ahora, pero con la sensación de que podría volver a llorar a la mínima—. Quiero que mi alma sea como la tuya. Te quiero en mi memoria para que ahuyentes al borracho estúpido que vive dentro de mí. —Seguí con la mirada clavada en ella.

Permaneció impasible un buen rato. Luego estiró una frágil mano blanca y la colocó sobre la mía, en el reposabrazos de la silla de mimbre.

—Benjamin —dijo—. Benjamin. Puedes quedarte con la mitad del uranio.

Me sentí como me había sentido cuando, desnudo ante Fomalhaut, dormí en la hierba que me alimentaba y me desperté ante los magníficos pero distantes anillos de Belson.

CAPÍTULO 15

El teatro ocupaba los pisos inferiores de un horrendo edificio de oficinas, uno de los muchos que hay a lo largo de la Avenida Chang An, a kilómetro y medio al este de la Plaza de Tiananmén. Llegamos en una limusina con chófer. Fui yo quien organizó la demolición de la Torre Mitsubishi de Nueva York veinte años atrás; aquella abominación china se parecía a la japonesa, excepto por las estatuas. Flanqueaban la entrada las estatuas colosales de un campesino y un soldado arremangado mirando con expresión severa hacia el futuro. ¿Qué puñetas tiene de sagrado el futuro? A quienes se lo parece habría que obligarlos a estudiar historia a punta de pistola. La mayoría de la gente era joven; llevaban vaqueros o pantalones acolchados de Synlon y chaquetas brillantes para el mal tiempo. Eran, probablemente, estudiantes del Instituto de Enriquecimiento de la Vida y Habilidades de Gestión, a unas pocas manzanas de distancia. Algunos nos miraban fijamente mientras el encargado del teatro nos conducía más allá de la cola de las entradas rumbo al vestíbulo. Aunque destacaba por mi altura y mi barba rubia, era Tórtola Soong quien atraía todas las miradas; ella las correspondía con ceño pensativo.

Un lacayo se había adelantado, y cuando nos condujeron a nuestro palco estaba colgando un cuadro de la presidenta Chu, con los brazos cruzados, enfundada su chaqueta negra de principios de siglo. Dejó el cuadro torcido por un momento, sostuvo la silla de Tórtola Soong con obsequiosidad, murmurando elogios mientras ella se sentaba, luego enderezó rápidamente a madame Chu y se fue.

Cuando nos quedamos solos dije:

—Algunas de las miradas que te han echado ahí abajo eran desagradables.

Se encendió un Lucky Strike con un Zippo de acero inoxidable y sostuvo un momento el mechero cerrado en su mano frágil. Vi con sorpresa que la mano temblaba. Guardó el mechero en el bolsillo de su vestido y respondió:

—El accidente cerca de Wu ha afectado a mi relación con el pueblo.

Recordé mi agitación al ser ahorcado en efigie en la Avenida Madison.

—¿Estás en peligro, Tórtola Soong?

—Tengo enemigos.

—Eso seguro.

Pensé en Garceta Blanca.

Hacía dos meses que la obra estaba en cartelera; cerraría en una semana. Nos habían llevado a Pekín aquella tarde, habíamos acudido al Salón de Registros del Pueblo para una breve ceremonia y luego, por orden de Tórtola Soong, nos habían llevado allí.

Mientras esperábamos a que subiesen el telón la gente nos echaba miradas. Algunos solo parecían curiosos por ver a una funcionaria del Partido y a su rubio acompañante, pero otros mostraban una franca hostilidad. Me recosté en mi silla de ópera victoriana, apoyé el codo en uno de sus pequeños tapetes y encendí un puro. Era como un palco en una película del Oeste: las sillas estaban tapizadas en terciopelo morado oscuro; el óleo de la primera presidenta del Partido Chino colgaba sobre cortinas de terciopelo detrás de nosotros; delante teníamos una barandilla metálica con más terciopelo morado desde el riel hasta el suelo. Pero era cómodo y espacioso. Y yo sabía que en China la privacidad y el espacio hay que pagarlos. Aunque se haya reducido a quinientos millones de personas, el país sigue atestado. Mordisqueé nerviosamente mi puro y dejé a Tórtola Soong con sus pensamientos, casi a punto de estallar de impaciencia por que el telón se levantase. Para cuando subió, me había limpiado las gafas dos veces y había destrozado el puro entre los dientes. Lo apagué en el cenicero y me incliné hacia adelante para ver el escenario allá abajo.

Las brujas eran pasables, pero no emocionaban. Iban vestidas como sacerdotes sintoístas japoneses y su acento inglés era más cómico que aterrador. Pero sus rostros de viejas no eran para tomárselos a broma, y aquel brezal maldito en el que estaban plantadas me hizo pensar en aquellas vastas hectáreas de obsidiana en las que había vivido tanto tiempo.

Lo justo es vil y lo vil es justo;
Revolotead por la bruma y el aire inmundo.

A Macbeth lo interpretaba un australiano grandote llamado Wellfleet Close, que tenía la cara roja y una voz de australiano atronadora; daba el pego como asesino en potencia. Duncan y Banquo eran del sudeste asiático. Conozco bastante bien la obra, ya que siento cierta familiaridad espiritual con esa peligrosa pareja, y sabía cuándo aparecería ella por primera vez. Pero cuando la escena pasó abruptamente a Lady Macbeth con un gran sobre en la mano, me sorprendió. Allí estaba, pero no del todo. Llevaba un largo vestido de color bermejo y no usaba peluca; las luces brillantes hacían que su cabello gris resplandeciera y sus ojos parecían grandes y autoritarios. Sabía que era Isabel, pero también era Lady Macbeth.

Comenzó a leer la carta en voz alta:

Me encontraron el día de mis triunfos, y según he sabido después...

Incluso mientras servía té, Isabel deslumbraba con su voz. Aquí en Pekín, después de todos los acentos inciertos que precedieron su entrada, el sonido de su prosodia escocesa, el verdadero inglés, era electrizante. Incluso aquellos chinos guardaron un silencio respetuoso ante su autenticidad. La obra prosiguió con su sangre y sus sueños, e Isabel brilló en cada escena en la que participaba, dominando el escenario. Era una actriz de primera categoría. Yo no tenía ni idea. Cuando terminó con la cabeza de Macbeth en la pica, miré a Tórtola Soong. Parecía perdida en sus cavilaciones. Los aplausos llenaron el teatro.

Durante los saludos, me levanté y grité «¡Isabel!», y ella me miró fijamente por un instante. Podría haber bajado al escenario, pero algo en su mirada me hizo guardar la distancia. Tal vez Lady Macbeth aún seguía ahí dentro, y yo no quería tener nada que ver con ella.

Cuando apartó la vista de mí, me senté y me recosté en mi asiento tratando de calmarme. Tórtola Soong estaba encendiéndose un cigarrillo. El sonido de los aplausos se volvió fragmentario. Empezaron a oírse voces. Hombres y mujeres de pie en las filas delanteras, que ahora no miraban al escenario sino a nuestro palco, miraban hacia arriba enfadados gritando: «Camarada Soong. Camarada Soong».

Tórtola Soong se levantó, se asomó al borde del palco y agarró la barandilla con ambas manos. Parecía muy vieja y frágil, pero su voz era firme. Habló en chino.

—Soy Tórtola Soong. ¿Qué queréis de mí?

—Un informe —gritó alguien—, un informe sobre el Impuesto Mortal a la Electricidad. Una explicación sobre Wu.

Más gritos repitieron lo mismo. Me pegué a ella para brindarle apoyo moral, pero no parecía necesitarlo. Me hacía más falta a mí; las emociones revoloteaban en mi estómago como hojas en un monzón.

—Voy a subir al escenario —dijo Tórtola Soong. La miré, sorprendido. Me agarró del brazo y añadió—: Una es responsable ante el Pueblo.

—Deja que vaya contigo, Tórtola Soong.

—Si así lo deseas…

Salimos del palco, descendimos una escalera, atravesamos una puertecita y aparecimos entre bambalinas. Busqué a Isabel con la mirada, pero no la vi.

Entonces, de pronto, me vi en medio del escenario con el telón alzado, deslumbrado ante los brillantes focos frente a un montón de chinos cabreados, la mayoría en pie. A mi lado estaba Tórtola Soong, a quien le sacaba como tres cabezas, con un cigarrillo en la mano y la mirada al frente.

—En Wu murieron novecientas setenta personas —comenzó Tórtola Soong—. Morirán otras mil antes de que este invierno se convierta en un recuerdo. Fui yo quien ordenó construir el reactor.

Se hizo un breve silencio. Luego alguien gritó «Asesina». Y otra persona gritó «Lady Macbeth. ¡Manos manchadas de sangre!». Empecé a temer por Tórtola Soong.

—Este teatro está bien iluminado y climatizado —dijo Tórtola Soong—. China tiene energía en todas partes gracias al uranio. Ni ustedes ni sus madres ni sus padres trabajan de pie en los arrozales. Estudian en universidades y van al teatro. Sus hogares están climatizados. Eso tiene un precio.

—Demasiado alto —gritó alguien, una joven con un flequillo tradicional y una chaqueta militar—. Es un precio demasiado alto.

—¿Se han parado a plantearse cuál es la alternativa? —replicó Tórtola Soong.

Se hizo el silencio por un momento, y luego un joven delgado en la tercera fila gritó:

—¡China tiene carbón, viento y mareas!

Tórtola Soong se estaba encendiendo otro cigarrillo. Cuando cerró su Zippo, miró al hombre que había hablado y dijo:

—El carbón ennegrece los cielos y los pulmones. Su extracción es peligrosa. El viento y las mareas son una fuente eterna de deleite, pero no alimentarán las fábricas de Hangchow ni calentarán los hogares de Shanghái. Eso son fantasías.

El joven solo pareció enfurecerse más:

—El carbón puede quemarse con precisión y los cielos pueden protegerse de su aliento. Hay que ir dos pasos por delante.

Antes de que a Tórtola Soong le diera tiempo a hablar, respondí en inglés:

—El carbón se cobra su propio tributo mortal, tiene su contrapartida. Me he dedicado al comercio de carbón y hablo por experiencia.

Un hombre corpulento con bigote al estilo de Charlie Chan estaba en la segunda fila, vestido con un traje de negocios.

—¿Quién habla? —dijo en voz alta—. ¿Quién es este demonio pálido con voz de oso?

—Soy Benjamin Belson. No respaldo la decisión de Tórtola Soong de construir reactores. No puedo hablar por los muertos. Pero la decisión no fue una insensatez y madame Soong ha asumido la responsabilidad.

Varias voces exclamaron «¡Demonio extranjero!». Y entonces Charlie Chan se levantó y dijo:

—Tu idioma es el del asesino Macbeth. Coge tu inglés y lárgate a tu casa.

Recordé a aquellos estudiantes amotinados que habían quemado mi efigie y me habían dicho que me fuese a casa. Estoy orgulloso de mi chino; me emocionó usarlo.

—Estoy en casa —dije en chino—. Soy ciudadano de la República Popular, y Tórtola Soong es mi madre adoptiva. Traigo un uranio nuevo, nacido en las estrellas, que no destruirá la vida.

Al oírme pronunciar mis primeras palabras en su propio idioma, muchos de ellos quedaron claramente pasmados. Varios se sentaron, como si necesitaran digerirlo. Pero el hombre mayor no desistió.

—No puedo aceptar tu pretendido regalo para China. No es la primera vez que el demonio blanco promete regalos a China. El opio fue uno de esos regalos.

—Yo no soy británico —repuse enfadado—. Amo China. Me entristece ver su antigua cultura por los suelos y a sus habitantes debilitados, pero la grandeza de China está en todas partes, como lo estuvo la de Estados Unidos en tiempos de mis abuelos. Yo también lamento el accidente en Wu y sé que el precio de la riqueza de China es incalculable. En este caso, los muertos hablan.

El anciano no daba su brazo a torcer.

—Solo el diablo hace cálculos con vidas.

Tórtola Soong observaba su rostro. Se dirigió a él.

—Alguien debe hacerlo.

Se miraron unos segundos. Finalmente, el hombre masculló «Asesina» y se sentó. Otra voz, desde atrás, repitió el grito de «Asesina», y luego otra. Escuché a un hombre gritar «¡Capitalista!».

Y entonces resonó una voz desde detrás de mí, me volví y me topé con Isabel de pie a mi lado con los brazos en jarra, enfrentándose al público. Aún se movía la abertura del telón por donde lo acababa de atravesar. Llevaba el vestido rojizo de Lady Macbeth, pero el maquillaje de escena había desaparecido de su rostro y se la veía pálida bajo los focos.

—¿Qué clase de comunistas son ustedes? —dijo.

—Ingleses —siseó alguien.

La voz de Isabel podría haber despertado a los muertos.

—No soy inglesa —dijo, espaciando las palabras—. Y ustedes son unos hipócritas. Me da vergüenza pensar en el gran Mao y en su disciplina. —Señaló al anciano—. Su chaqueta es de Saks. Con energía solar no se fabrican chaquetas así.

Varios de los más reflexivos le habían prestado su muda atención. Finalmente, una joven que había guardado silencio habló desde unas veinte filas más atrás.

—Sí, vivimos bien. ¿Deben otros morir por eso?

Tórtola Soong respondió:

—Sí.

Y yo tercié de inmediato:

—Ya no.

La atmósfera seguía cargada de ira, pero más leve. Durante un largo minuto todos permanecieron en silencio, preguntándose si aquello comenzaría de nuevo. Luego, una pareja en la última fila se levantó y salió del teatro. Otros les siguieron y después de un rato nos quedamos los tres solos en el escenario con los focos de frente brillando aún sobre nosotros.

—Madre —dije—, me gustaría presentarte a Isabel.

En las alcantarillas de la Avenida Chang An se amontonaba confeti rojo aquí y allá, sobrante de algún desfile de aquella tarde. Hacía un frío desabrido y unos halos de niebla congelada rodeaban las farolas. De vez en cuando, un coche eléctrico oficial pasaba zumbando, con sus banderolas rojas ondeando en los guardabarros. Los funcionarios del Partido iban a verse con sus parejas o regresaban de casas de juego. Un elegante autobús eléctrico pasó rutilante por nuestro lado con la mayoría de los asientos vacíos.

—¿Lo decías en serio, Ben? ¿Que China hizo bien en utilizar energía nuclear? —me preguntó Isabel.

—Así lo pensaba en ese momento, pero estaba defendiendo a Tórtola Soong. A saber cuánta gente ha muerto solo de leucemia.

—He estado pensando en eso.

—Isabel —le dije—, ya no soy impotente.

—A ver si así te calmas.

—Sí. —Había un rascacielos iluminado entre nosotros y la Plaza de Tiananmén, y hacia allí nos dirigíamos. Se parecía un poco al Empire State Building—. Han perdido un cuarto de millón de personas. Puede que el doble. El carbón habría sido más humano si lo hubiesen quemado como Dios manda, pero tenían prisa, y disponían de todo aquel uranio de Sinkiang y Kiangsi…

Sentí una repentina oleada de tristeza.

—Tórtola Soong no necesitaba tu ayuda —dijo Isabel.

Dos limusinas Mercedes pasaron zumbando a nuestro lado por el medio de la amplia avenida. De una de ellas nos llegó el sonido amortiguado de música de Broadway, un nuevo musical llamado *Oriental Blues.* ¡Qué extrañas transacciones realizaba el mundo moderno!

—De todas maneras, ya está. Me devolverán la nave dentro de tres semanas y empezarán a cambiar los núcleos.

Isabel llevaba un abrigo enorme de plumas y un gorro negro que le tapaba las orejas. Yo iba con las manos metidas en los bolsillos por el frío. Los expertos decían que no se trataba de una glaciación, pero ahí estábamos, en medio de otro invierno espantoso.

—Has estado magnífica en la obra —le dije por segunda vez—. Jamás había visto una Lady Macbeth como tú.

—Ben: es una buena obra, pero a veces me recordaba a vivir contigo en la Calle 51.

Eso me molestó.

—Yo no soy un asesino.

—No digo eso. Cómo te gusta exagerarlo todo.

—He cambiado.

—Eso espero —replicó ella un tanto sombría. Caminamos en silencio por un rato. De pronto, se detuvo y se volvió hacia mí—. Ben, no quiero ser una actriz de reparto en tu melodrama.

Aquello me afectó, así que no respondí. Nos acercábamos al rascacielos. Había ideogramas grabados en un arco sobre la entrada. Nos detuvimos y los miramos.

—No sé leer en chino —dijo Isabel.

—Dice «Instituto para el Avance de la Felicidad entre Hombres y Mujeres».

Vaciló.

—No fuiste el único responsable de aquellas peleas —dijo—. Cuando dejé que te vinieses a vivir conmigo fue porque notaba mi vida vacía y esperaba que la llenaras.

—¿Y lo hice?

—Con creces.

—Mira, todo eso ya pasó. Está claro que tu carrera está despegando. Fieler quiere que hagas Ibsen en Nueva York. Yo tengo que invertir en Con Ed o poner en marcha mi propia empresa. Tengo que organizar otro viaje para traer endolina y uranio. No estaremos todo el tiempo centrados el uno en el otro. Además, ahora se me levanta. A veces no se me baja, de hecho.

Me miró detenidamente. Bajo las luces junto al edificio pude ver el rubor de sus mejillas y la punta roja de su nariz.

—Dejé mi apartamento en Nueva York, y mi hermana se ha quedado con Amagansett y con William. —Vaciló—. ¿No pensarás ir en persona a buscar el uranio?

Negué con la cabeza.

—Tengo un nuevo capitán. —Isabel titubeó y yo dije—: Volveré a mudarme a mi mansión y quiero que estés conmigo. También quiero a los gatos. Me gustaría que te casaras conmigo.

—Las cosas han ido muy bien desde que te fuiste. El *Times* publicó mi foto cuando lo de *Hamlet,* hice televisión aquí en Pekín antes de *Macbeth*... —Se calló—. Ben, necesitas más atención de la que te quiero dar.

—Cariño, no olvides los buenos tiempos. Dábamos paseos, comíamos en restaurantes, íbamos a conciertos. Disfrutábamos de verdad el uno del otro.

—A veces.

Me encogí de hombros.

—Te llevo a casa —dije—. ¿Dónde te alojas?

—Tengo un apartamento cerca de la Plaza de Tiananmén. Podemos ir a pie.

Eché a caminar y de repente sentí entrelazarse el brazo de Isabel con el mío. Recordé cómo solíamos abrazarnos en aquellas frías noches en su apartamento, durmiendo pegados el uno al otro.

Ella debía de estar pensando en lo mismo, porque dijo:

—Puedes pasar la noche conmigo, si quieres.

*

El apartamento estaba tranquilo y cálido. No había gatos. Hicimos el amor con facilidad, en silencio, y luego nos quedamos tendidos en la cama china azul de Isabel abrazándonos tan fuerte como el yang y el yin. Nos fuimos separando poco a poco hasta que estuvimos tumbados boca arriba tocándonos con los pies.

Encendí un puro.

—¿Cuánto dura la obra? —dije respirando a gusto y tan relajado como en la hierba de Belson.

—Ocho funciones más —dijo ella echándose sobre mí y besándome en el cuello—. Ay, Ben. Ya era hora.

—Podríamos casarnos en Pekín.

Ella se giró, estiró los brazos y bostezó.

—En Nueva York, Ben. Tenemos que casarnos en Nueva York.

CAPÍTULO 16

Habían revisado el ascensor minuciosamente. Los operarios habían subido y bajado en él una docena de veces, pero aun así había una atmósfera de tensa incomodidad entre nosotros. Algo retumbó a nuestros pies, se oyó un chirrido rotundo en lo alto y empezamos a subir.

—Bueno, una cosa está clara —dijo el teniente de alcalde, tratando de romper el hielo—: el Sindicato de Trabajadores de Mantenimiento es firmemente democrático.

El resto seguimos sin abrir la boca, pero a medida que nos acercábamos a los pisos superiores, el paseo se suavizó y empecé a sentir una emoción similar a cuando despegamos rumbo a Fomalhaut dos años atrás. Estaba allí en silencio con los otros cuatro en aquel ascensor recién pintado con sus pasamanos cromados y su suelo gris, y el antiguo arrebato de viajar a toda velocidad me hinchó el alma por un instante. Cuando ya nos acercábamos al último piso, sentí que Isabel me daba la mano y la apretaba. El ascensor se detuvo, la puerta vibró y salimos a una alfombra roja colocada en un suelo aún rayado por los pasos de los últimos turistas que se habían marchado hacía treinta años. Alguien había abierto algunas ventanas, pero la atmósfera seguía rancia. Había grafitis en las paredes, uno de ellos podría haber sido una imprecación desde una tumba oculta. MUERTE A LOS INTRUSOS, decía en espray naranja bajo un velo de polvo. Había un grupo de media docena de trabajadores limpiando. Esperaba que lo quitaran pronto. Unas pesadas persianas cubrían las ventanas que teníamos delante; estaban orientadas hacia el oeste, de modo que el sol de la tarde en junio sería deslumbrante. Empecé a buscar por dónde podía otear el este, pero Isabel me puso una mano en el brazo y me dijo:

—Tranquilo, Ben. Espera unos minutos.

—Vale —dije recordando mi precipitada carrera por Belson—. Vamos a tomar algo.

Estaban montando una barra bajo las ventanas y ya habían sacado varias botellas y algunos vasos. Isabel observaba a su alrededor: el puesto de souvenirs cerrado hace mucho, las máquinas de café enmohecidas, la habitación de techos altos con vigas de metal sobre nuestras cabezas y la fotografía amarillenta de Manhattan en la pared sobre el ascensor, Manhattan como era alrededor de 2025, con todos sus rascacielos japoneses. En lo alto estaba escrito en letras descoloridas: MIRADOR.

Fuimos al bar, Isabel me tendió un canapé. Mientras le acercaba una copa noté que la luz en las persianas ya no era tan brillante; algún otro edificio alto debía de tapar el sol. Di unos pasos y tiré del cordón. Todo el mundo había estado parloteando —los obreros, dos capataces, el teniente de alcalde, su secretaria y un equipo de holovisión que ahora estaba sacando su material del ascensor—, pero cuando la persiana comenzó a subir, el silencio se fue extendiendo a mi alrededor. Antes de ir a mirar yo mismo, eché un vistazo a la sala. Todos miraban hacia la ventana. Me volví y allí estaba: el contorno de Nueva York. El sol brillaba desde detrás del cilindro del Banco de Hangchow, y su luz formaba cuasi-siluetas con los gigantescos edificios antiguos del West Side, todos vacíos pero aún asombrosos desde aquel sólido y viejo rascacielos monumental:

formas negras solemnes que se alzaban hacia el cielo con la confianza de principios de siglo, casi todos más altos que el nuestro.

—Dios mío —dijo Isabel finalmente—. ¡Es Nueva York!

Alguien se rio por lo bajo y el silencio fue devorado nuevamente por el parloteo. Seguían saliendo personas del ascensor. El hielo tintineaba ya por todas partes. Una banda de cinco músicos se dispuso a instalarse en una sala detrás de nosotros; por encima del bullicio llegaba de vez en cuando el berrido de una trompeta, el choque nervioso de un platillo. Di varias vueltas alrededor de la torre mirando hacia el Hudson, el East River y el extremo sur de la isla. Se encendieron unas pocas luces tenues cerca del nivel de la calle, los fluorescentes de veinte vatios con los que todos habíamos vivido durante un tercio de siglo, pero todos los pisos superiores seguían oscuros. En el extremo norte de la terraza, orientado hacia las afueras, había una mesa cubierta con banderas rojas, blancas y azules, y frente a ella hileras de sillas. Encima de la mesa, el interruptor negro y un plato transmisor de microondas, como un platillo de postre apuntando hacia Nueva Jersey. El interruptor se había bloqueado en la posición «apagado» con una llave. Miré el reloj; quedaban cincuenta minutos. Desde la antesala llegó una fuerte carcajada masculina. Me volví y entré. Por encima de la multitud, divisé la brillante cabeza negra de L'Ouverture, su enorme sonrisa dentuda. Extendía sus largos brazos riéndose mientras varias personas lo miraban admiradas. Estaba bien guapo con su traje de mil rayas azul claro, su camisa blanca impecable y una corbata roja.

Justo entonces me vio acercarme.

—¡Benjamin! —gritó—. Benjamin Belson, pirata intergaláctico.

La gente se apartó para dejarme pasar. Me acerqué a él.

—Pirata es el que hace piraterías, L'Ouverture —respondí.

Escuché mi voz. Sonaba peligrosa.

—Ben —dijo, todavía con los brazos extendidos sobre las cabezas—, ya ni siquiera soy senador. Tú tienes tu nave espacial y yo me dedico al comercio. Permíteme que te felicite.

Ahora estaba justo delante de él, observando su rostro pulcramente afeitado, la seda brillante de su corbata; olía su colonia y oía el crujido de su traje mientras bajaba aquellos brazos grotescamente largos que mi llegada había atraído.

—L'Ouverture, acepto tus felicitaciones.

Entonces pensé: *Qué coño.* Le di mi vaso a alguien y abracé a Baynes. Sus brazos me rodearon. Nos dimos un estrecho abrazo que duró unos instantes y sentí el calor de sus enormes manos sobre mis hombros.

—Ben —me susurró al oído, agachando la cabeza para decirlo—, después de todo, eres hijo mío.

Me aparté y lo miré.

—Si lo soy, me he independizado.

Me sonrió con benevolencia.

—¿Qué podría estar más en sintonía con el orden de las cosas?

—Te traeré una copa —le propuse.

Llegó el alcalde y dio comienzo la grabación holográfica. Durante una pausa, me entregó un par de Xerogramas y los pulsé para encenderlos. Uno era un agradecimiento formal del presidente Weinberg con un reluciente logotipo dorado de la Casa Blanca en su proyección; el otro estaba escrito en una caligrafía rotunda: «Estoy satisfecha con mi hijo. Tu viaje ha devuelto la luz al mundo», decía. El alcalde me tocó un brazo, listo para comenzar su discurso. Lo seguí hasta el estrado y me coloqué junto a la mesa cubierta con banderas. Habían desbloqueado el interruptor de encendido. Isabel estaba sentada en la primera fila con su vestido azul; tenía un aspecto inteligente y fuerte.

El alcalde habló más tiempo del que yo esperaba y empecé a impacientarme. Habló de las ceremonias simultáneas en Boston, Dallas y Chicago, del nuevo sistema de calefacción eléctrica que pronto llegaría a Montreal y Vancouver, de las plantas de uranio de Juno programadas para Zimbabue, Río y París, de la nueva reciprocidad en las relaciones de EE.UU. con China; yo permanecía de pie con gesto impaciente, deseando acabar con aquello y lanzando miradas furtivas al reloj. Por un momento me quedé horrorizado de mí mismo. ¿Acaso el camino de los excesos solo conducía de vuelta a esto? ¿Había dejado atrás mi impotencia y calmado mi cólera solo para convertirme en otro rico impaciente con un ego distorsionado? Me examiné. Mi chaqueta de algodón de Ralph Lauren en azul medianoche, mi camisa de Bert Pulitzer, mi corbata de seda azul, mis pantalones grises que reposaban suavemente sobre zapatos ingleses. Debajo de todo aquello, un cuerpo aún firme y unos genitales que ya no se encontraban en órbita espiritual. Levanté la mirada y allí estaba Isabel con una leve sonrisa en los labios, mirando al hombre aburrido que tenía al lado y no a mí. ¿A esto se reducía todo, entonces? ¿Al discurso de un político, ropa cara y aburrimiento?

En un asiento detrás de Isabel, un hombre de aspecto relajado a quien no reconocí se removió en su silla. Echó un vistazo a su reloj. Recorrí con la mirada toda la sala, de persona bien vestida en persona bien vestida: había más gente inquieta. L'Ouverture, el hombre más alto del recinto, sentado en la última fila, parecía muerto de aburrimiento.

Mi incomodidad remitió y volví a sentirme a gusto con mi ropa y mi vida. Pensé en lo bien que iba la carrera de Isabel, en cómo se esforzaba en la interpretación y en poner nuestra casa en orden. Pensé en la *Isabel,* ahora en el limbo de un viaje por analogía, regresando de Belson con un cargamento de endolina a bordo y una tripulación lista para llenar en Juno sus compartimentos vacíos. Esta vez, la capitana era Ruth, y dormía en mi antigua suite con el ojo de buey en el cuarto de baño, pero las máquinas Nautilus estaban en nuestra casa en Madison Avenue, en la sala de billar. Tórtola Soong supervisaba la instalación de nuevos núcleos en los reactores del Reino del Medio. El mundo aún no estaba listo para calmarse, y Nueva York no estaba lista para convertirse en un recuerdo como Samarcanda o Constantinopla.

Mientras retumbaba en mi cabeza esta fuga verbal, una parte de mi atención captó el discurso del alcalde Wharton. Estaba elogiando el trabajo de la *Isabel* y la abundancia que había traído. Luego hizo una pausa, se volvió hacia mí y dijo:

—Para cerrar el circuito hoy, nos acompaña el capitán de la *Isabel*.

Di un paso adelante y hablé.

—Soy un hombre impaciente y tengo ganas de pulsar este interruptor, pero quiero que mi esposa esté conmigo cuando lo haga.

Miré a Isabel. Se puso en pie, rodeó la mesa y me cogió del brazo. Agarramos la pesada manija, titubeamos un instante y tiramos juntos de ella mirando por la ventana tras las filas de sillas. El interruptor encajó en su lugar y el transmisor de microondas envió su señal a las centrales eléctricas al otro lado del río. Fuera se iluminaron no más de una docena de ventanas. Isabel me miró.

—¿Eso es todo? —preguntó—. ¿Falla algo?

La gente estaba de pie mirando al exterior y algunos murmuraban; la solemnidad se había esfumado.

—Como ya saben —decía el alcalde Wharton—, habrá un cierto retraso mientras los ascensores suben y la gente llega a las plantas superiores.

Pude imaginarme aquellas viejas oficinas y apartamentos. Personas con linternas, gente que formaba parte de aquella gran fiesta de Manhattan que acababa de comenzar, deambulaba ahora por pisos polvorientos colocando bombillas en apliques y tratando de accionar interruptores en desuso desde hacía mucho. Los ascensores se habían revisado en los últimos meses, pero no había suficientes profesionales para subir todas las escaleras y abrir todas las habitaciones. De momento serían voluntarios, principalmente: empleados de oficina, actores, banqueros, trabajadores de saneamiento y sus amantes. También niños. Personas con martinis o cervezas dando vueltas por habitaciones y pasillos polvorientos, en cuartos de baños de ejecutivos con la fontanería oxidada y suites de oficinas con paredes descascarilladas, lámparas cubiertas de polvo y alfombras enmohecidas. Los conductos de los ascensores estarían gimiendo y retumbando de nuevo al son de sus cables, que durante mucho tiempo estuvieron fláccidos y ahora se tensaban de repente. Pensé en los restos de las últimas fiestas de empresa, las botellas de champán vacías y los quesos y canapés sin comer sobre escritorios vacíos, que seguían allí desde que se marchasen los últimos empleados de la oficina en 2031, cuando los legisladores del Estado de Nueva York prohibieron el uso de los ascensores. En algunas salas habría servilletas esparcidas, papeleras sin vaciar, algún que otro paraguas o un bolso olvidado.

Isabel me sacó de aquella ensoñación.

—Ben —susurró—, sígueme.

La gente había formado grupitos y charlaba, mirando de vez en cuando por las ventanas. Se encendieron algunas luces más en los pisos inferiores, pero la ciudad seguía a oscuras. Isabel me llevaba de la mano. Me apartó de la multitud y caminó hacia el descansillo del ascensor. Detrás de nosotros, la banda había comenzado a tocar. A la derecha del ascensor había una puerta que alguien había bloqueado con una mesita. Isabel la apartó.

—Esto ya lo revisé hace un tiempo —dijo.

Giró el pomo y abrió la puerta. El aire fresco me golpeó en la cara.

—¡Vamos!

Caminamos por un pasillo corto hacia una brisa fresca. Estaba oscuro y casi tropiezo, pero habíamos dejado la puerta abierta y llegaba suficiente luz desde la sala que dejábamos atrás como para seguir a Isabel. El ruido de la banda se desvaneció a nuestras espaldas. Sentía como si estuviera en un túnel ventoso, solo oía el clic resuelto de los tacones de Isabel. Ya estaba a punto de quejarme cuando la vi detenerse junto a una escalera negra. Me quedé perplejo. Era una antigua escalera mecánica, parada. Miré hacia arriba y vi un rectángulo negro lleno de estrellas.

—Sube —me ordenó Isabel adelantándose.

La seguí, el rectángulo estrellado creció y el viento sopló con más fuerza.

Emergimos a una superficie metálica oscura. Miré hacia arriba; el mástil de amarre del edificio, esa torre inútil destinada a ser un hogar para dirigibles, se alzaba sobre nosotros. Contemplé el exterior. El panorama de una Manhattan oscura ante nuestros ojos. Caminamos hacia el borde de la plataforma, nuestros pasos resonaron, y justo cuando llegábamos a las barandillas de acero, con el viento azotando con fuerza nuestras caras, justo cuando Isabel me cogió de la mano, se encendió una fila horizontal de luces en un edificio de enfrente. Contuve la respiración. Se encendieron más luces a nuestra izquierda. Luego a nuestra derecha. Nos quedamos en silencio en medio del aire nocturno, observando.

Al aterrizar en Belson por primera vez, Ruth había hecho entrar con suavidad a la *Isabel* en una órbita única bajo los anillos, y a mí, plantado en el puente de mando en pantalones cortos de gimnasia y con el cuerpo recién fortalecido, se me paró el corazón cuando vi aquello: los magníficos anillos de arcoíris sin aire sobre un círculo de vacío. Debajo flotaba la curva gris de Belson. La *Isabel* pasó del lado oscuro de los anillos a su lado iluminado, y la luz llenó de golpe las ventanas del puente y bañó nuestros rostros en un resplandor inefable. Una pequeña luna pálida se mantenía en equilibrio entre los anillos y los planetas, brillando como debía de estar brillando la *Isabel* en aquel esplendor, suspendida en su newtoniana certeza de impulso y peso granítico, iluminada por la magia al igual que nosotros mismos. Hay una belleza en nuestra galaxia que la mente humana apenas logra rozar antes de que se le escape. Hay una amplitud y un color para los que nuestra historia, originada en cálidos mares ameboideos, apenas ha preparado nuestros ojos y nuestros nervios. Tuve que apartar la mirada.

Esta vez, en Nueva York, no aparté la mirada mientras las luces de la gran ciudad se iban encendiendo aleatoriamente a izquierda y derecha, arriba y abajo, en el centro, en desorden, la tenue incandescencia del tungsteno y de los fosforescentes, las piezas del gran rompecabezas arquitectónico que se iban rellenando. No puedo olvidar los anillos de Belson, ni quiero. Tampoco soy de los que olvidan que este mundo humano nuestro tiene una belleza que puede dejar la mente atónita: las selvas tropicales, los cañones, las costas, la piel gris del océano profundo, las lúgubres brumas antárticas. Nueva York se construyó a base de presión y ruido, pero su belleza, más allá del ruido humano que la creó, penetra hasta la médula. Sentí el cálido cuerpo de Isabel a mi lado y oí el aliento atrapado en su garganta mientras veíamos a Manhattan crearse a sí misma ante nuestros ojos. Habría dado toda mi fortuna para que la tía Myra estuviera allí con nosotros y haber escuchado cómo se le cortaba la respiración al ver a Nueva York despertar otra vez. Abracé a Isabel. Qué bien sentaba estar en casa.

Esta edición de *Las huellas del sol,* de Walter Tevis,
terminó de imprimirse el día 18 de enero de 2024
en los talleres de la imprenta Kadmos, en Salamanca,
sobre papel Coral Book Ivory de 90 g
y tipografía Adobe Garamond Pro de 11,5 pt.